寶島

HERO's ISLAND

㊤

宝島

真藤順丈

Junjo Shindo

高詹燦——譯

目次

上冊

下冊

第三部　戰果撈客的歸來

1965——1972

寶島

我們的阿恩，是對抗美國連戰皆捷的英雄。

不論是在我們當地的胡差市，還是放眼全島，他都是絕無僅有的英豪。

在那熾熱猶如火燒的酷暑下，阿恩總是跑在眾人前頭。

那天晚上也是。

他一路穿過當地的甘蔗田，直奔夜幕籠罩的亞拉吉沙灘。

他們抱著搶來的滿滿「戰果」，四人一起來到海邊。

濡溼的海沙留有太陽的餘熱，令島上孩子那蜂蜜色的皮膚滿是溼汗。沿著海岸線往下走，有一處他們的祕密基地，那裡的沙灘四邊被高聳的岩地環繞，就連位在附近的美軍基地也沒發現這個地方。他們抱回來的「戰果」當中，還有照明彈和信號槍，阿恩馬上朝空中開了一槍。點燃的藍色照明彈，像魚一樣擺動著尾巴，朝頭頂的星座扶搖直上。

英氣十足的眉毛、方正的下巴、隨風飄揚的柔順黑髮。

在夜空高處迸裂四散的閃光，耀眼地照亮阿恩的容貌。

這座島上最好的基因創造出的這張沖繩臉，就像燃燒起來一般，浮現喜色。

阿恩也一樣開心。就只有他們能將世上最強的軍隊玩弄於股掌，他環視四周，他的摯友御城、弟弟零，以及山子也都在。眼前這片由鮮豔的藍、紅、黃三色點綴的海景一覽無遺，毫不間斷地潮來潮往，在他們的血液中舒暢地回響。

每天的生活開銷、故鄉的未來，沒有一樣是可以確定的。雖說承諾這種東西根本就不存在，不過，在照明彈照亮的每一個瞬間，他們彷彿受到大海和陸地的一切祝福，這是最值得誇耀的夜晚。

「我覺得這樣就很足夠了。」

阿恩擊發照明彈，摟住一旁喧鬧歡笑的山子。

御城和零也都搶著擊發照明彈，在沙灘上片刻也坐不住。

他們沾滿銀色沙粒的肌膚，也和阿恩一樣浮現光影，倏又消失。伴隨著長長的口哨聲打上高空的火箭，灑出灼熱的甘油飛沫，化為數道亮光殘影後，在夜空中燃燒殆盡。

「不過，每晚像這樣讓美國人哭喪著臉，在慶祝生還的酒宴裡熱舞，直到筋疲力竭，然後聞著這傢伙的汗味入睡，我覺得沒什麼可再挑剔了。」

我揍你喔——一臉羞赧的山子，用手肘輕撞阿恩。

唉唉，如果是要晒恩愛，請到別的地方——御城單邊臉頰上揚，面露苦笑。

搶著打照明彈的零，因太過興奮根本沒聽他們說話。他是真的相信可以將天上的星星打下來。

「不過，不能一直這樣下去。」

海風吹來，梳理著阿恩那頭豐沛的黑髮。

「我們不能一直當『戰果撈客』，要是被一槍打穿腦袋，那就完了。儘管在地方上受人讚揚，但說到底，我們也只是小偷罷了。」

「我們才不是普通的小偷呢。」御城出言反駁：「因為在這座島上能從美軍手中贏得勝利的，就只有我們了。」

「我們大家的生活品質都提升了。」山子接著說：「阿恩的『戰果』為當地的人民帶來很大的助益。有些老人家因為搶來的醫療用品才治好身上的病，還用資材庫偷來的木材蓋小學。這是多了不起的事啊！」

「可是，如果每次都用這種方式填飽肚子，缺什麼東西就這樣東拼西湊，真正重要的事是不會有任何改變的。我們也是，既然要賭上性命，就應該在更關鍵的重要時刻賭上性命才對。」

什麼是關鍵的重要時刻？好不容易加入談話的零如此反問。

他們三人各自睜大眼睛，視線全連向阿恩。

「我們島上的戰爭還沒結束。」阿恩說：「那天，美軍接連來到島上，到處插上星條旗，恐怕一待就是五年、十年。他們四處破壞我們父母下葬的土地，蓋了許多基地。所以，若遇上能讓吃足苦頭的島民得到回報，且將島上背負的重擔一筆勾銷的龐大『戰果』，我們勢必得牢牢抓緊才行。」

阿恩揚起下巴，像在回想過往般閉上雙眼。

浪潮聲響亮。每當照明彈閃動亮光，那天的哀鳴聲、四處逃竄的家人身影、被「鐵暴風[1]」肆虐

1　指第二次世界大戰期間美軍在沖繩本島發動的兩棲登陸作戰，史稱沖繩島戰役。這場長達兩個多月的登島作戰，戰況慘烈、砲火密集，猶如鐵之雨、鐵之暴風肆虐而過。

的土地傷痕，這些無法揮除的眾多記憶，在每個瞬間一一閃現，就連御城、零、山子的心中也仍被那股殘熱燒炙著。三人都屏息等候阿恩接著往下說。

在看得到靜脈的眼皮底下，阿恩的眼球蠢動著，他正注視著眼前的虛空。

「因為我們是走在玩命的鋼索上，如果只是當一流的小偷，實在沒意義。要就得來場真正的勝負，讓美國人氣得咬牙切齒、極不甘心，在地上痛苦地打滾；讓日本人看了也很羨慕，成為故鄉真正的英雄。」

說到這裡，阿恩將摟著他手臂的山子一把拉過來。「不過，我目前最大的戰果就是妳。」他講得慷慨激昂，嘴脣緊緊抵向愛人那冒汗的後頸。

我揍你喔，講得我好像是什麼物品似的！山子高高舉起信號槍，槍口對準阿恩，御城和零見狀都在一旁起鬨，分享他們身為旁觀者，一直看兩人放閃的那種同仇敵愾感。比起擔憂故鄉的未來展開激昂的演說，阿恩不看場合與女友親熱，反而完全不害臊，處之泰然。

就算這會喚醒過去的傷，以及這座島的宿命，但他的話不管什麼時候聽都令人覺得通體舒暢。不誇大、純粹、衝動、充滿生命力、暗藏毀滅性的脆弱。御城偏著頭感到納悶，心想，像他這樣的男人，竟然現在才說要成為「英雄」，世上就是有他這種人，淨說怪話。

這裡每個人都過著有一餐沒一餐的日子，在這種處境下，阿恩不僅將搶來的「戰果」分給自己人，也分給地方上的群眾。有生病的老爺爺、老奶奶，他就會送繃帶或醫藥品過去。光一根手指就聚集了五十隻蒼蠅的貧窮人家，他不光送食物，還會送衣服、毛毯、運動鞋。拜此之賜，胡差的女人，從剛長齊乳牙的小女孩，到滿頭白髮的寡婦，無人不崇拜阿恩。男人也一樣，不論是討厭流氓的教師、公務員，還是基於身分立場必須加以取締的警察，都對他投以熱情的目光，心想如果要嫁女兒，就該嫁像他這樣的男人。所以阿恩不是個吝嗇的小偷，他是胡差最厲害的戰果撈客（島上方言的說法。意思是展現戰果者），集眾人的尊敬與寵愛於一身，比琉球政府的行政首長或是拳王還受歡迎，對地方上來說，是無可取代的重要人物（在我們這些史實傳承者當中，只有這點大家都沒有異議。如果像阿恩這麼大器的人物都不配稱做「英雄」的話，整個沖繩還有誰足以享有這項殊榮？）。

他是在這個時代，唯有這座島才有的天之驕子。世上萬物在深遠的背後都有其關聯性，跨越歲月與距離，彼此相互共鳴。靈魂的碎片乘著風，漂浮在照明彈的亮光下，連大海的祖靈也隨之起舞。這座島兼具罕見的狂野與令人驚嘆的神祕，而阿恩就在它的中心。

對御城、零、山子這三人來說，阿恩是獨一無二的存在。

在他們各自的心中，阿恩都占有獨特的一席之地。

站在沙灘上的阿恩，他的面容在照耀大海與陸地的陽光映照下，緊緊包覆著令觀者為之動容的光輝。

「這座島就快要改變了。我們也不能再繼續渾渾噩噩下去了。」

阿恩仰望頭頂，圓睜著雙眼。他那亮光的強弱每一刻都在改變的金黃面容，總是令御城、零、山子看得目不轉睛（是的，這對所有生活在島上的沖繩人來說也一樣。我們史實傳承者如此叮囑絲毫不為過：我們的目光確實不應該從胡差最厲害的男人——阿恩身上移開）。

那是美國與日本簽訂條約前一年的事。那一夜的情景鮮明地刻印在三人記憶中。比任何人都還要猛烈向這世界挑戰，總是跑在戰果撈客前頭的阿恩，當時確實就在那兒仰望星光閃爍的夜幕。

他的摯友、弟弟、愛人，目光全往他身上匯聚。

阿恩豪邁地深呼吸，開口說道：

「好了，快起來吧。我們真正的人生就快來了……」

第一部　琉球的藍

1952—1954

一　嘉手納的戰果撈客、鐵暴風再度來襲、聖域

每次響起那充朝活力的震撼聲響，他的眉間和脖子就會傳來一陣鼓動，幾欲感到發疼。

視野中的一切都帶電、冒火。

節拍。大鼓。明明不是地震，腳下卻劇烈搖晃。

黑暗中細微的花紋閃動，游移，化為碎片飛走。

這是那一年舉行精靈送行（陰曆的盂蘭盆節最後一天舉行的慰靈儀式）的夜晚發生的事。他們全都在美軍的基地裡，被震天價響的砲聲追趕。遠處傳來艾薩[2]的樂音，但他們無人有餘力聞樂起舞。只聽得啪的一聲。跑在御城身旁的同伴腦袋爆裂開花，就像刺桐花一樣。中彈的與儀往前撲倒，扛在肩上的木箱散落地面。嚇！渾身濺血的御城不顧形象叫喊了起來，閉著眼睛往前跑。

緊追在後的，是無數的腳步聲、警笛、外國的語言，美軍不斷從後方湧現，他們開槍恫嚇，子彈頻頻飛來。身陷此種險境，就只有阿恩仍邊跑邊鼓舞伙伴，他佩戴的魚牙項鍊（朝堅硬的牙齒鑿洞，

2　琉球的一種傳統民俗舞蹈，在盂蘭盆節的時候，年輕人會配合樂音唱歌跳舞展開遊行。

以繩子串成的這串項鍊，是阿恩行竊時的護身符）左右晃動著。

「還不快起來！眼睛睜開，這時候要是跌倒就得到陰間去了。」

在阿恩的喝斥下，御城瞪大眼睛喊道：

「阿恩，與儀中彈了！」

「好像很痛，哥，我們會被做掉，會被做掉的。」

零頻頻在一旁大喊。

「他們打算當場殺了我們所有人。」

「大哥，怎麼辦、怎麼辦才好？」

「不要怕。手槍的子彈不會接連射中兩、三發的。」

「可是大哥，跑出好多美軍啊。」

「才這麼點人，不用擔心！」

阿恩二十歲，御城十九歲，零十七歲，這是他們剛滿這個年紀的夏夜。遠處的哎薩聲略微加快了速度，繫繩太鼓和單邊太鼓的連打不斷響起，就像沒有停歇的大地鼓動。槍聲的回音彷彿每響一聲，就減去人的一年壽命，喚醒戰果撈客過往的記憶。

這簡直就像「鐵暴風」一樣……

親身體驗過那場地面戰的阿恩，那年十三歲，如今已接受過成人禮，做好準備，他挑選的目標是嘉手納空軍基地。嘉手納基地。那是前所未有的一場大劫案，所以不光胡差，來自那霸、金武、浦添、名護、普天間，各地本領過人的戰果撈客全齊聚一堂。一群膽識過人的強者，擬定了計畫，絲毫不敢鬆懈地做好事前準備，最後偷走多到拿不動的物資，原本過程一切順利，然而在撤離現場時，突然警笛吹響，就此與美軍玩起你追我跑。

「這沒什麼。我們逃得掉！」

阿恩的喊叫在那處寬敞的空間裡形成回音。

這裡無比寬敞。嘉手納基地，再怎麼說也是遠東最大的軍事基地。可容納五百座棒球場的占地，根本就是一座都市。英語標示的標幟和警告看板、長逾三千公尺的飛機跑道，就像一級河川般橫貫東西，周圍布滿了大大小小的軍營、飛機庫、維修工廠、軍官俱樂部、商店、綠地、教堂、軍眷的住宅區。由於不清楚這裡的地理環境，也不能隨便衝進當中的小路（說起來很奇怪對吧，對胡差組來說，這裡明明就位於他們當地的正中心！對御城和零來說，這裡卻像陸地相鄰的外國，是美國的某一州）。

吃進肚裡的食物已一點都不剩、腳底下碎裂的小石頭、從臉上滑落分流的汗水，這些全都能鮮明地感受到。御城和零一面晃動著裝滿戰果的袋子，一面爭先恐後地奔過美國的土地。

因跑得太急而雙腳打結的零，一把拉住御城的衣服才站穩腳步，又因緊追在後的反作用力而跑到了前面。御城馬上伸手拉扯零腦後的頭髮，緊緊跟上。兩人差點跌成一團，彼此破口大罵。

「都是你不好。誰要你前一天理了髮，還買了豬腳。」

「御城，你自己不也吃了嗎！」

「你不知道嗎？做平時沒做的事會觸霉頭的。而且豬腳這種東西是把逃跑用的腳給砍下來，不是嗎！」

「這跟豬腳無關，豬腳是用來吃的。你只會在這種時候發牢騷，剛才聽到槍聲時，你明明還閉眼睛呢。」

「我？哈哈，我怎麼可能閉眼睛。」

「明明就閉了，膽小鬼。而且睡覺怪癖一堆。」

就連這種時候，御城和零也能罵得火花四射。兩人相識多年，從彼此還掛著鼻涕的小時候到現在都改不了的壞習慣，以及喜歡過的女孩有多少，他們都知之甚詳；對美國人積累的恨意、到海邊玩的樂趣、用撿到的錢買來的炸熱狗，他們都會互相分享，竹馬之友的情誼深厚。不過，一位是胡差第一男子漢的摯友，一位是親弟弟，跑在阿恩身旁的「最佳伙伴」這個寶座，他們互不相讓。這時若是阿恩不介入調停，任何一方很有可能會一把將對方朝後方的美軍推去，兩人的交情就是這麼好。

「吵死了，這種時候睡覺怪癖或豬腳一點都不重要。」阿恩飛快地說道：「要是再磨蹭下去，就要跟與儀落得同樣下場。照現在這個狀況看來，美軍不會接受我們投降，他們打算不管死活都要將我們一網打盡。」

大聲訓斥的阿恩也難掩心中的困惑。這到底是怎麼回事！就算其他戰果撈客問他，他也答不出來。照理說不該被這樣追趕。如果是假扮成軍方作業的卡車司機，或是拉攏自甘墮落的美軍當內應，很可能會引發意想不到的事態，他絕不會擬定這種計畫。阿恩不管什麼時候都採取「剪破鐵絲網」的正面進攻法，正因為計畫單純不易出狀況，過去從沒被警笛或槍聲威嚇追趕過。

但這次到底怎麼回事……

是在基地裡的某處暴露了行蹤，還是他們潛入基地的路線被識破了？

在擬定搶奪計畫時，阿恩始終都視「生還」為第一要務。不讓人發現他們剪破的鐵絲網，一直都是他最注意的一環。

但這天晚上怎麼了？莫名其妙被追趕，在鬼門關前死命狂奔，即便在一眨眼的短暫瞬間，屁股被多轟出一個洞來也不足為奇。

明明在寬廣的基地內，哎薩的樂音卻始終沒停歇。仔細想想，外頭的聲音理應該不會傳到這裡才對——是御城和零耳膜內的殘響嗎？還是在精靈送行的夜晚，開啟了陰間之門？

槍聲、哨子聲、軍靴聲接連不絕於耳，而且從四面八方傳來吉普車和三輪機車的聲響。十多名聯手行動的戰果撈客，時而分散，時而合流，如此一再反覆，展開逃亡，但沒有一個標幟看得懂，也沒可以充當路標的建築。廣大的基地裡，不管哪個方向都像是看不見陸地的汪洋大海。沒有航海圖，也沒羅盤，眼看即將遭遇船難的御城，像暈船般感到暈眩，幾乎都快吐了。

繞過建築的轉角時，他們看到前方出現新的追兵。

他們急忙改變方向，繞往建築的另一側。

但從前方分隔網對面駛來幾輛車。這下被前後包抄，戰果撈客更加裹足不前了。

然而阿恩就是不一樣。往這邊！他一面大喊，一面奔向左手邊的飛機庫。一行人急忙緊跟在後。從沒關緊的鐵捲門縫隙滑進裡頭，全員合力從內側將手動式的鐵捲門往下拉。追來的美軍也把手腳伸進門內。有戰果撈客的衣服下襬被抓住，槍口插進門內，零馬上亮出摺疊刀的刀刃，朝美軍的手腳一陣戳刺。

雖然是裡頭最年輕的小鬼，但這就是零，他從小就愛玩拳擊，所以打架從沒輸過，而且又有一雙巧手，只要身上帶著小刀，便會完全展現出無人能及的凶猛。零徹底擊退美軍後，指著飛機喊道：「我想到好點子了。我們搶下這傢伙，衝出基地，大哥！」

「傻蛋，這種東西誰會操縱啊。」

「你那原本就少得可憐的大腦，是不是掉在路上啦！」

提議馬上就被大哥和御城駁回，但零還是很想搭那架飛機，他依依不捨地從飛機機翼底下奔過。即便從另一側的出口衝了出去，眼前這片遼闊的空間仍是異國的土地。在故鄉正中央的土地上差點遇難的御城和零，只能像無法回巢的傳信鴿一樣，目光四處游移。

「現在放棄還太早，還不到無路可走的地步。」

阿恩就是不一樣。他讓大家相信這樣的問題只是小事一樁，輕拍每個人的肩膀，再度帶頭往前跑。如果以哎薩來形容，他就像是擔任旗頭，同時身兼地謠[3]並打鼓（這是不可能辦到的超高難度）。御城和零也緊跟在阿恩身後。阿恩的步履飛快，由於速度實在太快，他掛在脖子上的魚齒項鍊幾乎在他身後飛揚起來（打從懂事的時候起就是這樣了，他的速度總是令御城和零看得目眩神迷）。

一個是地方上最愛參加酒宴的人，一個是機靈、直性子的莽漢，兩個人過去之所以能抱持「總會有辦法」的想法克服難關，是因為心中懷有一份自負，覺得要是真發生什麼事，只有我能跟著阿恩。因此兩人都不想輸給那個擠進自己和阿恩之間的損友或是笨弟弟。得證明可以跑得和阿恩一樣快，不會拖拖拉拉，更不會怯縮，證明自己可以邊跑邊聊天，證明只有自己才能一直陪他跑下去。

「從這裡開始，我們要一起衝出基地外，一個也不能少，各位明白了嗎！」阿恩朗聲喊道，視線投向每一個和他一起奔跑的戰果撈客。

「好，這根本就小事一樁。」御城也大喊回應。

「得趕緊回去才行，那傢伙在等我呢。」

「那傢伙一定已等得不耐煩，正在發脾氣呢。」

「山子在等著！」零也鼻孔噴氣。

3　在哎薩慶典中，會有數人彈著三味線邊高唱傳統歌謠者稱為「地謠」。

要再跑多遠，才能看見將基地與故鄉分隔兩邊的鐵絲網呢？

他們的目標是亞拉吉沙灘的方位。與外面世界的交界處，山子在那裡等待他們的歸來。

感覺最後一次看到她美麗的雙眸，好像已是很久以前的事了。

時間往回推，來到那天的傍晚時分，每個人各自帶來的食材，全都交由這位島上的姑娘親手烹煮。豬腳、豬雜湯、醃臭肚魚、炒菜，戰果中屯積的罐頭也全都打開，平時吃不到的大菜都在這頓晚餐中端上桌，當然是為了替這場即將展開的勝負炒熱氣氛。填飽肚子後，穿過剪破的鐵絲網，此時背後有個聲音喚住戰果撈客。

「我也要去，你們帶我去吧。」

唉，又開始了，明明已有這麼多幫手。山子無法忍受只有她一人被留下，阿恩極力安撫她，而御城和零則在一旁備感焦急，這段時間可說是他們出發前固定上演的儀式。

「我知道怎樣才是能幹的人。只會在做菜時顧火，這不是什麼能力。你一次都不讓我試試，實在很不是滋味。」

她擁有一七一公分的身高（拜此之賜，大家都不叫她的本名麻耶子[4]），在當時島上女孩當中相當罕見，就像是在重力比地球輕的星球上長大一般，她手長腳長，以她那長度及肘的亮澤黑髮為線，彷彿能織出千個夜晚。從她的唇間露出整齊的皓齒，從前額到手指都晒出漂亮古銅色的肌膚，只有在阿恩碰觸她時，才像夕陽棲宿般，染上不同的顏色和溫度。

山子所言不假。阿恩在的時候，她就像是個工作勤奮的新婚妻子，洗衣、打掃、針線工作全部一手包辦，始終不顯一絲疲態。左手炒苦瓜和沖繩豆腐，右手洗內褲，這就是山子。但僅僅看著送到門前的「戰果」，她並不覺得滿足，在一再枯等的日子裡，讓她那幾欲漲滿爆開的願望成熟，在阿恩燃燒生命的這段時間，山子想和他一起奔馳。

阿恩的手隔著鐵絲網，緊貼著山子的手。

每次阿恩對她柔聲低語，她都像在鬧脾氣似的，想就此把手抽走，但手指很快又被緊緊握住。御城和零佯裝不知情，但兩人都隔著鐵絲網望著那緊緊交扣的手指。

阿恩與山子之間，一直都有特別的情愫在暗中進展著，那是連住在同樣街道，呼吸同樣空氣的御城和零都無法共享的。緊緊交扣的手指，從風景中特別剪裁出的一對手。阿恩和山子以彼此的手當軸心，緩緩旋轉，舞上高空，掠過從跑道上起飛的飛機機翼，甚至突破平流層，一路飛到只有他們兩人的宇宙。對此，御城和零一點也不覺得驚訝。在如此密不可分的情感下，要他們兩人注意周遭人的眼光，這反而才困難。

「妳留在這裡等。」阿恩說：「只要有妳在外頭，我一定會回來。」

4　麻耶子念做まやこ，但因為長得高，所以改說成やまこ（山子）。

「不行，今天我不依。」山子鼓起腮幫子，臉轉向一旁。

妳真傻——阿恩不顯一絲為難，向她柔聲勸慰。

「妳在這裡等我。好讓我不會迷路。」

聽阿恩這麼說，山子低下頭，模樣惹人憐愛，就此不再鬧脾氣。等等，各位，剛才這句話聽到了沒？

意思是，妳要當我的燈塔，哎呀呀，這也太噁心了吧！這句話如果是由御城來說，肯定淪為笑柄，但要是出自阿恩之口，便顯得帥氣十足，這未免太不公平了。臭阿恩，其實明明就是個凸肚臍模樣跟香檬一樣。手臂明明長滿了毛。在你衝出基地，踩出第一步時，最好踩到山羊大便！同樣身為男人，御城感嘆老天的不公平，同時準備跟著眾人一起出發，這時，山子喚住了他。

「阿恩就拜託你了，城哥。」

「妳又發出像小豬一樣的鼻音了。為什麼每次都是跟我說。」

「因為我也只能來拜託城哥你啊。他又不肯帶我去。」

只要是為了阿恩，山子可以變得純真，也能變得傲慢。妳就完全不擔心我啊，御城對此感到不滿，但每次只要山子那任性中帶點落寞的美麗雙眸緊盯著他瞧，他就無法硬著心腸對她說一句「妳就乖乖去一旁看哎薩吧」。

從那之後已過了好幾個小時，在逃離地點等他們的山子，到底還有多遠？現在在哪一帶？御城和零在基地內不知如何是好。

連同前來幫忙的人，一共二十多人，聲勢浩大地闖進這裡，但現在卻只剩一半不到。大致看了一下，有那霸的三郎和福勝、普天間的新三、浦添的金城，還有尚未問過來自哪裡的晃明和謝花丈。其他的戰果撈客可能是在基地內走散了吧。是像與儀一樣中彈，遭到美軍軍鞋的蹂躪嗎？

戰果撈客帶來的損失不斷攀升，為之惱怒的美國民政府貼出告示：「一旦發現，准許當場射殺」。嘉手納基地周邊常被他們鎖定的倉庫地區，已加強戒備，阿恩見狀提議道：「既然這樣，那我們乾脆放棄倉庫，改為直接襲擊基地」——敢潛入遠東最大基地行竊，這是前所未有的事，所以美國人才會毫無防備。基地占地廣闊，這也表示到處是死角，要潛入基地難度不高。難的是要看出物資存放在基地裡的何處。關於這點，絕不能毫無計畫地亂闖。所以阿恩才會一再地展開事前勘查（在正式行動前，約潛入過十次。心臟真的夠大！），嘉手納基地的建築位置、逃脫和搬運的路線，他已了然於胸。

哎呀，又來了！就像有人將這世界的音量微微調高般，警笛和車輛行駛的聲響變得響亮。空氣變熱，腳下傳來震動。彷彿瞬間將御城和零化為一團血肉的「鐵暴風」，強大的能量像停不下來的濁流，在基地內形成漩渦。

這樣根本就是在對活人展開狩獵——戰果撈客你一言我一語地說道。

哪能就這樣任由他們開槍亂轟——有人翻找起手邊的戰果。

謝花丈也是其中之一。他那線條剛硬的臉龐神情緊繃，從扛在肩上的木箱裡取出手槍朝追兵反擊。

「要是開槍反擊，那不就是開戰了嗎！」

儘管阿恩加以勸阻，謝花丈還是不肯放下手槍。他綁著一束像黑色鐵絲般剛硬的長髮，臉頰和下巴的線條銳利，如同是在鐵砧上打造一般。御城只聽過他的名字和本領過人的傳聞（不過那或許是假名。因為他是竊盜慣犯，要是遭人告密就完了，所以往往不會公開本名）。

他什麼時候搶到手槍的？似乎是在御城不知道的地方，有幾名戰果撈客闖進彈藥庫，偷走槍枝和彈藥想要換現。在謝花丈的帶領下，其他人也握緊手槍，但既不會裝填子彈，也不懂得如何解開保險，幾乎都無法盡情展開反擊。裡頭可能只有謝花丈有從軍經驗，他以熟練的動作更換彈匣，毫不猶豫的撒下槍林彈雨。

「胡差的阿恩，你就別再說夢話了。」謝花丈神態倨傲，不屑地說道。「我們現在不就在這裡和美國開戰嗎？」

阿恩不仰賴槍枝，他一面跑一面全神貫注地統率眾人。謝花丈的反擊略微拉大與追兵的距離，跑了一會兒後，來到一處建築密集的區域。是晚上空無一人的商家倉庫區。眼前可望見英語看板、底下堆滿捆包的屋簷、馬路面對的美軍家屬住宅。家家戶戶都已熄燈，與暗夜融合為一。三角形屋頂上的大十字架。似乎還有供孩子玩樂用的遊樂設施和沙坑。

「這東西能坐。我們可以駕駛。」

阿恩挑選停在倉庫後方的吉普車和皮卡車，發現當中有一輛車插著鑰匙。正當大家爭先恐後坐上車時，御城聽到腦後傳來一陣尖細的外國話。

他被人用手槍抵著。

全身血液彷彿瞬間凍結。

雙腳無法動彈。他被藏身在暗處的美軍發現了。像石獅子一樣全身僵硬的御城，用他唯一能自由活動的視線向阿恩求救。然而他的摯友已坐上皮卡車的貨架上。當場射殺的告示在他腦中產生巨大的回響。

唉，我的生命到此結束了嗎，我已經看見與儀的背影——當他深吸一口灼熱的夜氣，閉上雙眼的那瞬間，一名戰果撈客展開了行動。

這個人總是在動腦思考前，身體先採取行動。零撲向握著手槍的那名美軍手臂，大喊著：「你要對我的朋友幹嘛！」接著以手中的小刀刺向對方咽喉。那名美軍受驚仰身後退，小刀揮空。此時謝花丈乘機以槍口抵住他，反過來奪走這名美軍的自由。

竟然撲向持槍的美國人，而且還是體型大上一倍的軍人。零就是這樣的人，一個魯莽至極的男人。零朝御城露出得意洋洋的表情，就像在說「好在你和我一起」、「撿回一條小命對吧」，一派恩人的模樣，御城看得一肚子火。

別大聲嚷嚷，美國佬——被謝花丈出言威脅的，是身穿T恤、戴著識別證、身材高大的白人兵。

他可能是在軍營外抽菸，不巧和他們撞個正著。見這群拿著手槍彷彿隨時都會誤觸擊發的入侵者，個個氣沖沖的模樣，他大感震懾。將俘虜來的美軍拖上貨架後，便駕著皮卡車出發。

在行進的車上，零等人本想將這名美軍圍毆一頓，但阿恩對他們說：「就算你們痛扁他，也沒任何幫助。」

「比起這個，你們不會更想知道我們這次為什麼會吃癟嗎？」

在那霸的黑市兜售「戰果」，已習慣憲兵搜查的福勝，說得一口流利的英語。What? What? 他接連問道。emergency、reason、what what? 那名美軍好不容易聽懂他的提問，開口回答。Pardon? 同樣的內容福勝要他一再地重複，然後把聽得懂的單字拼湊在一起。

好像是在基地的東北方發現被剪破的鐵絲網。這名白人兵從皮卡車的貨架上頻頻指著某個方向。

「等等。那是北邊不是嗎？」

阿恩也站在貨架上，望向白人兵所指的方向。

「我們不是從那裡進來的。」

「對啊，亞拉吉沙灘不在北邊。」

「這是怎麼回事？難道有另一條潛入的路線？」

如果能更進一步質問，或許能掌握更明確的事實。但在這個時候，能做的實在有限。他們這一行人潛入的地點，是基地的西邊，亦即亞拉吉沙灘的方位。但這名美軍卻說是在越過飛機跑道的北方發現潛入路線。如果不是美軍搞錯，就是同一個晚上有其他入侵者闖進這裡——

「痛啊！」阿恩發出一聲低吟。

「阿恩」、「大哥」，御城和零同時喊道。

中彈了，阿恩中彈了！他站起身確認方位時，一顆子彈飛來，擦過他的肩膀，阿恩馬上癱倒在貨架上。血從他緊按肩頭的指縫間湧出，他的魚牙項鍊染成了紅黑色。

零叫喊著想要靠近阿恩，但御城喊道：「笨蛋，危險啊！」整個人趴在他身上，要他蹲下來。

車子火花四射。這場你追我跑還沒結束。有車子的燈光朝他們逼近。數輛吉普車和三輪機車緊追在後。阿恩要貨架上的所有人都蹲下來，拍打著車窗，催促坐在駕駛座的新三開快點。

兩名坐在摩托車上的美軍從右方現身，一路逼近皮卡車的右側。顧不得是否危險駕駛，拿起湯普森衝鋒槍對準他們。

往左切！皮卡車大幅度蛇行。謝花丈反擊的子彈將對方的輪胎轟出一個大洞，那緊追而來的美軍連人帶車翻倒在地。但兩人在即將倒地時，一陣胡亂射擊。將車窗炸得粉粹的四五口徑子彈，命中人在駕駛座的新三。就算普天間的英豪再厲害，中彈後一樣無法繼續開車。皮卡車因此撞向飛機跑道的緩衝塊。一陣衝擊貫穿腰和頸部而來，基地的景致化為零散的碎片，四散開來。戰果撈客紛紛從貨架上被拋飛。

雖然沒人因為跌落的衝勢過猛而砸破腦袋，像祝賀用的彩球一樣一分為二，但全員沒能馬上站起身。性急的亞熱帶昆蟲朝他們湧了過來，就像在說「今晚的大餐有著落了」。別過來，我現在還不是你們的食物！御城抬起昏沉沉的腦袋，勉強著想要撐起上半身。

「御城，你還撐得住吧？」

阿恩因肩膀受了槍傷，渾身是血，又被行駛中的車子拋飛，早已渾身是傷，但還是站起身向他喚道。他這股不屈不撓的精神到底是哪來的？這就是胡差的神祕之處。令人驚奇的源泉。宛如連同靈魂一同被拉起的聲音，喚醒了御城雙腳的活力；在地上躺成大字形的零，也在大哥的攙扶下撐起身。

「可惡，還沒完呢。我才不想死在這種地方。」

阿恩毫不隱瞞地說出真心話，御城和零也異口同聲地應道「我也是」。

燈光從多個不同的方向照來，戰果撈客四散逃亡。零可能是從貨架上被拋飛時，骨頭摔出裂痕，只見他滿頭大汗，跑的時候只能用單腳蹦蹦跳跳。御城也是，似乎跌落時力道過猛，撞到頭部，跑起來氣喘吁吁，視野模糊，步伐踉踉蹌蹌，一再跌倒。

飛快地往左右流逝的嘉手納景致變得模糊。御城和零他們無法在此生活的世界。不能久待的領域。當他們跑在零星長了幾棵樹木，模樣像縫線般的地區時，暈眩感益發強烈，耳鳴也變嚴重了，有誰跟著跑，跑在什麼地方，他們已完全分不清。

在這樣的過程中，御城和零猛然發現一件事。

沒聽到阿恩的聲音。他們的摯友、大哥，四處都不見蹤影。

剛才明明還跑在身旁啊。在奔過暗夜和樹叢的過程中，和阿恩以及其他同伴走散，只剩御城和零兩人。

「零！阿恩呢？阿恩跑哪兒去了？」

「不知道，剛才不是還在你前面嗎？」

不管他們再怎麼呼喚都無人回應。阿恩已不在這附近了嗎？還是為了分散追兵，而逃往其他方向？然而，在槍聲的追趕下，現在不能停下腳步，也不能轉頭折返。他們只能繼續跑下去，相信很快就能會合。

「阿恩，聽得到嗎？聽到的話，快應一聲啊！」

失去唯一指引的御城和零，就像遭遇船難，徘徊在汪洋大海上，現在這種心境愈來愈強烈。不管跑再久，仍然看不到基地的盡頭。暈眩的情況愈來愈嚴重，總覺得像在同樣的地方一再打轉。不知道這樣逃亡了多久，待回過神來……

他們正闖進基地內一處悄靜的綠地中。

傳來哎薩的鼓聲。遠方的天空在鳴響。

地面微微震動。追兵的槍聲已停歇。

踉踉蹌蹌跑在樹叢間時，眼前的景致突然變得開闊，他們來到一處四周樹木掩蔽，宛如廣場般的空間。頭頂滿是厚實的樹葉，只透下些許星光，角落裡堆疊著凹凸不平的石牆，寬度足足有三公尺。

石牆四周開滿了紅色和紫色的九重葛，樹梢窸窣作響。籠罩在樹葉下的暗影濃淡不一，飄散著一股濃密的氣息，宛如這片黑幕的下襬暗中蠢動著。在這座宛如都市的基地，裡頭零星分布了幾處綠地，這是其中之一，但與其他地方不一樣。風吹來的感覺不一樣。就像在海邊耳朵貼著貝殼聆聽，熱血的鼓躁在耳膜深處動盪。

「竟然在這種地方睡起覺來。」

御城望向一旁，發現筋疲力竭的零已在地面上躺平。

他拍打零的臉頰想叫醒他，但他那微睜的雙眼完全沒聚焦。

「嗯？大哥？」

他正處在半夢半醒間，意識模糊。

「我說你啊，這裡是……」

「嗯，這裡是哪兒？」

「這裡好像御嶽喔。」

御城因為自己的這番話感到後頸雞皮疙瘩直冒。

「基地裡怎麼會有御嶽？」

「是啊，說得沒錯。」

御嶽是這座島上的聖地。是根據土著信仰形成的膜拜所（就像以大樹、泉水、河川、森林當信仰對象，「沒有神體也沒有正殿的神社」）。明明連個石碑都沒有，為什麼會認為這裡是御嶽呢？御城自身也不知道。雖然不知道，但就是有感覺。會不會是以前就存在於這裡的御嶽，在美方接收土地後仍保存了下來呢？這不可能，把推土機當私家車用的美國人，對這種只有一片草原的異國文化聖地才不會用心保護呢。在遠東最大軍事基地的中心，御嶽仍原原本本地留存下來，這是不可能的事。

「……你這小子，別只顧著睡，快起來。」

零嘴巴微張，模樣難看，又昏厥過去了。

御城不希望只有自己一個人醒著，正準備硬把他叫起來時……

傳來一個聲響。

呼——伊——呀——沙——、沙——

……是什麼聲音？

不是風聲，也不是動物的叫聲。

御城聽起來像沙啞至極的嗚咽聲。

有人在這裡嗎？你聽到了嗎？他如此詢問，但零完全沒醒。

從石牆後方傳來斷斷續續的聲音，像是哭聲。

御城屏住呼吸，想查出那聲音是誰發出的。他定睛細看，發現石牆後方微微有光線逸洩而出。像螢火蟲發出的亮光，若有似無。宛如從現實的裂縫中流洩出的亮光。難道是被哎薩喚醒的島上亡靈所帶來的幻覺？

伊——呀——沙、沙——

哈——、伊——呀——

喏，又聽到了。聽到之後隨即又被風聲抹除。

御城心想，剛才聽到的難不成是樂曲聲？

就像配合遠方微微傳來的哎薩曲調，發出陣陣嗚咽，痛苦地憋著氣，硬擠出唱和聲。聽起來就是這種感覺。

沒什麼好怕的——御城努力地告訴自己。什麼嘛，原來是在唱和啊——這可不是能教人放心的場面啊。反倒是胯下一陣緊縮，著實怪異。現場籠罩的花香，以及樹葉的摩擦聲。是因為這裡很像御嶽嗎，他想確認是誰發出的聲音，但全身緊繃無法動彈。正當他往石牆對面窺望時，彷彿碰觸了什麼禁忌，從黑暗深處伸出一條骷髏的手臂，一把抓住他的腳踝。

「真搞不清楚，這裡是哪裡？我闖進什麼地方？」

御城沒對任何人說，而是在自言自語。遇上眼前這異常的狀況，他已方寸大亂。

這時，地面一陣震動。飛鳥從一旁的樹梢振翅高飛。

美國人追來了，而且被團團包圍。

他們在樹叢外面照亮手電筒，從多個不同的方向群聚而來。眾多的軍靴腳步聲朝御城和零逼近，包圍的圓圈逐漸縮小。

最後終究只能走到這裡是吧，在這裡被包圍，就再也不可能逃得掉了。漂流到暗夜的最深處，彷彿連最後剩餘的力氣也被黑暗吸光，全身變得鬆軟無力。御城已無技可施，屈膝跪向地面，這時，時醒時睡的零突然睜開眼睛問道：「……咦，我大哥呢。」

他昏倒前的意識中斷，一時搞不清楚眼前的狀況。唯一同行的伙伴竟然是這副模樣。御城頹然垂首。

「阿恩在我們來這裡之前就走散了。一直沒遇到。」

「可是剛才我大哥來了。」

「傻瓜，來的是美國大兵。」

「我知道，可是之後我大哥突然衝進來……咦？御城，為什麼只有你在？我大哥在哪兒？」

真是個好命的傢伙，在打盹的時候夢到這樣的願望實現。聽零描述，坐上空軍航空機的阿恩，一面發出「噹噹噹噹」的雄壯伴奏，一面走下飛機，胸前握著他的魚牙項鍊，向御城他們吆喝道：「由我來擋住他們，你們快逃吧。」

快起來吧——阿恩在夢裡說。

睜大你的雙眼，只要還有命在，就好好跑吧。

生還才是最大的戰果，所以你們就帶著性命回去吧。

阿恩這樣說。他還曾當著御城的面說，我弟弟就拜託你多關照了。

令人驚奇的源泉。多次朝人心中點燃火苗的熱源。零說他看到的阿恩英姿，彷彿也同樣映照在御城的視野中。

我明白。現在要睡覺還太早。御城深吸一口氣，把零搖醒，一把背起他，筆直地奔過綠地中央。

槍聲旋即響起。御城迂迴地奔過樹叢間。雙腳用力蹬向地面，頭也不回。子彈碎片在樹幹上爆開來，燒焦的熱氣燒燙他的臉頰。腦袋昏昏沉沉，肺部空氣不足，也不知道該往哪兒跑才能離開這裡，但御城還是持續地跑。每次感覺快要昏倒，他就會接連呼喊在外面的世界等候他的事物（太陽！大海！酒宴！唱歌跳舞！如果是曾在這座島上生活過的人，應該都會對這一切發出驚嘆，太棒了！），一再地驅策身體向前邁進。

雖然他做事總不考慮後果，個性輕浮，就這樣浪擲了十九年的光陰，但御城是沖繩的年輕人。他正是在「鐵暴風」中存活下來的年輕人。所以他很清楚，這島上的酒宴是多麼得來不易，自己舞動著手腳，眾人融為一體的幸福感；喉嚨無比乾渴時，喝水感受到的甘甜；睡回籠覺的舒服感；島上姑娘的肌膚有多麼熾熱、柔軟；從熱鬧的市場來到寧靜海邊時，內心靈魂暢快的搖曳——正因為明白這一切，才能仗著對生命的無比執著，喚醒面對危機時的驚人耐力與瞬間爆發力。御城在心裡默念，臭美國人、可惡的嘉手納基地，我們才不想死在這種鬼地方呢。我們還想再活下去！

但總是做這種有勇無謀的行徑，不可能永遠平安無事。霎時，子彈擦過他的臀部。他因劇痛而腳步踉蹌，下巴撞向地面。他勉強著重新站起，背好零，再度跑了起來。只是，前進沒幾公尺，再度失去平衡。零已完全昏迷。美軍就像從幽暗的沼澤中爬出，一身迷彩色的亡靈從正後方快速逼近。

「啊，美軍已經追過來了，城哥，快跑啊！」

這時，他聽到了聲音。

目光一轉，已能望見亞拉吉沙灘的鐵絲網。

山子果然依照約定，在那裡等候。

「快點，快點逃離這裡！」

可惡，阿恩明明拜託我要照顧好他……

至此，御城已無法再背負零。

指引的聲音再度傳來，御城像是被聲音拉著走似的，狼狽地向前奔去。

在如同身體被截成兩段的心境下，他轉頭回望，看到大批美軍撲壓在零的身上。

他氣喘吁吁地奔向鐵絲網時，山子問他：「阿恩呢？」御城無言以對。她也拜託過我這件事，但我辜負他們的託付，獨自一人厚著臉皮逃了出來。但這時山子並未多做追問。被捲進這危急的事態中，她馬上出手扶御城，和他一起奔向亞拉吉沙灘。

跨越軍用道路一號線的沙灘前方，大海在暗夜下蠢動。美軍一路追到基地外。洶湧海潮的氣味、夾雜細沙的海風、碎裂的風景，朝御城和山子的面前傾注而來。兩人奔向海岸線的岩礁。他們拚了命越過邊界，但美軍還是持續追擊。御城因臀部疼痛而暈眩不止。憲兵的摩托車也從軍用道路前方駛來，閃光四起，整個世界仍不住搖晃。

長髮隨海風飄揚的山子，緊咬著牙向前跑。

她以燃燒般的雙眸回望御城。

「撐不下去了，城哥，跳！」

話才剛說完，她已一肩撞向御城。

御城在她的推擠下，從岩石邊緣往外跳。

底下沒有地面。

在落海的衝擊下，御城失去意識。

儘管如此，大海卻成了絕佳的防彈罩，保護了島上的孩子。

墜入海底的御城，在斷斷續續的記憶中，只記得被一個溫暖、柔軟的手臂緊緊抱住。他一路被沖向外海，當他隨著波浪漂浮，恢復意識時，從雲縫間射下一道曙光，水平線染成一片金黃。

太陽的明亮和溫熱催促整座島醒來，告知長夜已盡。沒得到任何戰果，而且還跟阿恩和零走散，挨了槍傷的身體雖然發出悲鳴，但他還活著。他再度活了下來。

御城趁著波浪起伏時喘息，再也壓抑不了湧上心頭的情緒。

儘管喝了不少海水，但他還是皺著眉頭，放聲哭泣。

就像一個被拋進全新世界裡的嬰兒。

處在極度的歡喜和恐懼間，和山子一起載浮載沉。

他不斷地哭泣，直到再次失去意識。

二　英雄消失後的市街、真幸運、久部良很可怕

阿恩多次出現在御城的夢中。

你活了下來，那就能熱鬧地辦一場慶祝生還的酒宴了。

這麼一來，又能跳琉球手舞了。你的歌舞可是一絕呢。

真想大吃大喝，盡情地睡懶覺。好想一攫千金，然後一輩子不用工作。將這個願望寄託在戰果撈客的工作上，這就是御城。他腦後的頭髮總是睡得亂翹，昨晚吃的菜散落在枕邊。真沒見過像你這麼懶的男人——他曾經被某個年紀比他小的親戚這樣指責過，而淚眼漣漣。

但即使是這樣的御城，身上也帶有島上最棒的基因。和他的好友不一樣，御城的優點只有在酒宴上才會發揮。他自詡有一副好歌喉，也能展現出與經驗老道的爺爺奶奶相比毫不遜色的舞技。

真的很不簡單！所有人都不吝惜誇讚他。（喲伊呀那、伊呀沙沙沙）在表演島歌和三線琴也是如此，只要讓他當琉球手舞的舞者，便能展現亮眼的舞技，如果是在古代，會被任命為舞官也不足為

奇。他的舞技之精妙，就連琉球舞的專家也讚譽有加。（嗨伊呀——伊呀沙沙沙）就像從靈魂的泉源撈取營養般，眾人手舞足蹈，不時的翻掌，左右擺動；像在催促大地發出胎動般，雙腳踏地發出聲響，（嗨伊呀、天咚隆、天西咚咚）聚集在一起的人一一受到叫喚，每個人都忘了煩憂悲嘆，圍著御城盡情熱舞。

吉祥的遊戲　盡情地玩吧
玩到黑夜盡　旭日升
就算夜盡日升亦無妨
一路慶祝到巳午時吧

（喲伊呀那、伊呀沙沙沙）隨著亞熱帶的夜晚，悲喜混雜，就此形成渾然忘我的大融爐時，每個人都難以離開這場酒宴。

尤其是阿恩，他對御城的琉球手舞情有獨鍾。

不要裝模作樣喔——催促他注意這點的，往往也是阿恩。

等阿恩和零平安歸來，大家聚首時再盡情地唱歌跳舞，直到舌頭和手腳都脫落為止。在久候多時的歡喜漩渦下，大家再一起歡暢地享受琉球手舞吧。御城在夢裡期盼著。

朝夕伴君側，日久情愫生
今日離故里，落寞候君歸
別離時，無語對
淌落袖中盡是淚

因為沖繩人都經歷過撿回性命的重大體驗。

這應該是大家都知道的事吧，這世界一半的人與另一半開戰。大批的美國人從海上登陸沖繩，聚集在外海的艦隊砲彈齊發，打得地貌幾乎就此變樣。在平均每四名島民就有一人喪命的這場地面戰，每個人在焦土上四處逃竄，如果不跨過別人的屍體，根本沒辦法跑。大家被趕出避難的洞窟，受盡手榴彈和火焰放射器的威脅。御城、零、山子、阿恩，當時都還不到十四歲，所以沒被鐵血勤皇隊以及姬百合學徒隊徵召，但他們也沒加入九州或臺灣的疏散組，親身體驗了人稱「鐵暴風」的艦砲射擊。借用某位島民說的話，那根本是天崩地裂，就連落在猶加敦半島的隕石也比不上它。我們沖繩人沒像白堊紀的恐龍一樣滅絕，還真是不簡單！

眼前的世界宛如甫一走過就會崩塌的棧橋般，他們一邊跑，一邊目睹那滿坑滿谷，他們小小的腦袋根本無法容納的屍體。完全不懂幸福為何物的孩子，還來不及長大就嚥了氣。敗戰後，備受飢餓與瘧疾之苦，像動物一樣為他人所擁有，保住性命的島民心想：「既然這樣，那我無論如何也要活下去給你們看！」就此培育出不屈不撓的生命力。溼透的老鼠不怕雨；赤身露體的人不怕搶。因極度飢餓貧困而豁出一切的大部分島民，爭相成為「戰果撈客」。

從美國人的倉庫或基地搶奪物資。

這就是戰果撈客。

對貨物的傳票做假帳的軍方雇員、從草叢中伸手搶走美軍便當的農婦、向憲兵的車輛討口香糖和巧克力的流浪兒，他們全是戰果撈客。

赤玉紅酒、駱駝牌（大家都是抽美國牌香菸）、砂糖、食用油、麵粉、海鮮、水果罐頭（這幫了媽媽們很大的忙）、軍用衣物、運動鞋、醫療用品、電瓶、裝滿整個五加侖罐的卡其色酒（爸爸們的最愛！）。這些從美國所屬的領地裡搶來的物資，人稱「戰果」，刻意將這種行為看作是已經終結的那場戰爭的延續，以此掩飾搶劫偷竊的歉疚感。大家當這是對賴在他們故鄉不走的占領者報一箭之仇，是雪恥的戰役，當這是一攫千金的豪賭，就像是為了得到勝利的快感而展開個人競技般，不分老少，大家都以偷竊當作生活食糧。身處在這樣的時代，像阿恩這種領先群倫的戰果撈客，簡直被奉成當地出身的奧運選手一樣愛戴，取代金牌和獎盃的，是眾人對他的讚賞和憧憬。唉，然而……

度過嘉手納之夜後，過了兩天御城才醒來。

他恢復意識的地方不是醫院、自己的住家、拘留所，也不是另一個世界。

「……只有我嗎？」

沒看到阿恩和零。也沒見到半個戰果撈客。

毛毯的短毛搔著他的肌膚，滲進寢具裡的氣味吸入鼻孔。這間悶熱狹小的房間，他有印象。裡頭堆放了整箱的肥皂、食物、電瓶、收音機。全都是一名戰果撈客所贈送。只穿著內褲躺在床上的御城，用搶來的碘酒和繃帶包紮治療。

「喂，有人在嗎？阿恩、零。」

「你別亂動，城哥。」

山子端著裝滿熱水的臉盆回到房內。這是她和當猶他的祖母同住的屋子（猶他算是民間的靈媒師，只要自己宣稱是猶他也能掛出招牌營業。山子的祖母感覺有點裝神弄鬼），而負責替御城治療的，是山子。

「山子，看妳挺有活力的嘛。還是老樣子，感覺都能和人上場摔角了。」

「揍你喔。才一醒來就要嘴皮。」

山子用腳尖踢向御城的大腿。

「不過是屁股受了點小傷，就昏迷兩天醒不來，未免也太誇張。」

「為什麼我睡在妳家？」

「因為你叔叔要你別回去。他說警察會到家裡調查。」

「這樣啊。他們還說了些什麼嗎?」

「他們說,就不能再做得更好嗎,現在全搞砸了,真是難看。先不談這個,城哥,你全身臭死了,我幫你擦擦。」

山子將臉盆擺在枕邊,替他換起繃帶,順便擦拭全身。用浸過熱水的毛巾擦拭,像在剝除身上的皮垢似的,感覺很舒服,但是就十九歲的男人產生的生理反應來說,著實痛苦。

山子的臉貼得很近,都能感受到她的呼吸了。

因正值盛夏,她一身薄衣,露出胸前的乳溝。

隨著身長不斷長高而變得成熟豐滿的乳房,就連從小一起長大的御城也無法視而不見。因為那就像是浮現在美麗海上的雙子島,一對迷人的豪乳,它引誘馬路上的男人轉頭偷瞄,還因此踩破水溝蓋,而零也說,真想把臉埋進她的雙峰中,好好睡它個幾天(根據御城和零討論的結果,她鎖骨的正中央與左右兩邊的乳頭連成的線,能畫成一個正三角形,這正是乳房的黃金比例。當真是極品!)。

因此,當山子擦拭他的下半身時,儘管胯下的那話兒為之豎然起敬,他也沒辦法管住自己。愛說話的御城突然沉默不語,山子覺得奇怪,這才發現他那內褲緊繃的醜態。

「城哥,我揍你喔。」山子投以鄙視的目光。

「喂,這是自然現象。」

「啥？是這樣嗎？」

御城說的玩笑話，山子並未一笑置之。她的表情依舊嚴肅。感覺她眼皮有點浮腫。平時整理得很整齊的房間，如今相當零亂，而她養在屋外總是悉心照料的貓，現在連餐盤也沒更換。此時聽到御城開玩笑，她像許久沒聽到笑話一時來不及反應，只是面露生硬的苦笑。

御城昏睡的這兩天，山子走遍琉球警局和醫院。那天晚上，遭遇同樣命運的戰果擄客泰半都被送往醫院，剩下的不是送往警局的拘留所，就是停屍間。啊，怎麼會這樣！現在即使哀悼犧牲者也沒意義。受惠於戰果的胡差居民，他們所感念的義賊，對美國人來說，不過只是竊盜犯，就算當場射殺也無妨。這就是戰果擄客的宿命。

「……那麼，阿恩呢？零呢？他們在哪兒？」

「嗯，零在醫院。他遭逮捕時已經昏厥，美國人沒朝他開槍。但他雙腳的趾骨斷了幾根，經治療後，已被送往警局。」

「……這樣啊。那阿恩呢？」

「阿恩人不在醫院。」

「那麼，在拘留所嘍？他被逮捕了嗎？」

「不，也沒在警局。就只有阿恩，到處都找不到。」

「找不到？妳說找不到是什麼意思？」

「我不知道。找遍各個地方都找不到。所以城哥你也想想吧，最後都和他在一起的，不就是你嗎。」

「我和阿恩走散……好痛，腦袋昏沉沉的。那天晚上淨發生一些莫名其妙的事，我到現在還是想不明白。」

隔天，嘉手納基地襲擊事件（人稱嘉手納戰果撈客搶劫未遂事件。也有人簡稱為嘉手納撈客。愈多人說，也就有愈多不同的稱呼，如今已成為一起歷史性的大事件）已傳遍整個胡差，琉球政府獲報後，公開表達遺憾之意，憲兵隊與琉球警察展開共同搜查。山子走遍基地四周，向搬運受重傷的戰果撈客的急救隊員、軍方雇員、附近的居民打聽消息。然而，不管她再怎麼深入查探鬧得沸沸揚揚的地方消息，打從事件發生的隔天起，便再也沒人見過阿恩。不論是醫院還是拘留所，都找不到他的身影，甚至讓人擔心他是否現在仍獨自在基地內逃竄。

這時，聚集在家門外的野貓不斷喵喵叫。馬路上傳來腳步聲。御城大吃一驚，睡亂的頭髮也翹了起來。山子身子微蹲，食指湊向脣前，發出一聲「噓」。兩人屏息斂氣，豎耳細聽屋外的動靜。

「我們是琉球警察，方便問你們幾個問題嗎？」

警察上門搜索！那起大事件才剛發生沒多久，隔著門都聽得出來，警察顯得很激動。

有可能踹門強行進入。御城一躍而起，在山子的催促下衝進隔壁房間，打開最裡頭的窗戶。

前面是隔壁平房的窗戶。御城光著上半身，一腳跨進對面屋內，只見睡衣前襟敞開的鄰家老奶奶不顯一絲慌亂，就問了一句：「是來了憲兵？還是警察？」山子為他們借路逃脫的事道歉，老奶奶反過來替他們打氣：「你們要好好加油。」兩人匆匆橫越走廊，打開對面的窗。御城就這樣穿著一條內褲，跳進小巷弄裡。爬滿常春藤的樹籬開滿了鮮豔的黃花。

「城哥，你會陪我吧？」一起逃出來的山子說道：「等會兒我還要繼續去找尋阿恩的下落。」

「我現在正被追捕。沒辦法隨意行動。」

「阿恩明明叫我在那裡等。可是他卻沒回到我們約好的地方。」

「幹嘛又發出像豬一樣的鼻音。我看他是順利逃走了，藏在某個地方。」

「真是如此，我得要確認才行。城哥，你和我一起去找每一處阿恩可能躲藏的地方。不管是鐵絲網外，還是鐵絲網內。」

「嚇，又要到基地裡去嗎？別說傻話了！」

「我等不及了。我不要再等了，我要去尋人。」

盛夏的雲朵外形崩解，驟雨灑下耀眼的銀色飛沫。

像玻璃碎粒般的雨水，轉眼便已止歇，胡差的市街再次接受太陽的火烤。

從基地起飛的戰鬥機，飛過軍用道路一號線上空。盛氣凌人地炫耀其英姿，並在低空發出轟鳴聲。在下一架飛機發出聲響時，地面也已經乾了，被這場突如其來的雨影響所帶來的煩悶，並不會在居民當天的心情中留下陰影。

美國人為了能夠順利地從這座基地前往另一座基地，或是前往軍港和訓練場，擴大軍用道路的網絡，而位於中心點的，正是胡差。換言之，這座市街是沖繩重要的十字路口。四月時，那項條約剛奏效，就此擺脫遭占領身分的日本，正忙著慶祝主權回歸，但因條約刻意加上條文但書，而被排除在外的這座島，美國為了能永久使用它，全力投入「基地島」的工程建設中（拜此之賜，胡差宛如一座英文標幟模範市。CAUTION〔注意〕、WARNING〔警告〕、DANGER〔危險〕、OFF LIMITS〔禁止進入〕！）。此外由美國主導成立的琉球列島美國民政府（又稱作美民政府、民政府），陸續興建軍事設施，底下為了做個樣子，還特別設置了沖繩人的政府和警局。就這樣，「美統時期」最初的夏天，迎來一個炎熱無比的酷夏。

像煎過頭的牛排，整個胡差都焦了。映照在藍天下的瓦屋頂民宅、鋼筋水泥屋、臨時木板屋，這些櫛比鱗次的建築牆壁，只要輕輕一碰便會燙傷。路上留下鮮明的光影，孩童和野狗坐在曝晒的磚塊石階上，在種滿果樹的地方，家禽時而振翅，時而安靜。

黑鳳蝶橫越美國人的碳酸飲料廣告招牌，避開木製電線桿之間糾結的電線，飛翔在陽光下。因蒸騰熱氣而顯得搖曳的路面上，拖著貨車，上頭裝滿廢鐵的廢鐵回收員、在被宰殺前逃走的島豬、穿著姆姆裝[5]，上頭滿是補丁的老太太、下半身完全裸露的流浪兒，來來去去。揚起沙塵疾馳而去的美國運輸車，車上載的貨物不時會掉落路面，在這般如灑了燈油的酷熱天氣下，經常爆炸引發慘事。市街外郊的農田，可能是因為基地燃料外洩的緣故，今年夏天一樣生長狀況不佳，坊間謠傳胡差的地下水脈已遭到嚴重汙染，講得煞有其事。

在基地外巡視的憲兵像老鷹般從吉普車上監視四方，他們因強烈的日照而晒得脖子泛紅，不斷闖進民宅搜查，將私藏有美國標幟物資的島民強壓在石牆或地面上。人稱「Give Me族」的孩子，蹲在吉普車的輪轍旁，靠猜拳來決定怎麼分剛才要來的巧克力。

「啊，快躲起來！這邊也有警察。」

才剛來到阿恩的住處，御城馬上跳進建築後方。

帶領制服警察前來的，是一名膚色黝黑，身材肥壯的中年男子，正站在門口交談。是德尚大叔。在美國的統治下，沖繩民警的招牌改為琉球警察後，他分配到的工作幾乎都是追查戰果撈客，據說晚上泡盛[6]愈喝愈多。大家都傳聞，再喝下去他便會因為肝硬化而病倒。

「從那之後他一直沒回來，我也很擔心他……」

與他交談的是宗賢爺爺。阿恩和零的父母在那場戰爭中亡故後，一直都是由從事油漆業的爺爺在養育他們。他那連深邃的皺紋也同樣黝黑的面容，像過度使用的獸皮般，布滿疲態，似乎健康狀況不佳。

5　長洋裝造型的傳統服飾。
6　一種特產於琉球群島的蒸餾酒，是燒酒的一種。

我也去跟他們談談——山子毫不懼怕地走向門口。御城偷偷繞往屋子後方，隔著爬滿常春藤的樹籬偷聽。傳來德尚先生說，美國人也同時在基地內展開搜索。

「要是發現他的話，應該也會向琉球警察通報才對。」德尚先生說：「沒有通報，人就不太可能還在基地內。不管嘉手納再大，也不至於三、四天都找不到人。從那天開始，他們也向警局提出支援要求，基地已受到嚴密保護。如果他已逃出基地外，那應該是事件發生後到黎明前那段時間……」

「胡差發生的所有搶劫事件，並非都是阿恩所為。」山子若無其事地堅稱阿恩是無辜的。

「山子，既然這樣，妳又在醫院和警局裡打聽些什麼？」

「呃……這是因為，我剛好聯絡不上認識的人……」

對德尚先生睜眼說瞎話是行不通的。在美國民政府的催促下，整個胡差的警察都四處搜尋躲藏的戰果撈客。

「我一直叫他不要自甘墮落當小偷，最好加入琉球警察。依我看，他應該是在襲擊那天的天亮前逃出嘉手納基地，接受某人的庇護。」

「宗賢爺爺和我什麼都不知道。」

「藏匿竊盜犯，可是構成藏匿人犯罪喔。」

「他大概是跑哪兒玩去了吧。」

「山子，妳自己得多加小心啊。」

在這種情況下，德尚先生還是對她睜隻眼閉隻眼，展現一絲恩情。他先派憲兵去逮捕眼下最有嫌疑的嫌犯，應該就是打算網開一面。話說，在胡差這個地方，犯了輕罪，而從沒請德尚先生放一馬的人，可說是找不到了。

御城將眼前混亂的資訊整理了一番。美國民政府已決定，不管是生是死，這些逮捕到的戰果撈客的拘留和判決，全都交由琉球這邊的警察和司法機關來處理。德尚先生此刻會前來追查行蹤，表示還沒押送阿恩，偏偏他也不太可能還在基地裡，照這樣看來，阿恩藏身在島上某處，是合理的推測。不過，如果阿恩已經逃出來了，應該會設法向宗賢爺爺和山子報平安才對吧？莫非是陷入無法對外聯絡的困境？也許他身受重傷，像御城一樣跳進海中，就此沒再浮起……

不對、不對，別老想著這些不好的事！

那最糟糕的想像掠過御城腦中，他急忙將它揮除。

因為他可是阿恩啊。他經歷過的大風大浪，別人沒得比。

他才不會就這麼窩囊地死去呢。

如果這座島上沒有戰果撈客的話，當地居民不知道會有多貧困，且會受盡多少飢餓和屈辱。不同於當地的警察，那些美國憲兵根本無法想像。御城十多歲時，滿腦子想的都是想吃卻吃不到的米飯，穿的是顏色幾乎跟泥土一樣滿是補丁的衣服，上完大號後用甘蔗葉擦屁股。沒穿鞋的雙腳從腳底到膝蓋總是沾滿塵埃。

所以憲兵是天敵。現在駐守在島上的，不是打過那場戰的士兵，而是占領後從美國送來的士兵，所以對當地民眾不存絲毫善意。他們總是帥氣地抽著菸，用B圓紙鈔（當時美國發行的軍用鈔票還是法定貨幣）讓島上的姑娘唯命是從，認為別人都該對他們抱持敬意，全是這樣的傢伙！

一名憲兵從車上瞪視著御城，他急忙低頭。現在還沒四處張貼通緝告示，所以憲兵還不至於一遇上就上前追人，但為了謹慎起見，他化身成廢鐵回收員和山子一同走在當地的街道。

他們四處行走，向當地居民打聽消息，對有可能的地方展開地毯式搜尋。胡差的人都想知道阿恩的安危，毫無根據的傳言令他們時喜時憂。聽到阿恩下落不明的消息，有些老先生老太太從此臥病不起（希望別折損壽命才好）。有些大哥急壞了身體（請保重）。有些大姐一次冒出三十二處嘴破（請保重）。甚至有孕婦聽到胡亂傳出的噩耗，羊水竟破了（請保重！）。失去幹勁的雜貨店老闆貼出暫時歇業的告示，猶他的占卜排了長長的人龍，還有個怪人因為過度慌亂而爬上屋頂，想活活熱死自己，一時搶走了話題。情勢走到這一步，連御城也不由得擔心起來。咱們胡差真的不要緊嗎？

御城和山子從醫院旁路過。阿恩曾為沒錢看醫生的窮人發送戰果阿斯匹靈和盤尼西林，但胡差的人現在染上任何妙藥也無法治癒的惡疾。之前阿恩駕著滿載戰果的卡車駛向港口，全部換成現金，當時整個胡差載歌載舞，熱鬧慶祝，但這幾天，家家戶戶都沒人升火設宴。

御城和山子從小學旁路過。這裡的木造校舍，是用阿恩從美軍資材場偷來的大量木材建造而成

（山子對阿恩的這項功績最引以為傲）。之前都是在臨時帳篷裡上課的孩子，現在終於能在像樣的教室裡學習了。所以當地人常說，沒在學校操場建一座阿恩扛圓木的銅像，實在很奇怪。但這天，沒看到在操場遊玩的孩童身影。聽不到孩童歡笑聲的市街，就像是一座市街的空殼。

「城哥，你不覺得很奇怪嗎？」

為了不讓琉球警察發現，御城先暫時在一處空屋裡起居，但他無法好好靜養。我是通緝犯，而且才大病初癒吔！不管他再怎麼說，山子一概不聽，還是帶著他四處跑。

「哪裡奇怪？是潛入的路線嗎？還是那片草原？」

一路上，御城一再被迫說明嘉手納基地發生的事。那天晚上發生的事，以及之後的經過，許多事都令御城百思不解。其一，基地北邊的另一條潛入路線被人發現。同一天有其他戰果撈客潛入嘉手納基地的消息，目前還沒聽聞。其二，他們在基地內闖入一處像御嶽的地方。不過，這事發生在撞車事故後，當時御城意識模糊，那座有石牆的草原像御嶽，以及在那裡所見所聞的神祕現象，或許都是個人的幻覺或幻想。

其三，就像德尚先生說的，事件發生的隔天一早，嘉手納基地便嚴密戒備，每一道門和外圍的每個地方都有衛兵站崗。憲兵和警察繞著周圍一再巡視，照這情況看來，要像御城這樣如同在捉迷藏般，趁亂衝出，根本就不可能。假設阿恩是為了讓同伴先行離開，分散追兵，而來不及逃離，一直到隔天中午前都還躲在基地內的某處，若真是這樣，他又是如何逃出基地呢？怎麼想都不覺得有可以輕易進出的方法。這麼一來，他果然還在基地裡嗎？御城思考良久，最後始終在原地打轉。

甚至有島民說，這在我們沖繩是前所未有的不解之謎啊。這時，山子將御城苦思不得其解的問題擱向一旁說道：「有一件我一直想不透。」

「阿恩為什麼會決定要襲擊嘉手納基地呢？」

「那是因為只有阿恩和我們才有這個能耐啊。」

「是只有阿恩才有這個能耐。」

「有其他人敢襲擊那座巨大的基地嗎？」

「問題在於大小嗎？嘉手納基地太危險了。明明有那麼多的倉庫和資材放置場，卻偏偏要闖入基地，最後甚至還造成雙方駁火……阿恩會想從基地裡偷走手槍，這點實在奇怪。因為武器和大家的生活無關啊。」

「妳可真是什麼都不懂。那在黑市裡可不得了。」

「就是在那裡拿手槍換現金嗎？」

「沒錯。這樣能大賺一筆。」

「可是這麼一來，也就不見得能活著回來了。阿恩自己不也常說嗎，生還才是最大的戰果。而這次卻闖進嘉手納基地搶許多戰爭武器，這一點都不像阿恩啊。」

在基地響起的槍聲，再次浮現耳畔。的確，當時有幾名戰果擄客盜走軍用手槍，御城大感吃驚。

描繪計畫藍圖的阿恩，不可能對竊取槍械的事一無所悉。

武器和生活無關。經山子這麼一說，確實如此。食物、資材、醫療用品，這些阿恩帶給地方居民的戰果，全是生活必需品。他明明不是滿腦子想要一攫千金的男人，卻看準基地裡的槍械下手，這確實不像阿恩的作風。

「城哥，如果是你一定明白。阿恩身為戰果撈客，之所以受人尊敬，是因為他貼近大家的生活。另外，他一定都會活著回來。他看起來彷彿不知害怕為何物，但其實行事比誰都要謹慎，這就是阿恩。」

「的確。原來妳想的是這個層面。」

「所以我認為這當中有其他原因。」

「其他原因？我可沒聽說。」

「連你和我都不能說的原因。為什麼要襲擊嘉手納基地，也許這點和阿恩的下落有關。」

「嚇，妳講話可真像刑警或偵探呢。」

「我不是說了嗎，我不要再等了。我要去找出阿恩。」

「哎呀，是名偵探山子嗎！」

御城一面開玩笑，一面思考。如果阿恩就這樣消失了，胡差會變成怎樣？無數居民的健康將會出狀況，也不再點燈辦酒宴，孩子的歡笑不再重現，整個市街將再次沉入貧困與屈辱中。他有這樣的預感。

失意就像深不見底的沼澤，山子同樣深陷其中。雖然在御城面前顯得很堅強，但她一副失魂落魄的模樣，在基地四周徘徊，似乎晚上也無法入眠。充血的雙眼像兔子一樣，悲嘆和憤怒混雜的表情極度緊繃，暗藏著憂懼，彷彿隨時會因為一點小事而爆裂。

妳這丫頭，別擺出這種臉嘛——御城不禁如此暗忖。就是因為妳擺出這種臉，我才不能悠哉的等待傷癒。被你拖著滿街跑，也沒辦法拒絕。的確，我沒能遵守承諾，但看妳擺出這種神情，還寧願妳像從喉嚨裡吐出金楚糕般的氣勢朝我大吼。你這個騙子，飯桶，竟然厚著臉皮自己跑回來！要是能這樣責罵我，我還比較好受。總之，在從小長大的玩伴以及他成長的市街受到更大的傷害前，御城必須得竭盡所能地運用腦袋和雙腳，找尋他失去下落的摯友。

「我們不知道的事，難道就再也沒人知道了嗎……」

御城和山子在原地佇立，互望著彼此。

接著，他們兩人異口同聲的說出同一個名字。

「零！」

雖然身上流著和阿恩同樣的血脈，但漂浮在母親羊水上的聰明、清廉、耐性、博愛精神等美好的特質，全被大哥給帶走了，所以零什麼也沒得到。這是在胡差當地大家都知道的一種說法。

雖然年紀最輕，實際上場的次數並不多，但他充分發揮當戰果撈客的才能，由於平時愛在街頭上和人玩拳擊，他打架從沒輸過，不過，這也是因為他有最棒的範本可參考，才培育出今日的他，只是不管再怎麼成長，他還是無法和大哥匹敵。而這樣的零，老天也賜予了他一項凌駕阿恩之上的天分。

這也沒什麼好隱瞞的，就是「幸運」。

對戰果撈客來說，這是絕不能小看的天分。

胡差首屈一指的幸運男孩，就是零。他當戰果撈客的首戰，看守倉庫的衛兵全都食物中毒，臥病不起（零走運的時候，都會在胡差大喊，真幸運！）。也曾在逃走時因衝得太猛而滾落斜坡底下，卻意外發現裝滿B圓紙鈔的包包（真幸運！）。釣雙帶烏魚鮗時大豐收（真幸運！），在海裡差點溺死時，正巧大哥前來拉了他一把（真幸運！）。每次阿恩要挑戰難關，一定會帶零同行。對基地街的戰果撈客來說，要大幹一票時零是不可或缺的護身符。

然而，就連零的幸運，也在這次的嘉手納撈客事件中用盡了嗎？

冒著生命危險潛入，卻沒得到任何戰果。有人直接奔向陰間，也有人被丟進拘留所。幸運沒了——當地居民異口同聲說道。但並非完全沒人提出不同意見。他們攻進遠東最大的基地，卻有好幾個人沒被射殺，保住一命，僅是這樣便可說是運勢過人了。御城和山子也都想支持這種說法。因為若真是如此，這份幸運應該也會發生在和零最親近的大哥身上。

沒問題的，幸運男孩的靈驗還沒消失。阿恩也會平安無事。不少胡差的居民都寧願這樣相信（所以不要懷疑，讓我們一起大喊吧。來，大家一起喊，真幸運！）。

零和前來訊問的刑警以及醫生似乎大打出手。與剛住院時相比，身上增加了更多瘀青和新傷。深夜時分，他們看準沒人的時間，在醫院後方和零碰面。再過不久，零將被送往拘留所。德尚先生說，竊盜罪、非法入侵罪，再加上其他罪行，應該會吃上三、四年的牢飯。

「啊，我大哥還活著喔。」阿恩下落不明的事，零也已聽說，但他還是堅信大哥平安無事。「既然他不在警局，也不在醫院，那一定是躲起來了。」

漆黑的後院，細葉榕伸著長長的氣根，模樣就像章魚腳。這裡沒有建築的亮光，占地外滿是臨時搭建的小屋，活像是將觸礁的船隻直接拖上岸，而緊貼在石牆上的壁虎，正在讓白天積蓄的熱冷卻。

零從醫院的窗戶現身後，馬上站在牆邊撒起尿來。餘尿也沒甩乾淨，就直接穿上褲子，取出香菸和火柴抽起菸來。在胡差這地方，手腳最不乾淨的人就屬零了，似乎是從其他住院患者那裡偷來的。每次零到人家家裡玩，茶碗或肥皂總會不翼而飛，所以沒人想叫他到家裡玩，不過他本人倒是一點都不慚愧，還說這是「戰果撈客的鍛鍊」。

御城重新望向摯友的弟弟。零和他哥哥一樣長得帥氣。雖然個子不高，還比御城小兩歲，但他對御城的態度已超過對等的程度，顯得有點高傲。一個只靠腕力，不靠腦袋，得意忘形的傢伙。討厭被當作年輕小鬼的男人。生下來就是英雄的弟弟，帶著這份幸運，天不怕地不怕。像他大哥那樣的沉穩，他完全不具備；愛情、信賴、承諾這類的東西，鮮少會刻印在他的胸膛裡；別人對他的情義，他記不到三天就忘了，簡直就是一頭野狗。

「對了，聽說你在山子家住了幾天，是真的嗎？」

在黏稠的黑暗下，零瞪視著御城。

「我也沒辦法啊。因為我被琉球警察盯上了。」

「御城，你要是敢對我大哥的女人下手，看我宰了你。」

「誰會對這種大妞下手啊。」

「是你們自己太矮吧。」山子大罵這兩個男人，將她帶來慰勞零的豬雜湯容器擺在牆上。

零顯然是在吃醋。他自己想歪了。他想和哥哥一樣受歡迎，這才全力投入戰果撈客的工作中，其實他根本是個好色鬼。御城朝他哼了一聲，心想，這傢伙在想什麼，我瞭若指掌。照這小子的邏輯來看，山子再怎麼說也是他大哥的情人，這表示大哥不在時，和山子關係最親密的人如果不是他，那就太不合理了，但現在他卻被晾在一旁，與山子在一起的御城顯得很礙事。

「我大哥叫我別跟你們說。那原本不是大哥的計畫。是其他人硬逼他接受的。」

「真的嗎？那不是阿恩的計畫？」

「喂喂喂，這件事我也沒聽說。」

是否有御城和山子不知道的親人、阿恩有可能前往投靠的地方、阿恩在展開嘉手納撈客計畫前的行動。逼問諸多問題後，零像坦白說出深藏心中的祕密般道出一切。就像山子所懷疑的，阿恩是有不得已的苦衷，才會襲擊嘉手納基地。

「嘿嘿，我知道御城不曉得這件事。我還知道與那國的走私貿易團來到了胡差。」

對御城他們來說，沖繩最西邊的與那國島出身的走私集團，是那些可怕的逸聞故事中一定會提到的異域。那位猶如蠻族之王的首領，他的傳說家喻戶曉，島上滿是走私船的燈光，酒館和娼寮屋簷相連；從沖繩本島運來的槍械、彈藥、燃料，還有戰車和戰鬥機零件等等「危險戰果」，也都在此交易，儼然成為戰後往亞洲擴展的黑市中樞港口。這些都是從傳聞中聽來。

美國的軍事物資經由與那國流入中國——得知此事的美國民政府，曾在幾年前揭露制裁與那國島的行徑。封閉他們的所有港口，從事走私的人一律逮捕。當時躲過舉發的部分走私集團暗中潛伏，至今仍在沖繩周邊不受控管的領土從事非法勾當。

據零所言，進入沖繩本島的走私集團想辦法與島上的戰果撈客接觸，用盡各種方法加以籠絡，教他們像採購業者為其效力。而對這位胡差的寵兒，當然更不可能置之不理。約莫從一年前開始，他們亮出大把鈔票，提出一次搶奪大量槍械和物資的計畫。阿恩原本都不同意，但今年夏天，他突然主動提議要襲擊嘉手納基地。零感到納悶，不懂大哥為何突然改變想法，但阿恩只對他說「這點你不必知道」，連對自己弟弟也沒說明原因。

竟然沒把我當大人看！滿腔不滿的零四處查探。有時還跟蹤大哥，想查明他改變心意的原因。

聽那霸和浦添的戰果撈客說，與那國的走私集團人稱「久部良」，對於不肯與他們交易的對象會加以威逼脅迫。例如夜裡在路上襲擊、朝住家縱火、折磨對方妻兒。有人被久部良盯上，結果女兒遭受侵害，有人就此倒下沒再起身，有人因為害怕而舉家逃出島外，可說是不勝枚舉。

「難道阿恩被他們威脅？」

「我家爺爺之前不是在工作時被送往醫院嗎？」

「有。去年歲末的事，還在醫院住了好一陣子對吧。」

「其實是有人從後方一把抓住他的頭，把他的臉按進油漆罐裡。我大哥說，油漆裡加了很多危險的溶劑，要是滲進體內可就麻煩了。我爺爺差點就中了對方的道，淪落為終日坐在椅子上流口水的下場。」

「……真的假的？那是久部良幹的？」

「當時有一群奇怪的男人在住家四周遊蕩，連山子也覺得可怕。」

「那也是久部良？」

襲擊嘉手納基地一事，背後暗藏了「威脅」的原因。從基地搶奪來的手槍和彈藥，全都會流入久部良手中。阿恩不想讓他們操無謂的心，才沒告訴御城和山子這件事——唉，彷彿置身黑暗又被蒙住眼睛似的，四周的風景籠罩在濃濃的暗色中。御城身旁的山子也沒再繼續蹲著，勉強著站起身。

「那天晚上，那些外地來的傢伙，大部分都是久部良召集來的人手。久部良的小嘍囉也混在裡頭。

喏，裡頭不是有很會開槍的人嗎。」

「是謝花丈那個傢伙嗎？他是走私集團的同夥？」

「他在現場監視，看我們是否認真工作。」

「你可別說謊喔，我看你只是隨口說說的吧。」

「我沒說謊。在擬定計畫前，多次和我大哥見面的人，就只有他。」

從入夏前，阿恩便一再與謝花丈展開密會。他們在緊鄰胡差的美里，一處叫「希望」的A Sign店見面（如各位所知，這是取得美國民政府營業許可的店家統稱。胡差和美里擠滿了數百家這種店），兩人交談許久。因阿恩不肯帶他去便自己跑去的零，也親眼目睹了謝花丈走出店門後以強硬的口氣向大哥說了些話。

「那個眼神很犀利的男人對吧。」山子再次問道。「經你這麼一提，我在醫院和拘留所也都沒看到那個男人。」

確實是個來路不明的傢伙，御城也同意這個看法。如果那男人也離開了基地，那就應該和阿恩沒回來的事脫不了關係。阿恩也許是為了躲避走私集團的耳目，現在躲在某個地方，或者是沒能搶到戰果，被責問辦事不力，遭帶往島外……

「別沉著一張臉。」御城試圖想趕走沉悶的氣氛，如此說道：「不管怎樣，如果他離開了基地，我們自有辦法找到他的。而且他可是阿恩，不管被帶去哪裡，一定會回來的，就算從與那國游回來也沒問題。」

「這是當然。他可是我大哥呢。」零也加重了語氣。「所以我從剛才不就說了嗎，他一定平安無事的。」

「沒人沉著一張臉。」山子堅強的抬起臉來，「還有，城哥，你知道從與那國游回來有幾公里遠嗎！」

那根本就小事一樁——御城還是如此堅稱。因為就算得知原本不知道的事，阿恩還是他們所認識的阿恩。阿恩不會背叛我們。阿恩是怎樣的男人，我們再清楚不過了。對吧？御城抬起目光，輪流凝望零和山子。阿恩是我們的摯友、大哥、愛人，還有……

「是我們的英雄。」

三人已有好一陣子不曾目光一致了。

朝細葉榕的氣根飛來一隻螢火蟲，閃爍著淡綠色的亮光。

之前與阿恩共處的情景、彼此交談的話語，令三人暫時陷入沉思中。

抬頭仰望，是滿天星斗的天幕。在憲兵、美軍、走私集團四處蠢動的這座島上，棲宿著他們與阿恩共同回憶的閃爍星光，只有他們才擁有。

三　來自監獄窗戶的問候、美里的女人、手牽手來到島外

話說，沖繩一樣有四季流轉。出院後馬上成為階下囚的零，依舊在四季變化中度過。他始終沒得到關於大哥的消息，從夏季邁入秋季，零在那霸監獄迎接新年。

一住就是三年的這座別墅，四周被五公尺高的磚牆包圍，有兩棟雜居房和兩棟獨居房，據同房的犯人說，最近原本只住十八人的雜居房，增加為三、四十人，就連獨居房也被塞進五、六人，堪稱盛況空前。牢房四周滿是勞役工作的工廠，有磚窯、園內農場、飼養場（養豬），而美軍轉售給民間的半圓形屋頂建築，則是供作病房和醫務室之用。

在四間牢舍包圍的廣場裡，有看守員在炎熱的下午溜出牢房，偷閒抽著菸。不過，零他們可就不能隨意接觸外面的空氣了。就連豬舍都比這裡舒服的雜居房，裡頭滿是男人體臭的大雜燴（哇，真受不了！）、床鋪上總傳來忘了刷牙的室友呼氣（會做噩夢）、新來的受刑人只得睡在馬桶和洗臉臺中間架設的門板上（啊——多酷的受刑人超收啊！亞熱帶地區這種像擠沙丁魚般的監獄，世上還找得到這麼教人痛苦難捱的地方嗎？）。為什麼會變成這樣？因為島上的戰果撈客全被關進沖繩唯一的監獄裡，而且那些反抗美國接收土地的人、共產主義者、有危險思想的人（美國民政府如此認定的人），全被

關進監獄裡，形成一鍋大雜燴。剛滿十八歲的零理應關進比較像樣的少年區牢房，但因為他是嘉手納基地襲擊事件的同夥，所以直接關進一般牢房，毫不留情。

「到底是誰害的，只有我被迫得吃這種臭飯。」

風光明媚的春天到來，夏天過去，秋葉落盡，零還是一樣滿腔憤懣。到底是誰害的，每天的伙食就只有乾巴巴的麥飯和滿是蟲啃的地瓜。是誰害的，我早晚都得露鳥跳裸舞。是誰害的，每天都得做吃重的勞役，雙腳發腫。這股窒息感，好想乾脆咬舌自盡算了，這到底是誰害的？

「都是謝花丈那傢伙。等我離開這裡，一定要宰了他。」

用卑劣的威脅手段拉攏大哥，最後還害大哥下落不明，連零都被迫吃牢飯，一切的元凶都是謝花丈。每天來回於作業場，都得光著身子接受檢查。雙手雙腳張開，連舌頭和陰囊內側都得露出來，受盡看守員訕笑的屈辱的裸舞（別名為傻瓜琉球手舞），一定也要讓謝花丈跳個夠！全憑這股憎恨，零才能保持理智。

被分配到窯場工作的零，每天都被卡車運來的黑土搞得全身髒兮兮。用鋤頭和雙腳把黑土兜攏的作業，起初還不習慣，雙腳痛得夜不能眠，是相當耗體力的工作。將充分拌好的黑土丟進馬達式攪拌機，跑完一輪就變成磚塊掉出。這時候若是土中混入鐵片（在戰爭中打進土裡的砲彈碎片），攪拌機的齒輪會受損，看守員的怒罵聲和拳頭也會跟著飛來。因此，拌土班得很專注地找尋碎片。也有人把土倒進攪拌機後發現鐵片，急忙伸手進去拿取，結果手指成了絞肉（鮮紅色的磚塊完成！）。

耀武揚威的看守員動不動就毆打零。在工作時擤鼻涕就挨揍；和其他受刑人起爭執就挨揍；穿上在女子牢房旁撿到的內褲，事情穿幫後馬上挨揍。拜這樣的粗活和折磨之賜，他體重掉了十五多公斤，他兩頰瘦削，就只有目光還帶著光輝，肋骨浮凸的清瘦身軀滿是跳蚤和虱子。

走到這一步，零的幸運算是耗盡了嗎？如果是胡差當地人，或許會這麼說。但不知為何，他在監獄裡，幸運還是站在他這邊。

因為幸運之神要是棄他於不顧，他應該就不會入監不到一年，便得以加入雜居房的互助會（真幸運！），也不會有機會讓資深的受刑人關照他（真幸運！）。儘管面對滿是艱苦磨練的歲月，但零的幸運之星仍未棄他於不顧。

有受刑人在食堂裡對他找碴，零撲向對方，經過一番扭打，一口咬下對方的耳垂。看守員全聚了過來，壓制住他，並命他「吐出來！」，他硬是把它吞下肚，做了個鬼臉，讓看守員看他嘴裡，裡頭什麼也沒有。結果被送進禁閉室，關了整整三星期才回雜居房。

「回來啦。你沒事吧，胡差來的。」

「哪會沒事啊。又挨了一頓打。」

「你那狂野的熱血就是靜不下來，你也差不多該學乖了吧。光是身為嘉手納撈客的同夥，你就已經被盯上了。你得保持低調，別太招搖，靜靜等刑期結束。」

住同一間牢房的國吉向零傳授監獄裡的處世之道。此人年約四十，渾身毛茸茸，身材微胖，那頭膨鬆的頭髮和鬍鬚，彷彿裡頭住了一窩黑鼠。他那泛黑的指甲，裡頭滿是黴菌，不過他那對牛鈴大眼帶著知性的光芒。當初因為擋在美軍的推土機前，以妨礙公務的罪名被判刑的國吉，在雜居房的空閒時間，以及吃飯、洗澡間的空檔，都當著零的人生導師。

零除了從他那裡學會受刑人應注意的規範，還學到了在中國大陸發生的戰爭，也得知島上的歷史。對於政府的真心話、對外公開說的表面話，以及沖繩人所具備的優點與弱點，也受教良多。起初，零是抱持著打發時間的心態聽他說著，偶然會聊到零感興趣的話題，有時遇到不懂的地方，才剛發問，偏偏巡視的看守員前來，對話就此中斷，也令他感到焦急。隔天雖然已完全忘掉先前談話的要點，但能聽到一般在街頭聊天聽不到的話題，也著實有趣。

身為窯場老大的平良先生也是零的老師。他筋骨健壯，是那霸出身的碼頭工人，年約三十五歲，十足獄中老大的架勢，以前他一邊在那霸和泊港工作，一邊參與向美軍挑釁的反美抗爭運動。某天，他一個人將三名美軍打得半死不活，構成了暴行，結果入了獄，是個大人物。

「不管什麼時候，都要當個有用的男人。」

從平良先生那裡，他學會拌土時鋤頭的用法、黑土與紅土的攪拌方式。也學會如何與全力打壓他的看守員應對、如何有效率地鍛鍊肌肉，而這些也對他的獄中生活帶來實質的助益。除此之外，還有新聞記者、稅理士、作家等受刑人，也都會撥時間傳授他各種智慧。說來諷刺，這座監獄對零來說，成了學習科目充實的學校。如果是在外面的街頭，根本不會遇上這些人，但現在得到他們所賜的恩惠，在零心中培育出前所未有的某種好奇心，對此，他比誰都還要驚訝。

「你們這個世代，」國吉說：「吃了最多虧。因為比起學習，更需要生存，你們已竭盡全力了。你的大腦也許渴望得到新鮮的知識。離開這裡後，你打算怎麼謀生？」

「我是戰果撈客，只要還有基地在，我就要靠戰果賺錢。」

「年輕的你們也只能當戰果撈客或是廢鐵回收員。能做的選擇實在太少了。就像無法呼吸一樣。」

「收廢鐵這種工作，是女人和小孩做的。男人就該當戰果撈客。」

「可是，付出的代價就是這種生活，不是嗎？」

國吉動不動就向零曉以大義，要他金盆洗手，別再當戰果撈客。要是繼續當盜賊，人生大半的時光都將在別墅度過，這樣也無所謂嗎？

「我們沖繩人，全都跟此刻的你我一樣。連呼吸都沒辦法，臉色蒼白。更糟的是，我們全都已習以為常。對於沒半點選擇的自由、像住在海底般難以喘息的生活，我們被迫習慣，甚至忘了只要將臉露出地面，就有滿是甜美的氧氣。真正重要的是，不可陷入完全不抱持懷疑的狀態中。」

國吉說的話，能聽懂一半就算不錯了，不過他是同一間牢房的室友，值得信賴，而且昨天聽不懂的話，今天似乎就聽懂了，這點也很有趣。正因為受刑人之間有這樣的休戚與共之情，所以才能一天又一天地撐過嚴苛的牢獄生活。

然而，他是在胡差的街頭長大的混混，不可能只因為和有智慧的人住過一陣子，就完全改頭換面。儘管入監服刑已有很長一段時日，但零那如野狗的靈魂還是一直在外面的世界遊蕩。

他不曾有一刻稍忘。每天都惦記著大哥的行蹤。

圍牆外沒傳來任何消息。他被限制會客，也不准收信，在這種情況下，季節更迭，他依舊得不到任何音訊。御城這個蠢蛋！這個特別愛早上泡澡和睡回籠覺的沒用傢伙，事情要是交給他去辦，肯定永遠也無法知道大哥的下落。出獄的日子還很遙遠，無法繼續悠哉地等下去。既然這樣，只有一個選擇。

接下來這幾個月，零專注在眼前的一切事物。之前不注意的事，現在全都不放過，他注意觀察每個細部，終日虎視眈眈，連眨眼都忘了，不斷找尋方法和機會。當監獄菜園裡種的西南木荷開花時，他盯上了每天固定時間把土運來窯場的卡車。

「這傢伙又要大小號啦？可能是偷偷跑去打手槍吧。」

同樣在窯場工作的絲瓜，是個討厭的傢伙。他長了一張長長的戽斗臉，是個只會巴結看守員的牆頭草。只要能讓自己過上好日子，就算去告密也不在乎，所以其他受刑人都很討厭他。在看守員人數不足的情況下，像窯場、作業場、出貨場這些地方，向來都習慣挑選服從的受刑人來當監工，所以零刻意選在絲瓜擔任窯場監工的某個夏日展開行動。

「你仗著平良欣賞你，就一副跩樣是吧。」

「我快尿出來了。小心濺到你身上喔。」

「喂，不准尿這裡。快去吧，笨小子。」

等著看吧，絲瓜！成功騙過的零，假裝去上廁所，其實想悄悄靠近卡車。他將用來晒磚塊的合板插向車底，躺進車體和合板之間，以纏了布條的雙手抓緊車體。

準備妥當後，卡車駛離原地。當卡車從後門駛出牆外時，警衛也沒攔車（真幸運！）。卡車在十字路口停下，他鬆開了手，待卡車排放的廢氣散去後才站起身。一切順利，順利得連他都覺得沒意思了。既不需要挖洞，也不需要剪破鐵絲網，更不需要爬牆。他從路過的民宅晒衣場上偷來洗好的衣服（不論棉質襯衫還是長褲，都像是量過尺寸一樣合身，真幸運！），刻意挑選不易被人發現的小巷弄，跑過通往胡差的近路。解開束縛的雙腳，毫不猶豫地朝山子的住處而去。

在監獄裡，每個夜晚他都仰賴山子的面容陪他入睡。

如今回想，一直都是這樣。只有大哥才能碰的山子，她的身軀高大又溫暖，儘管就近在身旁，但又像在遠方一樣模糊。

只要一高興，臉頰就會泛起玫瑰紅的山子。總是仰頭大笑的山子。她鎖骨處的凹窩。潮溼的漂亮肚臍。成熟椰子般的氣味。從海邊回來的路上借她穿的襯衫，留下兩個圓形的溼印歸還的山子。在牢房睡大通鋪時，每每想到這一切都還是會痛苦地打滾，然後就有人拿起臉盆朝他砸來，大喊一聲「吵死了！」。現在，他已揮別這種日子，重獲自由，所以不管如何，他也要見山子一面。

然而山子不在家。不管他等再久，都不見她回來。

零跑去山子可能會去的地方查看，但別說山子了，就連御城也沒遇上。

「他們兩個人該不會是在一起吧……」

現在正在某個地方揉著她的酥胸吧，一想到這點，剛才直衝天際的解放感頓時洩了氣。可惡的御城，一定是趁大哥不在，和山子親得火熱。山子那感覺咬起來很舒服，像滿含蜂蜜般的柔脣，啊，她的脣！怒火難耐的零顧不得是否被人看見，直接走在機場大街和中央大街、八重島、中町、諸見百軒通，在胡差四處走動。

胡差、胡差、胡差。隨著每天的心情不同，零對當地的市街有時喜歡，有時討厭。倒不如說，是市街在玩弄零的心情。有時覺得對方是最好的朋友，有時又恨之入骨，宛如是他人生的宿敵。在暮色漸濃的街頭，飄起了塵霧。位於轉角處的石敢當、在巷弄和石牆間蠢動的人影。夜幕逐漸籠罩櫛比鱗次的瓦屋頂和鋼筋水泥屋。

他來到滿是A Sign商店的美里。原本是打算等可以四處走動後，要來這一帶看看。謝花丈與大哥密會的店家就在這裡。他決定先砸了這家店，於是衝進位於巷弄深處的「希望」。

只有五人座的吧臺座位和兩間包廂的店內，化著濃妝的媽媽桑正在準備食材。零劈頭就問：「妳認識謝花丈對吧？」媽媽桑明顯流露出冷淡的態度。零沒讓她知道自己身無分文，點了一瓶可口可樂，媽媽桑以沙啞的酒嗓娓娓道來。

「那是去年的事吧，一位頭髮膨鬆的小哥，和一位高個子的小姐來問過我幾次。我店裡的常客沒有叫謝花丈的人。他們每次來都只點一杯飲料，我根本做不了生意。你也別只喝一杯可樂啊。」

零再也按捺不住。他跳上吧臺，打破威士忌酒瓶，抵向媽媽桑面前，向她恐嚇：「他應該來過這裡很多次吧，妳怎麼可能不知道！我剛剛才從監獄裡逃出來。如果妳想讓我空手而回，我可不知道會做出什麼事來。」

幾分鐘後，零離開「希望」，點燃連同情報一同搶來的香於，升起的白煙溶入亮起 A Sign 看板燈光的特飲街[7]中。

巷弄化為原色的濁流，滾煮著零的皮膚。

他敞開襯衫的前襟。特飲街內比外面的溫度高出十度。

起起伏伏的狹窄巷弄。美里的巷弄比胡差還要複雜交錯。零就像在竹林中解開盤繞的一條蛇，穿過大路。才剛丟掉菸蒂，接著又點燃一根，當他點燃第四根菸的時候，正好抬眼望向他將前往的那間鋼筋水泥屋二樓。

走上陡梯，打開面向走廊的滑窗。往屋內窺望，看到亮著燈泡的房內躺著一名穿著襯裙的島上女子，睡姿凌亂。零叨在唇間的香菸，亮起火光。這女子雖然個頭嬌小，但豐腴的臀部和手腳，對此刻

7 特殊飲食店街的略稱。

的零來說，誘惑力十足。

女子可能是察覺有異，突然睜開扁桃形的雙眼。她一發現窗外的偷窺狂，馬上將胸前的襯裙兜攏，高喊著：「你是誰啊！」並退向屋內角落。女子退到無路可退，零隨即闖進室內。

「那傢伙在哪裡？」

「你說的是誰啊？」

「謝花丈就住這裡對吧。」

「你是什麼人啊。」

「我是胡差第一男子漢的弟弟。」

「呀！變態，別過來！」

這小子真的是一頭自暴自棄的野狗！要是阿恩在這裡，應該會一把揪住他的後頸吧。零那低劣的個性完全展露無遺，根本就不配當英雄的弟弟。他任由自己滾燙的激情，襲向那名女子，用力伸出舌頭，香菸從唇間掉落，他專注地追逐那四處閃躲的豐臀，即使腳底踩到燃燒的香菸，也一點都不覺得燙。他撲向女子，一把抓住她的臀部，撩起她的襯裙，掏出他的老二，準備展開突刺，但他那硬挺的前端卻一再地撞向女子的腰椎，才一眨眼工夫便已射精。

「咦？」

突如其來的大爆發，又突如其來的結束，女子為之傻眼。

那湧現的高潮感貫穿零全身，他感到一陣失落。

「剛才是怎麼回事，你向來都這樣嗎？」

「我因為才剛出獄……」

「哎呀，難怪。」

「我不知道該怎麼做。」

「你這個渣男。你還行嗎？一秒就到？」

遭受到這樣的鄙視，零火冒三丈，大吼一聲，再度撲向女子。但女子這次已不再逃。她擺出既像不悅，又像在嘲笑的態度，纏住零的身體，猛然回神，零發現自己硬度未失的老二，被握在滑溜的手指中。他頭髮為之倒豎，眼球脹大，全身的神經像化為無數的螞蟻四處亂爬，在這股快感下，忍不住呻吟起來。彷彿脊髓被抽走，遭那火熱的手給折彎似的，零的口水和鼻涕直流，女子朝他責罵道：「真拿你沒辦法。」一光使出這招，你就舒服成這副德行，還發出那丟人的聲音，你也收斂一點好不好。還不快滾出去。瞧你流那麼多口水，不覺得丟人嗎？兩人立場完全顛倒，女子對他講了這一大串話，光是靠聲音和手指，就輕鬆讓他達到高潮。

「真是的，整隻手黏糊糊的，髒死了。」

女子一臉掃興地嘆了口氣，慵懶地打開電風扇。被暈眩的漩渦吞噬的零，一時間無法動彈。明明沒半點持久力也敢玩女人，再等十年吧你，真是個差勁的渣男、豬糞、穿內褲的小狗。女子惡言咒罵。

「虧你還長得人模人樣的，真的很教人失望。」女子嗤之以鼻。「像你這樣的人，真的是阿恩的弟弟？」

「妳是知花。我知道妳。」

「瞧你一副無所不知的模樣。你八成是從『希望』那裡問來的吧。」

「妳是那家店的女服務生，而且是謝花丈的女人。」

「你也在找丈嗎？」

不同於媽媽桑，知花口風不緊。在她身上花了不少錢的謝花丈，是三年前到店裡光顧的。知花在多次與他溫存後（不光美里是如此，這座島上特飲街的酒館女服務生，往往也都會兼當娼妓），日久生情，准許謝花丈住進她家中。

「阿恩的朋友，還有他的情人，之前也來『希望』問過話，但媽媽桑吩咐我什麼也別說。她還說，因為你大哥和丈一起討論過戰果撈客的事，要是傳了出去，說我們店裡和這件事有關，那麼店裡的A Sign營業許可證會被取消。要是捲進麻煩事，那可受不了。」

不過知花說，她一直覺得很不安。襲擊基地的戰果撈客被一網打盡，還有阿恩至今仍下落不明的事，她全都知道，從她的雙眸看得出來，她已厭倦守住祕密。

「妳知道謝花丈是『久部良』的黨羽嗎？」

「久部良不是走私集團嗎？丈是與那國的人嗎？」

「那個卑鄙的傢伙威脅我們襲擊嘉手納基地。」

「是嗎？因為他從沒提過自己的事。」

「他不會回來這裡嗎？」

「他回來過，但現在不在這裡。」

「那他人在哪裡，到底躲哪兒去了！」

「吵死了，別大聲嚷嚷。事件發生的隔天早上，丈怒氣騰騰的回到我這裡，拿了行李就走。當時他對我說：『為了搞砸這件事，我得為他們善後。接下來，我要和胡差的老大見面，做個了結。』這不就表示隔天早上，你大哥人也在基地外嗎？」

「噢——噢——，我大哥活著離開了基地！」

「應該是吧，丈確實是那樣說。」

零馬上充滿朝氣。高興得想手舞足蹈。不，等等！有人朝他的喜悅潑了桶冷水，一陣不安掠過心頭。如果大哥離開了基地，為什麼不回來？善後是什麼意思？不管他再怎麼追問，後續知花也都不知情。嘉手納撈客事件的隔天早上，丈離開知花的住處後，便再也沒回來。

「我之後也是四處找丈。事隔兩、三個月後，我才知道他人在哪裡。發生那起事件後，不是有一陣子都加強取締嗎？丈就是在那個時候落網，被關進拘留所。」

「他被捕了嗎？」

「他從我這裡帶走的行李當中，私藏了美國製的手槍。」

「嘿嘿，這個傻瓜。虧他好不容易才逃出基地呢。」

「於是他被判刑，送進監獄。」

「嘿嘿嘿……啥？」

她剛才說了什麼？零為之茫然。她說謝花丈被送去哪兒？

他僵硬的臉頰像蒟蒻一樣抖動起來。這座島上只有一座監獄。

「開什麼玩笑啊。我之前一直都在牢裡吔。」

「啊，對喔。既然這樣，你和丈待同一個地方對吧。」

「是待同一個地方……不對，他要是在那裡，我應該會知道啊。」

「可是，你看過牢裡的每個人嗎？」

「怎麼可能都看過，那裡那麼擁擠……」

哎呀，這可一點都不好笑！命運之神開的這個玩笑未免太過火了。謝花丈也許在嘉手納撈客事件的隔天早上與他大哥見過面，是眼下最重要的人物，偏偏他被關進零才剛逃出的那座監獄。這時窗外傳來警笛聲。可能是「希望」的媽媽桑通報警方，這下子也不能在這裡久待了。

再見了，渣男，你快逃命吧——知花低語道。雖然嘴巴上這麼說，但在臨行時，知花還是發了一大串牢騷，零聽了頗感煩躁。知花自言自語道——唉，真是受夠了。我總是遇上這種壞男人。他雖然一副壞男人樣，但其實個性纖細，神情帶點哀愁，本以為他和我之前遇到的無賴不一樣。他常搞壞身子，支氣管也不太好，虧我還那麼替他擔心呢。原來他根本沒跟我說實話。

「我說，你要是遇上丈，代我跟他說一聲。就說我已經不再等他了。下次我要找個不會說謊的男人。」

這位對待零顯得神色自若的美里女子，儘管話說得冷淡，但其實言不由衷，以她的性情，對於自己真心相待的男人，不可能輕易捨下。

這種話，妳自己跟他說，我才沒空管這種事呢！拒絕傳話的零，隨即衝出知花家，十萬火急地離開美里。彷彿逐漸靠近的警笛形成了重奏，聽得他膽顫心驚，眼下他打算先到附近的空屋躲一躲。就在這時，有人喚住了他。「哎呀，是零吧？」

「噢，太好了！既然丈說要和他碰面，也許就表示他已確認阿恩逃出了基地。光是能得知這點，你辛苦逃獄就沒白費了。沒想到那名女服務生還會跟你說真話呢。」

「對了，你三餐有著落嗎？」

「哦，這個啊，沒想到撿廢鐵還挺有賺頭的。」

「瞧你那嬉皮笑臉樣，你這沒志氣的傢伙！」

與他巧遇的御城，拉著一輛載有鋤頭和竹籠的拖車。不管怎麼看，都像是剛撿完廢鐵回來（那場戰爭中殘留的砲彈碎片，一斤可以賣一B圓，如果是彈殼之類的黃銅，則可以賣四B圓，這成為島民的重要收入來源）。當初為了瞞過警察的耳目，才假扮成廢鐵回收員，結果真的就這樣開始刨掘地面找尋廢鐵，所以御城才會開玩笑這樣說。零一把揪住他沾滿泥土的前胸衣襟，將他拉往一旁的巷弄裡，並壓向長命草枝繁葉茂的石牆。

「你一直都在幹嘛！放棄找我大哥了嗎？戰果撈客竟然當起了撿廢鐵的，還講得嬉皮笑臉，你這個不知羞恥的貪吃鬼！」

「既然這樣，那我問你，吃蘇鐵的葉子能攝取營養嗎？」

「誰要吃蘇鐵啊！」

「為了生活啊。山子家沒有男丁。」

「你幹嘛養山子，接收我大哥的女人是吧！」

「用不著你這樣大吼大叫，講得口沫橫飛，她心裡只有阿恩。」

御城似乎也感到不耐煩，扯開嗓門吼道。事發之後，山子一直困在濃霧中走不出來，就連御城也拿她沒辦法。雖然山子四處東奔西跑，但她彷彿在和阿恩道別的那一刻就已失了魂——聽御城親口說出這話，零彷彿這才感到安心，同時，內心也被攪得更亂，那分不清是屬於哪邊的心境，深深折磨著他。

得告訴她這件事才行——御城說。掌握線索的人，果然就是謝花丈，就只有他了。嘉手納撈客事件發生後，他與大哥見到面了嗎？為什麼知道大哥已離開基地的事？絕不能放著這位能說出事後經過的唯一當事人不管。

「你要不要去道個歉，然後重回監獄？」御城朝零逼近。「接下來如果不向謝花丈問個清楚，一樣什麼也不知道。如果待在同樣的監獄裡，就會有機會碰面。」

「你、你這樣還算是朋友嗎？你根本就不知道，那裡是個怎樣的地獄。」

「只有這個方法了。你就去找出謝花丈吧。」

「我不要，我好不容易才逃出那裡！」

「你先決定好聯絡方法，要是知道些什麼，就馬上通知我。之後我會處理。阿恩離開基地的事，我也得告訴她才行……」

這時，從大路上傳來說英語的尖銳聲音。憲兵發現他們兩人暗地裡偷偷摸摸，出言警告。氣血上湧的零，一把將御城手裡的鋤頭搶了過來，以握柄的部分毆打御城。哎喲，你幹嘛打我！零不理會大吼的御城和憲兵，從另一側衝出巷弄。

我發現的事，要由我來告訴她才對！他從胡屋十字路穿過軍用道路五號線，轉進小巷裡。在夜幕下，順著一路都是瓦屋頂房的坡道往下走，山子家的燈光出現眼前。這一帶有一半的住戶家中都沒電，所以山子家特別明亮。我回來了！渾身鼓起勇氣的零，以他過往十九年的人生中最快的速度衝下坡道。如果完全不減速，就這樣一路加速，見山子來到門外，一把抓住她的手，穿過胡差、穿過基地前，奔過空無一人的沙灘，他們兩人就這樣飛到島外去，那也不錯。

緊接著下個瞬間，有人從建築物後方衝出。眼前的風景馬上傾倒，怒吼與腳步聲朝他湧來，零一臉撞向地面。身上穿著美軍夾克的看守員將他壓制在地。雖然他們沒能馬上發現零逃獄的事，行動的時間晚了點，但看守員賭上了自己的臉面，在逃獄者有可能會去的地方布下監視網（如果四十八小時內沒逮到人，搜查權就得改移交到琉球警察手上，所以看守員也全都拚了命）。趴在地上被拘捕的零，本來要前往的那扇大門走出一道人影，映入他眼中。對方似乎是聽聞屋外這場騷動，零心中的渴望激烈地從體內衝撞他的肋骨。是我啊，山子！山子！零死命地抬起視線，定睛朝出現在昏暗前方的人影望去。

從門口走出，窺望外頭情況的，是頂著蓬頭白髮，身穿姆姆裝的老太太。

奶奶，不該是妳啊！不管是醒著還是在夢裡，自從逃獄後仍不斷令他心焦的女人，竟然連在窗邊露個面都沒有……

零的這場逃獄記不到十小時便匆匆落幕。

就此被遣返監獄。

四 不在身邊的愛人、發出獅子吼的囚犯、菩提樹下的約定

打從尚未懂事的時候起，便一直有首歌在山子的心裡回響著。那是女人的歌聲，是在這座故鄉的小島上長期交織而成。因鮮血和白骨而產生回響，幾欲滿溢而出的高亢歌聲。自從戰爭結束後，這歌聲的回響日益增強，轉眼變成令人無法入眠的巨大音量。

她連自己本名都忘了。大家都叫她高個兒的山子。她十二歲時，就已擁有大人的身高，她很排斥，每天都駝著背，盡可能讓自己別那麼顯眼。但在那場改變每個人的戰爭結束後，她長期壓抑的狂野就此爆發。

哎呀，電線桿女在路上走啊！就算有男生這樣調侃她，她也會正面將對方撞飛。在穿不暖吃不飽的生活下，儘管飢腸轆轆，而且父母都不在人世，有時覺得既孤單又可悲，幾欲暗自顫抖，但她還是不願因此屈服，並告訴自己這根本就沒什麼。

這一切都是因為能和阿恩在一起。因為能和阿恩一同生活起居。擠滿野戰帳篷的平民收容所，是

整天和阿恩共處的新居。喏，聽得到歌聲，從體內深處響起的歌聲——山子不理會那數不清的故鄉傷痕，很想對整座島吶喊。

如果能一直在一起，即使待在收容所裡變成老太婆，我也甘之如飴。

但在那之前，我想生下你的孩子。

想成為你的愛人！

就像看到自己未來的夫婿，一見傾心的大部分島上姑娘一樣，山子也有了驚人的改變，徹底變身成勤奮的女人（應該是與生俱來的資質，因為這樣的「同居時代」而開花結果）。她清洗阿恩滿是淫汗的內衣褲、修補布滿塵埃的涼鞋、清掃黑蠅和蒼蠅四處亂飛的帳篷。從美軍的便當容器上撕下抹蠟的厚紙，塞進空罐裡，做成蠟燭（喲，氣氛絕佳）。為了替阿恩他們張羅點心（明明正是長得快的年紀，偏偏配給不足！），一早便跨越雙層鐵絲網，撈捕海蘊和貝類，並摘取筆筒樹的嫩芽、單葉蔓荊葉、島薊、羊蹄、馬齒莧，打造出自成一套的野菜料理。照顧阿恩的生活，讓原本黑白的風景也變得鮮豔多彩。這時候的山子不必仰賴語言便訴說了一切。只要和我這麼能幹的女人共組家庭，婚後生活還有孩子眾多的家庭，我都能處理妥當。

但那個人卻沒將目光放在她身上。因為他馬上便在成為基地街的胡差全心投入盜取物資和食物的工作中。

山子有自信，她比御城和零更能派上用場，擁有比任何人都熾烈的意願，但她總是被拋下。只因為我是女人，就小看我！對這種不公平的憤懣日益高漲，但她仍持續等候阿恩平安歸來，而這一再累積的渴望就像爆發似的，山子迎來第二性徵浮現的夏天。

山子自己比誰都還要驚訝。十四歲那年，光一個夏天就長高了五公分，原本扁平的胸部和臀部變得無比豐滿，猶如灌進過多空氣的氣球（就連奶奶也很傻眼，不知道她到底吃了什麼，才變成這樣）。御城和零不時偷瞄她，A Sign店的老闆邀她到店裡工作，就算天氣熱，她也不敢穿薄衫，因為這驚人的快速發育，令山子的自尊心陷入危機中。之所以會變成這樣，是因為不讓我加入戰果撈客的緣故。因為不能混在男人當中，所以體內的女人味逐漸發揮作用。胸部這麼大，只會對跑步造成阻礙！

憲兵常會對她按喇叭，小嬰兒會望著她噘起嘴脣，她成了胡差的觀光名勝，街上的年輕小伙子總會跑來看她（御城和零這時候總不忘收參觀費），不過，習慣了這種異常狀況，她也不禁思考，這種跨越國境和世代藩籬的「神通力」，有沒有可以善加運用的方法？

派得上用場的東西，就該好好運用，這是在戰爭中存活下來的島上女人奉行的金科玉律。山子也決定要善加運用。她看準阿恩的時間空檔，常跑去找他，不管什麼時候都坐在他正對面，為了製造與阿恩獨處的時間，她編了假造的時間和地點，將御城和零支開。但阿恩還是沒任何反應。儘管山子穿上衣領寬鬆的襯衫，敞開前胸搧風，阿恩都還是以清澈的雙眸回望。她從沙灘上站起身時，都會背對著阿恩，拍去臀部的沙子，但這時阿恩一定會臉轉向一旁，和同伴擬定當天的搶奪計畫。山子感到焦急難耐，這時，她從穩健的拖網捕魚法改為刺突捕魚法（用魚叉刺魚的捕魚法，將軍！）。她紅著臉，緊緊勾住阿恩的上臂，從背後抱住他，胸部整個貼上。但不管她做了什麼，阿恩總是將他的熱情投注在戰果撈客的工作上。

她備感沮喪，甚至心想，只要島上有美軍基地在，我就奪不走阿恩的心嗎？我是不是別再抱有期待了？雖然有時會感到挫折，但耳畔還是能持續聽見……

那歌聲從她火熱的體內傳來回響。

聲音不斷響起，未有片刻停歇。

而且山子已不再是以前那個想法消極的高個兒女孩。她已成為堅毅不折的電線桿女。沒錯，我是固執的山子！是勇往直前的山子！她毫不鬆懈地努力，之後年復一年，仍舊持續不輟。而某天，島上最佳基因創造出的男人，終於回頭投以關愛的目光。

那年山子十六歲生日。她和奶奶同住的租屋處門口堆滿了阿恩贈送的戰果，而且一次還無法運完。之後不管怎樣，阿恩總會先將物資和食物送給山子。當時男女間常有這種贈送戰果的舉動，這可直接說是求婚的贈禮（山子那真誠無偽的愛慕，幾經波折，最後終於夢想成真！身為史實傳承者的我們，深知她的一往情深，忍不住為她祝福。的確，當時山子讓最愛的男人轉頭望向她，同時也讓這世界轉頭望向她）。

阿恩粗糙的手指撫摸著山子的臉頰。維持從背後抱住她的姿態，就一直這樣躺著。只有他們兩人的沙灘，滿是訴說彼此夢想和願望的情話。阿恩伸手撫去山子臂部的沙，同時不只一次地說。不帶半點矯作，而且無比開心……

「妳不能跟任何人說喔，我最喜歡妳的笑臉了。」

會說出這種話的男人，我怎麼可能捨得離開呢？

我太幸福了。你是我在這世上最大的福報。山子在他溫柔的雙手包覆下閉上眼。

歡迎你的到來。就像天國特別為她打開了一扇窗。

阿恩。

阿恩。阿恩。

嘉手納之夜，最後沒能見到阿恩，這令山子眼中看到的一切景致全變了調。

歲月在轉眼間流逝，就山子看，來那一年又幾個月的時光，如同孑然一身的寡婦過了百年。

能做的她全都做了。只要一聽聞風聲，再遠她都去，只為了分辨是真是假。走在路上，不時會往巷弄裡窺望，還會埋伏在基地的出入口前，向軍方雇員問話。甚至倚賴奶奶的占卜，沒事就在基地四周徘徊，走到雙腳紅腫。

她沒辦法靜靜待在家中，於是她邊走邊祈禱。就像在每天不斷上升的絕望水位下掙扎般，他展開各種推理。她回顧在這座故鄉之島與阿恩相遇，一同度過的漫長歲月，回想起兩人之間的對話，她無法停下腳步，無法停止祈禱。

走私集團的男人肯定知道內幕。在得到這項消息後，她幾乎連日都跑到那霸郊外的磚牆建築報到。周邊的住家櫛比鱗次。風吹過滿是沙石的窄路，追過在排水溝裡爬行的黑鼠。高牆形成的陰影與日照的交界處，有小小的蝴蝶穿梭其間。彷彿讓磚牆冒出水蒸氣的強烈日照，將監獄的景致照得泛白迷濛。

「今天也沒聯絡呢，零會不會發生什麼事了？」

蹲在陽光下的山子把臉埋進膝窩裡。

御城抬起下巴，注視著高牆。

「城哥，用這個方法沒錯吧？」

「嗯，應該不會有錯。」

要與圍牆內聯絡，御城挑選了他從一名坐過牢的人那裡聽來的方法。看守員人數不足，所以要暗中聯絡並不難。將摺好的信，丟進遠離看守臺的園內農場。如此一來，負責農場的受刑人就成了聯絡人，將信帶回牢房裡（從圍牆內與外面聯絡，則是用相反的途徑）。當然了，這需要給回禮（就是用繩子綁著香菸或錢一起丟進圍牆內），不過要是用這個方法，應該能時常保持聯絡。山子和御城每天都在相同時間、相同地點，等候零的消息。

他們朝牆裡丟了信之後，過了一個多星期才收到回覆。山子撿起那個越過圍牆掉落的小物體。那是裝在塑膠袋裡的細長筒狀信紙，是與零住同間牢房的國吉寫的信。

「不好了，信裡提到零被關進禁閉室……接受一種名叫『扛槍』的懲罰。」

他們寄出的信並未送到零手中。零被送回監獄後，一直到現在仍被拘禁，似乎沒餘力搜尋謝花丈的下落。代為保管那封信的國吉，為了報告零的現況，還特地提筆畫下「扛槍」的圖解。一、單手擺在腦後垂放，二、另一隻手從後腰往上扭，三、將繞到背後的雙手手腕綁住。照著一到三的步驟，現場試做一遍的御城，忍不住慘叫道：「哎呀，好痛苦！」據說如果是瘦弱的人做扛槍動作，不到一個小時就會昏厥，而且零還要維持這個姿勢接受懲罰，包括禁止運動、減少飯量、接受拷問。國吉在信中提到，聽說會持續長達數月之久。

「要是知道逃獄會遭受這樣的責罰，我就不會隨便叫他去自首道歉了……」

御城一臉歉疚地解釋。山子也無話可說。

對人在圍牆另一側的零所抱持的罪惡感，以及明知謝花丈握有線索卻無法接近的焦急，就像吸飽了海水的海綿，緊緊束縛著山子。

在無法跨越的障壁阻擋下，只能任憑時間虛擲。山子不希望繼續這樣束手無策下去，於是她在收到國吉的回信當晚，便拿定主意。她緊握從工具箱裡拿出的鐵鎚，想衝出屋外，被御城攔住。由於兩人相識多年，他對山子的想法瞭若指掌。

「因為零現在無法行動，總要有人去吧。」

「妳拿著鐵鎚想當隨機殺人魔嗎？要敲破憲兵的頭盔是嗎？」

「如果不這麼做，就進不了牢房啊。」

「妳又發出像豬一樣的鼻音了！」

「女性牢房也在同一個區域吧。」

「別亂來，妳這個笨女人！」

御城從後方一把抓住她肩膀。山子想將他甩開，御城卻一把將她拉了過去，像架住她的雙手，緊緊摟住了她。山子全身為之一僵。雖然是單薄的胸膛，她感覺到男人寬闊的身軀帶來的緊貼感，同時感覺到御城也深吸一口氣。

她像戰慄般心跳加速。御城把臉埋進她的後頸。這位向來個性輕浮的傢伙，此刻不像平時一樣開玩笑，就只是低語著：「妳大可不必刻意自己跑去。」彷彿以嘴脣的動作，將這句話刻印在山子心中似的。

「放開我，城哥。」

早在和阿恩變得親密之前，在他們還一起泡澡的孩童時期，兩人就以城哥、山子互稱。每次御城平安歸來，山子總是由衷感到開心，就算在同樣的場所、同樣的時間裡一起共度，也不會覺得難受或是哪裡不對勁，他們就是這樣的竹馬之友。然而，最近山子竟發現自己藉由和御城共處，來排解那無處宣洩的孤獨和不安。阿恩不在身邊的這些日子，她深切感受到痛苦、歉疚，以及自我嫌棄，所以山子忍不住在心中祈求。快點離開我，城哥。

「我也很了解妳。」御城說出不像他個性會說的話，山子的心跳聲變得益發響亮。

「你說了解，到底了解什麼……」

「了解妳是怎樣的心情。」

「既然這樣，你就讓我去做吧。」

「我就不行嗎？」

「你要我用鐵鎚揍你嗎？」

「不，我的意思是……」

經過一段沉默，御城將來到嘴邊的話又嚥回肚裡，鬆開了山子。山子轉過頭來，被輕輕敲了一下腦袋，握在手中的鐵鎚已被拿走。

「……我的意思是說，要進監獄的話，我來就行了。妳不必刻意毆打憲兵，我早有充分被逮捕的理由。」

所以妳就留在這裡吧——御城說。我們會在圍牆內找到謝花丈，命他一五一十地招出一切，隔著圍牆傳信給妳，然後妳就去做妳該做的事。這樣明白了嗎，妳這個倔強的傻女人！一口氣說完這串話後，御城把山子推開，衝出屋外。

這怎麼行！山子加以阻止。儘管抓住御城的衣服，還是被他甩開。城哥也真是的！明明就沒有自願入監服刑的勇氣，卻講得那麼好聽，搞得自己沒臺階可下。要是入獄的話，會有好一陣子出不來啊，而且在牢房裡，早上也辦法睡貪覺。每次山子如此嚇唬他，他的臉部都會一陣抽搐。然而，御城還是沒有猶豫，在當地幾家食堂和路邊攤窺望後，終於找到坐在店裡喝酒的德尚先生。

「嗨，大叔，氣色不錯嘛。襲擊嘉手納基地一案，我也參與過。」

御城直接自首。他低著頭，坦白說出自己是引發軒然大波的那起案件的同夥，而且已厭倦躲藏，決定束手就擒。

就這樣，御城因竊盜和非法入侵的罪名遭到判刑，隔月送入監牢（最近逮捕了多名戰果撈客，所以從逮捕到開庭、判決，一連串的手續過程相當快，只要短短數天便可完成）。不過，之前一直忙著追查阿恩的消息，御城不知道，當時圍牆內出現了過去未曾有的混亂事態。

連御城都走了。每次在重要時刻，就只有山子一個人被留下。

為什麼總是只有我一個人被留下。

當時零待在獨居房裡。

這裡理應比雜居房寬敞，可以伸長雙腳，但其實不然。

視野變得模糊，如同待在遇難的船底，不住搖晃。

是什麼時候睡著的？又醒來了多久？

他連這些事都搞不清楚，想順著依稀的記憶去回想。

零始終不肯說出在圍牆外做了些什麼，看守員限制他的行動，並動手毆打，不許他打瞌睡，也不讓他適度的運動。

這麼一來，零唯一能保有的，就只有意識。看守員無法連他腦中的思想一併束縛。零心想，所以他們才會拿這副肉體當人質。不斷折磨他，等他主動供出一切。

他一直在振作與後悔的夾縫間徘徊。

扛槍確實難受。起初還意外地覺得輕鬆。

但過沒多久，全身的肌肉幾乎都快與骨頭分離了。

連呼吸都有困難，眼珠都快掉了出來，苦不堪言。

在行動受限的情況下，唯一能做的，就只有把牆上的汙漬看作各種圖案，零不斷將自己的想像投影在牆上，看得都快膩了。與大哥之間數不清的眾多回憶、他不斷追逐的背影。黃昏時分，亞拉吉沙灘的海景。山子的臉龐。逃獄後遇上的知花，與她之間發生的鮮明片段。從國吉先生和平良先生那裡學會的事。

被徹底奪走自由，奪走時間感，就連對空間的認知也變得模糊，在這種情況下，這些回憶一一滲進零的心中。就算自身游移的意識飛向遠方，再也回不來，他也不怕。從稱不上思考的模糊意識，乃至於與幻想中的老師展開的問答，他將這些悠游在意識之海裡的思念魚兒全部一網打盡，用舌頭取下它們身上的每一片魚鱗，細細品味。

他乾涸的嘴脣微動，發出像枯葉摩擦般的自言自語。

……我是什麼人？

這時人在獨居房的零，確實如此喃喃自語。

只要是胡差的人，聽到之後應該都會大感驚訝。因為零這天竟然脫口說出他過去十九年來從未想過，與他個人形象大相逕庭的哲學問題。不過，這短暫的哲學時間也被迫中斷。看守員走進了獨居房……

訊問的時間結束時，零有三分十五秒的時間陷入死亡狀態。

因為這名迷糊的看守員忘了解開他的扛槍束縛（由於有窒息的危險，每隔幾個小時需要解開，這明明是必須嚴格遵守的規則！），就這樣走出房外休息去了。

之後施予急救，拿冷水從頭淋下，零這才一陣嗆咳，甦醒了過來，此時出現他眼前的一切，感覺無比新鮮，他感到十分奇妙。就連獨居房平凡無奇的牆壁和天花板、在房內角落爬行的黑鼠，他也覺得有股親近感。因為我差點到了另一個世界嗎？零有這種感覺。我差點就死在這間獨居房，但現在我還活著。此刻他感受到過往人生中最強烈的生命感。

他突然明白了許多事。

看守員為何如此焦急？

他在這間獨居房裡，不想告訴他們什麼？

美國人和日本人，想要這座島上的什麼？

哦，原來是這麼回事啊。他一切全明白了。原本一直在他腦中糾結的東西，這下全都看得一清二楚。這也是獨自展開的問答，以及短暫的死而復生所賜。此時的零，已變成由零精製成而的結晶。他明白自己想要的是什麼，他那滿是傷痕的嘴脣露出一抹笑意。

御城完全看傻了眼。再怎麼說，這未免也太慘了吧。

監獄裡的生活比傳聞還要悲慘，簡直就是噩夢。

之前御城不曾好好看過報紙，對於故鄉相關的政治和社會情勢也都漠不關心，但連他都知道這座島即將展開一場和土地有關的抗爭。

我們沖繩，是美國捨不得放手的「太平洋樞紐」。為了取得軍用地而積極展開土地接收，並行使強權，將房屋、農田、祖先的墓地都變成空地，地主持續反抗，高喊：「我們不需要這種廉價地租！」傾全沖繩之力推動的民族運動，氣勢日漸高漲，美國民政府加強取締，打壓控訴侵害領土權的政黨，對這項運動的核心人物（市井領袖、人民黨黨員、反美思想家等）貼上共產黨標籤，判定有罪。拜此之賜，島上唯一的監獄擠得毫無立錐之地（原本最多兩百人，現在硬是擠進了上千人），牢房裡氣氣稀薄，遭壞心的看守員拳打腳踢，嚴格的紀律變得更嚴格，受刑人的憤懣不斷累積，眼看即將爆發。

「要在這裡頭找人，簡直難如登天啊……」

平時起床就已經夠早了，但分配到廚房的工作，差點沒累倒。御城得比其他受刑人早兩個小時起床，揉著惺忪睡眼煮飯、削紅蘿蔔皮、將地瓜切片。每次換配膳輪值時，他總會仔細確認牢房裡的每一張臉，但遲遲沒找到謝花丈。

雜居房的一舍和二舍都沒有謝花丈。這麼說來，難道會在獨居房大樓？國吉他們也從旁協助，但沒人聽過謝花丈這個名字。也許這原本就是個假名，而且看守員都是用編號來稱呼，所以受刑人之間無法記住每個名字。國吉說：「要是看得到官舍裡的名冊就好了。當然了，那裡無法自由進出，我們可不是放牧場裡的山羊。」

唉，我太急躁了。本以為只要進監獄就能遇上謝花丈。早知如此，當初真不該自首，刻意接受判刑，若換來這樣的結果，那可一點都不好笑啊。那個男人真的被關在這裡嗎？

入監後的第一個月，終於輪到他去獨居房配膳了。說是獨居房，其實有名無實，這裡同樣也是一間房裡擠了三到五人。除了那些惡質的逃獄囚犯外，沒人可以獨占獨居房。

「……你是零對吧？」

「這聲音……是御城嗎？你也被捕啦？」

「我才不會那麼不小心呢。我是去自首，說要為你逃獄的事頂罪。」

「嘿嘿，我看你是想見我吧。我不在的這段時間，胡差變得怎樣啊？」

「就很無聊啊。對了，你在這裡待了兩個月？」

隔著視察孔與熟悉的臉孔重逢，御城連出言損他都嫌懶。眼窩裡兩顆眼珠骨碌碌轉的零，露出一排像洗衣板的肋骨，徹底變成了瘦得像排骨的苦行僧。

「啥？你是自首的？到了重要時刻，你倒是下得了決心嘛。既然這樣，乾脆和其他受刑人打一架，到獨居房來住，如何？順便試試扛槍的滋味。」

「我可不想和你同住。你沒辦法離開這裡嗎？」

「要是我乖乖道歉，說出一切，才出得去吧。」

「那你就這麼做吧，不然你會死在這裡的。」

「既然我地方上的朋友也來了，那我就隨便說些有的沒的，回去好了。」

獨居房裡傳來莫名冷靜的說話聲。這傢伙真的是零嗎？這名男子沐浴在視察孔透射出的亮光下，飄散出一點都不像莽漢的平靜氣質，比他外表的變化更教人吃驚。

「不過，就算我離開這裡，也不能隨意行動。」那個聲音如此說。「我被銬著鎖鍊，什麼事也做不成。所以我才在這裡思考該怎麼做才好。如果是我大哥會怎麼做。」

「你說思考？零，你也會思考嗎？」

「得想辦法製造出某個契機才行。」

不久，監獄裡引發一場小小的風波。

不論是在雜居房、運動場，還是廚房，受刑人都焦躁不安，靜不下心。御城心想，應該是因為十月的運動會就快到了。

「好像有大人物要來。」

這是國吉告訴他的消息。這位確定會入監的「大人物」，就連御城也知道他的名號。御城固定參加反美聚會的叔叔嬸嬸，以及山子的奶奶都是這位「大人物」的崇拜者。當一個民族團結一心，朝建立體制之路邁進時，能代替地方發聲的民運旗手就會出現。這幾年成為「當紅炸子雞」的這位政治家，因為藏匿美國民政府下令退出島外的人民黨員，而被判處兩年徒刑。

就在零被放出禁閉房的這天，看守員帶來的這位「大人物」徒步走過牢房的通道。受刑人全都把臉貼向視察孔，想爭睹名人的風采，然後像在辦酒宴般，敲響臉盆，儘管看守員喝斥，他們仍不停止喝采。在眾人的歡迎下，不顯一絲興奮，始終維持一號表情，步履悠然的這位人物，是在島上的抗爭中被視為龍頭的沖繩人。

「真的來了，是瀨長龜次郎啊！」

他真的來了。是龜次郎，是龜次郎本人！

從我的牢房前走過吧。龜先生，獄中生活也要好好加油喔。

我們沖繩的明星，龜次郎。島民帶著滿滿的擁護，叫喚他的名字。

方正的腮幫子、顴骨高聳的沖繩臉，只要打開那緊抿的雙唇，便會講出震撼聽眾心靈的絕佳演說，一位講臺上的藝人。他鼓舞島民，要大家連一坪土地也別賣，比任何人都勇於呼籲反美、反基地的愛鄉人士（不管怎樣的史實傳承者應該都會替他打包票吧。如果沒有這個男人，全島的抗爭情勢要如此高漲，可要很多年後才能辦到。最近對島民來說，就算加上切．格瓦拉、馬克思、孫文，也沒他來得有價值，他是受盡凌虐的沖繩靈魂所帶來的一位不世出的革命家！）。

「這裡有很多龜先生的崇拜者。像跟我同房的國吉先生，甚至能完全重現他的知名演說呢。要是跟他互別苗頭的話，那可相當不利呢。」

隔天在運動場上碰面時，見這位老友的話題全被瀨長龜次郎入監的事搶走，他卻沒氣得咬牙切齒，一副處之泰然的神情，御城大感驚訝。從小時候還在路邊撒尿就認識的這名不良少年，在獨居房監禁了短短幾個月，就脫胎換骨了嗎？御城不禁朝兩頰瘦削的零打量起來。

「我說御城，龜先生要是見到我大哥，不知道會怎麼說呢。」

啊，零也這麼想嗎？會拿瀨長龜次郎這樣的傑出人物與胡差的英雄做比較的人，並不只有御城。一邊是人民黨的政治家，一邊是戰果撈客，儘管立場截然不同，但是與美軍及政府對抗的英姿、匯聚地方眾人的人望，以及為民族靈魂點燃烈火的存在感，他們的共通點可不光只有一、兩項。

「這是命運的安排。我們非得找出謝花丈不可。這時候龜先生入獄再好不過了。因為這位大叔出現後，一定會引發一番風波。」

「你現在口才變得可真好。對我來說，這反而才是件大事啊。」

「對了，御城，那天晚上你原本拚了命想背著我逃出鐵絲網外對吧。雖然最後還是扔下了我。」

「幹嘛現在還提那件事。你懷恨在心啊？」

「才沒呢。這次換我跑了。」

「說什麼啊。你這隻小狗打算跑到哪裡去。」

「我們這座島，很快就要立場互換了。」

除了零不尋常的那番話語外，不論是運動場、廚房，還是雜居房裡，每位受刑人都顯得心浮氣躁。御城扯著他那一頭亂髮，心想，怎麼偏偏還在這不平靜的時候入獄啊（停止在平靜的淺灘上嬉戲，改為在大風大浪中划向外海，有時就此搭上時代的浪頭——對御城和零來說，與瀨長龜次郎的邂逅，正是那波瀾萬丈的事件當中的一件）。

獄中明確的變化，監獄裡的職員也已察覺，他們將瀨長龜次郎關進獨居房，不想讓他和其他思想犯有所接觸，雖然加強警戒，卻還是接連引發騷動。瀨長龜次郎入獄後過沒幾天，發現一名負責雜役的囚犯企圖展開違法的聯絡。他藏在長褲褲腳的密信是這麼寫的。敬稟者，對於美國民政府以尋隙般的罪狀將您判刑，在此深表同情。倘若您在圍牆內仍有意展開抗爭，我等將全力支援——這文章一看就知道要寫給何人。擔任聯絡人的那名負責雜役的囚犯，堅稱他只是撿到掉地上的紙屑，始終不肯供出文中的「我等」包含了哪些受刑人。

御城和零，兩人住不同牢房（分別是一舍七房和三房），工作地點也不同（分別是廚房和窯場），無法隨時知道彼此這一天是如何度過。回到雜居房後，零會在房內與國吉展開密談，在窯場則是和平良先生他們密談。御城前往拿取煮飯用的木柴時，曾目睹零趁拌土的監工不注意，與平良他們交談的畫面。雖然是以平良為核心人物，但站在他身後的零也頻頻插話發表意見。

十月底時，在那一年一度的運動會上也引發了一場風波。這場運動會按不同作業場分成多個小組，展開接力賽跑、騎馬打仗、哎薩的餘興表演，對受刑人而言，是排解平日煩悶的好機會。御城也卯足了勁，度過了忙碌的一天。隔天早上起床，御城發現了異樣。平常起床後受刑人會在房內排成一列，遵照看守員的口令喊出自己的編號，這是規則，但這天卻有不少受刑人拒絕點名。看守員揮動警棍喝斥，但仍舊不改桀傲的態度。早在前一天的運動會比賽中，受刑人就已事先說好了。眾人口耳相傳的祕密指示，也傳入御城耳中。「為了我們好，點名時不要理會」，這口耳相傳的指示是出自誰的主意？該不會是他吧？御城一陣瞎猜，在運動場上一把攔住零。

「我和平良先生他們談論後，想試試看這裡的受刑人一旦有事發生時，能有多大的配合度。」

「嚇！果然是你們幹的。引發這麼大的風波，到底想幹嘛？」

「這種嚴重的人員超額現象，緊緊束縛的規範，再加上看守員的暴力，可說是一次存在了三種痛苦。在忿忿不平和不滿的累積下，受刑人認為瀨長龜次郎與他們站在同一陣線，大家因此壯膽不少。

我要借這股氣勢來撼動整座監獄，然後趁亂找出謝花丈來。」

「喂喂喂，你要在監獄裡引發抗爭嗎？」

「其他人是有這個意思。就讓他們去搞吧。我們在這裡的理由就只是為了逮住謝花丈，為了這個目的，派得上用處的東西就得好好利用。」

面對這詭譎的情勢發展，御城看得提心吊膽。眼前這位暗自冷笑的兒時玩伴，看起來像是個深不可測的陌生人。你真的是零嗎？

我知道自己是什麼人了。

我現在仍是戰果撈客，擾亂島上治安的流氓。

所以我要和其他人聯手，攪動混亂的漩渦。

就在島上的抗爭也即將在獄中引發的秋末時，一個晴天霹靂的消息傳入零耳中。原本是派系領導人的平良被強行帶走，關進禁閉房。這對零他們來說是一大重創。

「要是平良先生不在，事情可就難辦了！」

枉費之前一再展開密談，「獄內抗爭」的計畫都已逐漸有了雛形呢！原本理應要在作業時間內，由平良和零抓住看守員作為人質，然後以此為契機，鼓動受刑人全體起義。接著盡可能大鬧一場，破壞牢房和工廠，向琉球政府和各家報社控訴這裡的超額囚禁以及不人道的對待方式。甚至連哪個班負責統管受刑人，哪個班負責抓住看守員，哪個班負責搶奪槍械（擔任過戰果撈客的零負責指揮搶奪班），都已決定好，平良則是擔任最關鍵的受刑人統率者，但現在卻一開始便出師不利。

平良因策畫暴動一事而接受懲罰。怎麼會走漏風聲呢？怎麼看，都覺得是有人密告。

「是絲瓜那傢伙……」

平良在窯場人望頗高，絲瓜看了很不是滋味。這名密告慣犯肯定是聽聞零他們的計畫後，跑去向看守員告密。經過一再討論後，國吉說，既然這樣，也只能取消計畫了。這位雜居房裡的老師原本就行事謹慎。為了改善現狀而大聲疾呼，固然也沒錯，但不該冒然採取過於激進的行動，這是他的主張，與零他們意見相左的情況愈來愈明顯。

「看守員個個也都顯得殺氣騰騰。現在沒人出面統率受刑人，千萬不能蠻幹。這次對方先下手為強，反而算是幸運，你就先冷靜一下吧。」

「幸運？這種東西已經不需要了。」

打從平良被送進獨居房那天起，監獄裡採取了更嚴密的戒備。站在看守員的立場來看，若瀨長龜次郎甫一入獄，便引發暴動，實在太不像話。要是真發生這種事，可就顏面掃地了，如同是告訴世人他們的管理能力有多糟。

所長下令，要把一切都壓下來，除了煮飯和供水，其他勞務作業一概暫停，用餐和運動也都限制在房內進行，拜此之賜，零變得無法和窯場那一派的人馬聯絡。看守員不斷地巡視，不分晝夜，無事可做的受刑人每次只要閒聊就會被訓斥，甚至遭威脅要送去關禁閉。但零還是不願就此噤聲。獄中的規律和秩序出現前所未有的大亂，每個人都感受到風雨欲來的氣氛。這時候如果大哥在的話，一定不會乖乖地忍氣吞聲。別說踩剎車了，甚至還會重重踩下油門。

他們光靠威脅，根本帶不走任何人。因為這時候若再增加懲罰，只會更加刺激受刑人。國吉已看出這點。大家口耳相傳，說看守員也覺得害怕了，甚至有人開始向巡視的看守員挑釁。儘管就寢時間已到，大家還是不停地竊竊私語。暴風雨即將來襲的預感一再累積，已即將漲滿，就在十一月的某個晚上，零從牢房發出衝破最後一道關卡的一聲叫喊。

「揍死他！」

聽到了嗎？這聲音？

緊接著響起響亮的破碎聲。

看守員，受刑人，都聽到了吧？懸掛在天花板上的燈泡搖晃，黑鼠捲起尾巴逃竄。看守員跑來查看在鬧什麼。零的雙手可沒停下，他和同房的獄友一起發出巨大的聲響。啪嚓、啪嚓、啪嚓、啪嚓，敲打房門的聲響，再加上厚實木板破裂的嘎吱、嘎嚓聲，接連不斷。看守員從三房的視察孔往房內瞧，頓時因驚恐而眼睛圓睜。

「揍死他、揍死他、揍死他、揍死他！」

房裡的零帶頭率領眾受刑人高聲吶喊。揍死他、揍死他、揍死他、揍死他，他與同房的受刑人一起抱著擺在房內的裝水鐵桶，橫向朝房門內側衝撞。

你們知道自己在幹什麼嗎！看守員大聲喊道。當然知道啊，零豪氣十足地應道。看也知道，我們正打算撞破牢房門。每次鐵桶用力衝撞，眼前就會火花四濺，這節奏彷彿雷陣雨來臨前的劃下的閃電。宛如某個乾枯纖細的東西在風中碎裂般的聲響，盈滿四周，房門的厚板發出陣陣悲鳴。

「聽到這個聲響了嗎？這種門根本不堪一擊，很快就能撞破！聽到的話就跟著做，把眼前這扇門撞破！」

零的喊叫確實影響了其他牢房的受刑人。

他讓許多靈魂產生共鳴，牢房大樓裡四處傳來破壞房門的聲響。

噢，這樣真的能撞破呢！用美國產的松材打造的牢房房門，每一扇都被白蟻啃蝕，而且因為人力不足的影響，也沒配置設備技師，所以修繕和補強都完全擱置不處理。看似堅固的房門其實根本就沒發揮作用（看穿這一點的人，是雜居房的智囊國吉）。傳向腹中的隆隆聲響、巨大聲響的大雜燴（怒吼聲、咒罵聲、蹬地聲、指哨聲），搖撼著整棟建築，化為能量噴發而出的鐵桶，破壞力倍增。最後，鐵桶終於破門而出，衝向一舍的走廊。房門的殘骸四散，零從裂縫中探出臉來。

「嘿嘿，這麼一來，我就是第二次逃獄了。」

三房的受刑人也都接連衝向走廊。

其他牢房的人也鬥志昂揚，急著要破壞房門。

失去理性控制的受刑人蜂擁而出，看守員嚇得魂不附體。來到走廊上的人亂丟餐具和用品，隨手抄起滅火器，幫忙破壞其他牢房房門。看守員急忙暫時撤退，轉眼間，所內總動員全都衝了進來。這段時間，房門被撞破，形成受刑人與看守人兩大集團，在走廊上對峙。

你們全部給我回牢房裡，誰敢不從，就當場射殺！表情凶狠的看守員怒氣騰騰地開槍威嚇，受刑人的隊伍見狀，踉踉蹌蹌地往後退。有幾個人嚇得大叫，退回牢房裡，但馬上有人縱聲大喊，令大半的受刑人站穩腳步。別害怕，他們不會開槍殺人的！

「要抓住一名看守員來當人質。這麼一來，就是我們的天下了。」

站在受刑人前頭的是零。唯獨在這種時候，他就像嗑了藥似的，一點都不感到恐懼或不安。零挺身走向前。接連擊發的威嚇槍響，在天花板反彈，像火雨般灑落，但非但沒澆熄他的狂熱，反而愈煽愈旺。不退後是吧！一名年輕的看守員將槍口對準他。年輕人其實心裡更害怕，因為太過害怕，他可能真的會開槍，正當零彷彿事不關己似地若有所思時，隨著一聲槍聲，他整個人被往後拉。使足了勁將零往後拉的，不是別人，正是他胡差的好友。

「你這個瘋子，你是想讓人在你頭上開個洞是吧！」

「嘿嘿，你也出來啦。動作真慢。」

「你還真做了。竟然真的就動手了。」

「這種小場面，和我大哥做的事相比就像是在辦運動會而已。」

「我不管了，我真的不管你了！」

與御城面對面後，零這才有了清楚的自覺。此刻他和大哥一樣，看著同樣的風景。和他面對同樣命運的御城以及其他受刑人，都沒人站在他前面。在前面領導的人是我。

滿向走廊的受刑人為了避免衝突而暫時退回牢房，然而這空間已經和昨天不一樣了。如今只是用來躲避子彈的避難壕。走到這一步，監獄已喪失牢房的功能。就像在建築裡引發龍捲風般，這場混亂的漩渦，波紋轉眼擴散到隔壁的雜居房大樓以及獨居房大樓。在牢房與牢房、大樓與大樓之間來去的受刑人，全都跑了出來，這情景猶如撤除所有柵欄的動物園一般，看守員為了不想成為囚犯的人質，只能聚在一起行動，無法徹底展開監視，只能任由受刑人為所欲為，無法制止。

漆黑的夜空之上，浮著一輪鮮紅之月。這確實是受刑人的「暴動」。面對監獄設立以來未曾有的緊急事態，所長為了平息風波，親自來到大樓之間的廣場。你們有什麼要求的話，我聽你們說。看是要改善待遇還是什麼，儘管說吧。所長展開說服，但招來一陣咒罵，物品朝他飛來，眾人都說「別上這個騙子所長的當」，盡是惹來辱罵，反而造成反效果。既然連所長也安撫不了，獄方也無技可施了。走到這一步，被拱出來的人是……

就只有那個人了——一名受刑人說道。所長下了許可指令，一名看守員奔向獨居房大樓。不久，廣場上歡呼聲、指哨聲、如雷掌聲四起。在這種情況下，眾所期待的人物被搬了出來，他站上臨時湊合的講臺，抬起了右手，回應眾人的歡呼。旋即連起鬨聲也靜了下來，每個人都靜靜聆聽瀨長龜次郎說話。

「謝謝、謝謝。」他張口說了起來。「聽到外面一陣喧鬧，我心裡想，到底發生了什麼事，結果這裡的職員跑來找我，要我說幾句話。我回答他，我確實是從事政治活動，但現在是和大家一樣的身分，我不是獄方的代言人，不過，如果是採取和大家對話的方式，倒是可以聊一聊。就這樣，我站上了這裡。」

零從走廊的窗戶俯視廣場，御城也靠向他身旁。

御城以不像他平時的安分表情，專注地望著瀨長龜次郎。

望著那個人，想起了我大哥是嗎？零很想向這位和他一樣認識那位英雄的男人問個清楚。

「大家一起想想，這場風波的原因出自哪裡？」瀨長龜次郎接著道：「可能是基於待遇或擁護人權等各種看法，對監獄累積的不滿就此潰堤吧？各位的目的，自始至終就是要獄方接受你們提出的要求，而非單單只是要暴動。因此，不論是同伴之間，還是對看守員，都不能靠武力來解決事情。」

說得真好——零心想。仗著條理分明的思路，以及善於溝通的口才，雖然是站在受刑人這邊，卻又把人拉進自己的主張中。不愧是世所罕見的鼓動者，果然沒辱沒這稱號。

「我能做的提議，就是各個牢房派出一名代表，整合出改善待遇的要求，再從中選出議長，各位覺得如何？不是把風波鬧大，而是迅速轉為團體交涉，這樣才是明智之舉。」

哎呀，談到交涉了！由龜先生當議長！從聽眾中響起這聲叫喊。瀨長龜次郎搖頭說，他也很想這麼做，但無奈他因為胃潰瘍，身體欠佳，所以無法出任眾人的代表。零心想，真沒擔當。這位大叔講得一副很了不起的樣子，但他其實只是不想接燙手山芋。

這位沖繩抵抗運動的指標人物會說出什麼話來，零原本也很感興趣。但掀開蓋子後，他根本不認同行使武力，只想用和平的方式來平息這場風波。瀨長龜次郎走下講臺後，眾人馬上高喊道：「要由我們自己選出代表。」但零已覺得掃興，不想牽扯其中，便走出牢房大樓外。

「不是說要趁亂找尋謝花丈嗎？」

御城也跟著跑來。當然要找，但在那之前，想先辦件事。零橫越廣場，邁步走向隔著一處占地的內牆。牆的另一頭是女子牢房。聽聞這邊的騷動，女囚也都醒了。微微的燈光引誘零靠近。他找尋踏腳處，一路往上爬，來到圍牆上方時，竟然有一名看守員守在女子牢房的屋頂，零成了他步槍的槍靶。嚇！子彈緊貼著他頭頂掠過，他失去了平衡，從牆上摔落。

「哈哈，真幸運！你還是老樣子，老想著要對女人的屁股下手。」

「夠了喔你，別用那種口吻說我。」

零靠在圍牆上，御城坐向他身旁。

「結果不如預期。」零嘀咕道：「龜次郎也是，令人期望落空。」

「他口才很好，不是嗎？」御城持不同意見，「只是一篇簡短的演說，就能平息一場風波，果然不是簡單的人物。」

「在得起火的爐灶裡扔木柴的時候，偏偏灑溫水滅火。儘管他被吹捧成不屈服的鬥士、民族的英雄，但那終究是政治人物的極限。」

「你說這話，是打算解放監獄，自己成為英雄嗎？」

「英雄是吧。話說回來，這指的是怎樣的人呢？」

「當然是像阿恩和龜先生那樣的人啊。」

「如果只是這樣，我不懂。要在什麼時候，與怎樣的對手對抗，要怎麼做，要達成怎樣的成果，才稱得上是英雄呢？」

「能在關鍵時刻賭上性命的就是英雄，阿恩曾這樣說過。」

「我問的是你的看法啊，御城。如果現在在這座島上，就得由我們來當英雄的話，你會怎麼做？」

「引發一場沒有退路的暴動，這是當英雄的條件嗎？」

「我不知道。就是因為不知道，才會做各種嘗試。我總覺得，我如果找不出答案，也就找不到我大哥。所以你也別擺出那副窩囊樣，好好找出答案吧。要找出你自己的話，來說明怎樣才是真正的英雄。」

「從國吉先生那裡現學現賣是吧。瞧你那說話口吻，好像什麼智者似的。」

「我們是在找尋同樣的人對吧？」

我和你一直都是相互競爭呢。零回顧過往的歲月。過去兩人一直在爭奪那獨一無二的男人最佳搭檔的位子，但現在這裡只有我和你。既然這樣，現在你就是我的搭檔。既然你不想落在我後頭，那就得嘗嘗同樣的內心糾葛，追逐同樣的目標。面對各種情況都抱持「總會有辦法」的態度去解決，始終當個半調子，這絕不會是件好事，對吧，御城？

兩人雖然站在一起，目光卻沒交會，他們回想過往的歲月，仰望頭頂。零發現幽暗的夜空有幾顆閃爍的星光，他心想，星星那純粹的火光是什麼構成的，而我們又是什麼構成的呢？

隔天上午，琉球警察派來大批武裝警察。發生暴動的消息已在島上傳遍，政府向附近居民發出緊急避難的勸告，周邊的道路全部封鎖。多達五百名的警察大隊，在每一道門外架起路障，要讓受刑人也明白，他們被團團包圍，不容任何人逃獄。

情況演變快速，令人目不暇給。一部分受刑人從勞役工廠裡取出了柴刀和手斧，準備搶回從獨居房大樓移往少年區牢房的平良。數十人合力破壞了少年區的大門，與湧入的警察大隊展開了一場大亂鬥。

在瀨長龜次郎的調解下，理應是針對改善待遇展開協商，但部分強硬派人士不肯安分地坐下來談。他們從磚塊放置場調來磚塊，從木材工廠調來工具和木材，與警察大隊一陣推擠，就連警方開槍示警也不怕，揚起塵煙，在衝突的混亂中，成功搶回了平良！帶頭領導強硬派的零，他那習慣在街頭與人鬥毆的熱血被激起，面對警察展現了毫不退讓的勇猛氣勢。

那小子，到底還要不要找謝花丈啊！御城感到一陣暈眩。宛如暴動成癮的零不斷煽動受刑人，縱聲長嘯，不想讓這場風波平靜下來。那天下午，受刑人代表團（被選為議長的人是國吉）前往與琉球政府派來的調查委員展開協商，結果遲遲未歸，前往查看後得知，原來是所長他們以偷襲的手法囚禁了代表團。為此情緒沸騰的零一行人，再次與警察大隊展開衝突。煽動這場大亂鬥的零，用木材將警察打飛，絆倒在地，奪走他們的頭盔和警棍等裝備。第二次衝突顯然是警察大隊處於了劣勢，帶回代表團的受刑人展開強烈砲轟，說這樣雙方根本無法好好談下去，想早日解決紛爭的警察大隊只好暫時撤退。

國吉說，美軍好像也抵達了。美國民政府的使者似乎也在官舍二樓的對策總部觀看這一連串的發展。美國人並非一直都採取隔山觀虎鬥的態度。要是事態持續惡化，鬧出人命，統治不當有可能演變成社會問題。國吉重新遞交陳情書，為了提防偷襲，指定在中央廣場召開協商。代表團帶著對獄方提出的要求（包括放緩超額收容、對暴力看守員的處分、允許受刑人集會等），即將以受刑人的身分參與這場團體交涉，這是在全世界也極為罕見的一場會談。

暴動成癮的零一點都不可靠。御城獨自四處找尋謝花丈。各棟大樓都找不到他的身影，所以他極力打探能潛入官廳總務課的方法和機會。聽國吉說，那裡存放了記錄受刑人戶籍和經歷的帳冊，只要有機會加以確認，應該能查出謝花丈的所在處。

當本大爺是什麼人啊。御城不屑地哼了一聲。

只要是我這位本領過人的戰果撈客出馬，要找出一、兩本帳冊根本就易如反掌。

可能是政府派使者前來的緣故，官廳看守得特別嚴密。御城等到天黑後，從清掃工廠偷來工作服，假扮成清掃員，潛入建築內。

走進漆黑的總務室，用手電筒照亮，翻開帳冊的頁面，但始終都查不到與那國出身的受刑人記載處，以及謝花丈的大頭照。可惡，快點出現，快點出現！他因焦急而扭動著身子，就這樣看到三分之二處時，被走進總務室的看守員撞見。本想一把抓起那本帳冊，衝出房外，但因為被逼得太緊，一時忘了拿，就這樣空手逃了出來。

「可惡，失敗了！就差那麼一點啊！」

謝花丈真的在這裡嗎？在這場風波中，他也四處走動嗎？手拿柴刀的人裡頭有他嗎？朝站哨的警察丟石頭的人裡頭有他嗎？在受刑人野放的占地內，觸目所及盡是牢房不該有的光景。與病房相連的醫務課，裡頭的醫療用酒精全被偷光。豬舍裡養的兩頭豬遭到宰殺，由原本當廚師的受刑人煮成沖繩式東坡肉，分發給整棟樓裡的人，牢房和廣場到處都在辦酒宴。

御城走在受刑人當中，檢視每一張醉得不省人事的臉。有人仗著醉意打破玻璃窗，與其他受刑人起衝突，至於之前和看守員關係好的受刑人，則是慘遭圍毆。二房有個男人被眾人推來推去，御城看不下去，出面調停。

「好了好了，大家都先別這麼衝，好歹都一樣是受刑人吧。」

被毆打的，是和零同樣在窯場工作的受刑人。御城也聽人說過，當初將平良出賣給看守員的人，就是絲瓜這傢伙。

「你就是絲瓜啊，你就算被人活活打死，可能也沒怨言可說。」

「你是胡差的戰果撈客裡的一員吧。我只是請他們分一點豬雜湯給我，結果他們就全都聚過來揍我……」

「也難怪你會惹人嫌。你乾脆蒙著臉，暫時躲一陣子吧。」

「你這個人好像還滿好溝通的。你聽我說好嗎？」

「我很忙的，我要走了。」

「大家都說是我出賣平良，其實那傳聞是捏造的。」

御城幫他要來一碗湯，他緊握湯碗的手指不住顫抖。絲瓜感嘆道——的確，之前的密告，有八成都是我幹的。但暴動的事我什麼都不知道。所以我不可能去密告。但沒人肯相信我的清白。每個人都認定這是我幹的好事。

「有人說我現在仍在向看守員通風報信，以此找我麻煩……但不是這樣的，我沒這樣的心思。我只是想讓病人吃點營養的東西。如果是你，應該會相信我的話才對。」

「你說的病人，是在這場風波中受傷的人嗎？」

「不，有個人一直因為傳染病而臥病在床。」

「在暴動前就感染了嗎？」

「前天開始病情惡化，也許今天或明天會是關鍵期。」

在入獄服刑前，絲瓜是位內科醫師，與原本是牙醫和獸醫的其他受刑人一起輪流擔任看護。據絲瓜說，有名受刑人氣喘併發結核，從幾個月前住進獄中的病房。在這麼糟糕的衛生環境下，他的免疫力下降，偏偏又不能移往較像樣的醫療機構，這幾天他的體力已即將耗盡，他似乎也曉悟自己離死不遠了，一直說著夢話，說什麼想回故鄉，想回與那國。絲瓜看了不忍，心想，至少也讓他臨死前吃點好吃的東西。

「喂，你剛才提到與那國是嗎？那個病人是與那國出身的？」

「對，他這麼說的。」

「他叫什麼名字？」

「好像姓內間或是仲間吧。」

話還沒聽完，御城已往前奔去。可能就是因為對方長期住病房裡，所以在雜居房大樓和獨居房大樓才會都找不到他！過去從未說過自己來歷的這個男人，自從身體衰弱之後，也開始說起從與那國島的西崎看夕陽有多美，以及當初渡海遠赴香港和臺灣時的回憶。御城衝進那半圓形屋頂的病房。以泛黃的屏風做區隔的室內，躺著一名枯瘦得活像骷髏的病人。

「你是謝花丈吧。」

從幾年前開始變得浮凸的下巴和顴骨，緊黏著薄薄一層枯葉色的皮膚。臉上到處都浮現微血管，在眼窩裡骨碌碌轉動的眼珠，就像鳥蛋剛好落在兩個凹孔裡一般，彷彿只要臉一偏就會掉出來。他可能才剛咳過血，擺在枕邊的臉盆被血染紅。他的視線投向突然出現的御城，但最重要的意識似乎相當薄弱，從他乾癟的雙唇間逸洩出彌留的氣息。

「還記得我嗎？我是襲擊嘉手納基地的戰果撈客啊。我希望你告訴我那天晚上發生的事。」

若要以強硬的口吻逼問，這裡實在太暗，環境太不衛生，而且眼前的男子已極度衰弱。雖說是惡名昭彰的「久部良」黨羽，但也不致於要在遠離故鄉的這種地方，在只能感受到絕望與死亡氣味的獨居房裡，接受如此悲慘的無期徒刑。御城甚至覺得，這世上任何地方都沒有哪個罪人該受這樣的懲罰。

「我有重要的事要跟你說，你逃出嘉手納基地的隔天上午，在某個地方和阿恩碰面對吧？我們一直在找尋阿恩。也許只有你能確認阿恩是否平安逃出了基地。」

可能是他的話傳進對方耳裡，謝花丈雙脣顫動，想要說話，但突然一陣狂咳，血染髒了枕邊。從他喉嚨深處發出的，宛如玻璃摩擦的聲響，心臟變成一顆小石子，在玻璃瓶裡滾來滾去。他這個樣子根本沒辦法喝豬雜湯。絲瓜也束手無策，只能在一旁摩娑謝花丈的背。就像地底植物的根一樣，那宛如死神長長拖地的衣服下襬般的暗影，正不斷侵蝕著謝花丈。

「喂，聽說你找到謝花丈了！」

御城派人前去叫零，零馬上便趕來，兩人緊挨著謝花丈枕邊。聚在這裡的看護，個個都頹然垂首，認為他撐不到明天早上。昨晚到今天下午這段時間，原本變得比較穩定的病情，此時突然又急轉直下。

「開什麼玩笑啊，你要是死了，我就揍死你！」零不分青紅皂白地大喊。「你聚集全島的戰果撈客，要大家襲擊嘉手納基地，要死也得等你把這件事了結後再死吧！我大哥離開了基地對吧，你們把他帶到哪兒去了！」

儘管他是重病患者，但零根本不管。被迫在嘉手納基地穿越生死線、被奪走唯一的大哥、在監獄裡接受殘酷待遇的憤怒和恨憎不斷噴發，他以幾欲要朝躺在病床上的謝花丈喉嚨一口咬下的氣勢說個不停。

說完後，謝花丈目光移向桌上的吸嘴。絲瓜送到他嘴邊後，他喝了兩口水，接著搖了搖頭，示意夠了。謝花丈那細長的雙眸，還透射出微帶理性的光芒。雖然沒馬上開口說話，但看得出這名躺在病床上的男人有話想對御城和零說。

「你告訴我們這件事就好。」御城措詞相當謹慎。「那起事件發生的隔天，你在基地外和阿恩見面。你們見過面對吧。」

「是胡差嗎。你們是胡差的……」

等了一會兒，終於沒再被輕微的咳嗽阻礙，從謝花丈的脣間說出這句話來。

「你們胡差的老大和我……」

「你快說，你們後來見到面了嗎？」

「我們逃出基地……」

「你和阿恩都逃出來了對吧。」

「善後。」

「對，你說過，想要善後。」

「拜那之賜，我再也回不去了。回不去島上。」

「是指你的故鄉與那國島嗎？」

「回不去了，可憐啊。」

御城和零屏息著，拼湊起謝花丈斷斷續續的隻字話語。

他確實想要傳達些什麼。或者應該說，這可能是瀕死之人的特性，不管別人問什麼，都會反射性的想將自己在這世上走過一遭的證明遺留下來。他撐開顫抖的眼皮，以覆上一層薄膜的雙眸回望他們。

那天晚上，逃離嘉手納基地的謝花丈，也確認阿恩成功逃離。而且他事後還為了替搶劫失敗的事「善後」而出門一趟。他到底有沒有和阿恩見到面？如果見到面，是在哪兒見面，這起在脅迫下進行的搶劫計畫又是如何善後？就算只有一項也好，只要能聽到事實，則嘉手納撈客事件發生後的失蹤事件，以及胡差的眾多謎團，應該都能一一解開。謝花丈說他無法回歸故鄉，這表示他也被迫以某種方式負起責任嗎？

「我回不去了，再也無法帶著她……」

「這個我剛才聽過了。快點接著往下說吧。」

「你很吵吔，零。」

御城將放聲咆哮的零推向一旁，探尋對方這些話語間的接點。

「因為沒得到嘉手納基地的戰果，所以你也失去了臉面，是這樣吧？」

「哦，戰果，我們取得了戰果。胡差的老大帶回去了。」

「取得了戰果？阿恩奪走槍械帶回來了嗎？」

「那不是我們原本要的。是不在預定計畫裡的戰果。所以才無法善後。要是能照計畫進行，我已經和她……」

「你說不在預定計畫裡的戰果？」

「那是什麼啊。」

御城和零緊貼著枕邊，雖然謝花丈正要接著往下說，卻像重要的器官被刺了一刀，一陣劇咳來襲，被重病吞沒而無法回答。宛如落入深不見底的深淵般，投下的石頭沒傳來回響。

「喂，你好好回答啊。你說不在預定計畫裡的戰果是什麼？既然你和我大哥見過面，那他到底是跑哪兒去了？」

病房裡的空氣像透明的礦物般凝固。一道生命之火微弱的搖曳，變小，逐漸消失。御城看不透這個孤獨的男人臨終前想說的話是什麼。另一方面，零整個人往前傾，就像要勒住病人的脖子似的。

「可惡，這個沒用的雞骨男。既然你快死了，我就告訴你一件事吧。有個叫知花的女服務生對吧。就是跟你相好的那個女人，他請我傳話，要是遇見你，就跟你說一聲。」

如果說這是死前臨別，這樣的說話口吻未免也太粗野了。

御城感到不安。這小子該不會是為了洩憤，而想對他說些不正經的話吧？

低俗的話別亂說——他一把掐住零的後頸，想要他轉移話題。但零還是沒離開枕邊，他把嘴唇湊向謝花丈耳邊。

「他說，我會一直等著你的。」

他如此明確地轉告。御城從零身上鬆手。儘管因憤怒和焦躁而情緒激動，零卻還是緊握謝花丈那骨瘦如柴的手。同時經歷了搶劫計畫和監獄生活，見識過大風大浪的這個男人，在他臨終之際，零並不打算以傲慢的態度送他最後一程。

隔天天尚未明，謝花丈嚥下最後一口氣。御城和零為他送行。就像一條從天上垂吊而下的透明絲線被切斷般，迎接這一刻到來後，看護執起他的手量脈搏，掀起他那薄薄的眼皮，確認瞳孔擴散後，就此雙手合掌。

御城和零究竟算是趕上，還是慢了一步呢？兩人都只能垂首不語。理應知道阿恩消息的這個與那國的男人，才剛重逢，便急著展開旅程，前往另一個世界。

他就只留下一句充滿謎團的話語。

・・・・・・不在預定計畫內的戰果，到底是什麼？

在隔天的中午前，十一月的琥珀色亮光一直朝磚造建築傾注。陰沉的浮雲在上空匯聚，雨滴淅瀝瀝落向屋頂、中庭、屋簷。為這位在暴動背後悄逝的受刑人哀悼的雨，很快便傾盆而下，下得圍牆嘩啦作響，在外頭露營的看守員和警察紛紛穿上雨衣。

琉球和美國的高層似乎持續召開因應會議，但擔心後續產生的影響損失，始終不敢悍然展開武力鎮壓。根據國吉的觀察，他認為之所以會引發這種超額收容的現象，全都是因為美國民政府的打壓所致，所以他們應該不想讓施政的缺失和錯誤公諸於世。另一方面，受刑人當中的鷹派仍舊持續擬定危險的計畫。

「現在平良先生也回來了，只要一聲令下，便能聚集兩、三百人。將繩索套在門閂上，全部人一起拉。」

拉抬氣勢的人是零。他慷慨激昂地說道，就讓我們集結所有受刑人的力量，試著逃到圍牆外吧。

在圍牆內大鬧，和跳出圍牆外，這是完全不同的層次。之前受刑人為所欲為，但都沒人死傷，這都是因為暴動的範圍局限在所內，但如果有人想要逃獄，則政府和警察都不會默不作聲。雖然謹慎派人士占絕大多數，但零一樣堅持他的主張——拉倒後門，衝破路障，乘著與警察大隊交手的混亂，幾個人一同衝進報社，說出監獄裡的實情。對整座島，甚至是對全世界高喊「受刑人也有人權」。他從過去這兩次衝突中明白一個道理。他們只會威嚇，只要受刑人團結一致，沒有什麼是辦不到的！

這位御城熟悉的男人，不知從哪兒學到了方法，正蛻去他少年時代那身老舊的皮囊。一臉英勇、精悍的神情，眼神充滿穿透性。零不斷地煽動群眾，再次將許多受刑人拉進強硬派中。

「那傢伙，因為他一直在找的男人已經死了。」御城茫然的暗自低語：「所以對他來說也沒有必要留在這裡了。」

「他會這樣失控我也有責任。」國吉也不知如何是好，「因為我把他當姪子一樣挺他，教了他許多道理。也許我培育出一位連我也應付不了的危險人物。」

國吉整合穩健派，針對改善待遇一事推動協商，同時持續對零投以關愛。他也對御城說，像這種風波也只是一時。你們年輕人得好好服完刑期，然後昂首闊步的到外面的世界去。因為日後在圍牆外的人生，有真正的抗爭在等著你們。

「戰果撈客不能當一輩子的工作。御城，你出獄後打算做什麼營生？」

「未來的事，我不知道。」

「你沒有想要照顧的對象嗎？」

「哦，算有吧。」

「別忘了對方的臉。」

大雨未歇。濃濃烏雲布滿天空，儘管是白天，卻陰暗猶如日暮。隔天有了大動作。以打樁機打出的豎坑裡插入圓木，架起鐵線，經過強化的路障外頭，配備步槍和卡賓槍的警察開始組成隊伍。

告知全體受刑人、告知全體受刑人——現場傳來琉球政府行政主席的講話。告知全體受刑人，這場騷動發生至今已過了五天。琉球警察的責任是維持島上治安，為了修復遭破壞的牢房房門，接下來我們將進行攻堅。請全體受刑人配合進入房內。若有不從者，鎮壓部隊將會開槍。這不是像之前那樣開槍示警，而是以實彈對不肯進房者開槍。就算有人因此傷亡，我方也概不負責。

以擴音器傳出的這項通告，等同是宣戰公告。鎮壓部隊的腳步聲和號令，御城他們也都聽得見。因應總部一反先前作風，轉為強硬的態度。似乎是為了阻止零他們逃獄而決定訴諸武力，完全看準了時機。

「背叛者是你對吧。」

零衝進代表團裡，揪住其中一人的前襟，使足了勁將他抵向牢房的牆壁。他撞開前來制止的御城，將對方重重推向牆壁。在對方癱軟滑落時，還踢出一腳，露出完全失去理智的神情，整個人壓在對方身上。

「和平良先生那時候一樣。我們剛準備要正式上場時，對方就先下手為強。因為還有告密者在。我什麼事都會先來找你商量，所以你全都知道對吧！」

「我不想讓你白白喪命。」國吉擦拭嘴脣的鮮血，如此說道。「將暴動擴展到圍牆外，根本就是自殺的行為吧。」

有人看到國吉在建築的暗處與看守員交談，那是受零感化的鷹派受刑人。平良被送往獨居房，政府告知將不顧一切動用武力，這都是因為國吉事先通報。被搶先一步的因應總部，無法就這樣眼睜睜看著他們展開「集體逃獄」計畫。政府賜予琉球警察鎮壓暴徒的權限。要是計畫受挫，我方也就不會有慘烈的犧牲——國吉根據自身的信念，接連兩次告密。

被自己最信賴的老師出賣，政府和警察也做出最後通牒，慷慨激昂的零全然忘我。和他一樣熱血沸騰的受刑人聚在一起，大聲吼著——要抗戰到最後，既然他們要攻堅，那就搶下他們的武器。在以平良為首的強硬派鼓動下，也陸續有人改變原先主張，認為這時候要是屈服，一切就又打回原樣了。再這樣下去，整個牢房有可能化為一片血海。御城感受著那令人暈眩的棘手問題，腦中突然浮現一張沖繩人的臉孔。

「能參加的人全部過來，往這邊走。」

御城撲向零，使足了勁將他往後拉。他鼓動受刑人，衝向下著大雨的牢房外。我們再次聽聽看那個人的意見吧。御城此話一出，平良的同夥、國吉，以及其他眾多受刑人全都跟著他走。因豪雨而變得泥濘的廣場，留下一長串泥腳印，湧進獨居房大樓裡。雖然房門已大致遭到破壞（是某受刑者在動亂中想讓他離開牢房），但瀨長龜次郎始終沒走出牢房半步，一直躺在床上看書。

「您好，龜先生。」

大致問候完畢，御城說出來這裡的緣由。這個傻蛋說的話，您怎麼看？我們應該抗戰到底嗎？雖然只說了大致梗概，但這位民族抗爭英雄似乎已明白是怎麼回事，只見他緩緩坐起身。

「大家也都叫我傻子龜次郎。」他如此說道，環視眾受刑人，「我看過你們的陳情書。這次的事對沖繩影響甚鉅，政府也不可能否決你們的一切要求。雖然你們的做法並非全都值得誇讚，但我也從中學習到不少。是時候該讚揚彼此的努力，放下手中干戈了。」

聽到那宛如神諭般的話語，個個受刑人臉上都恢復了平靜。交涉的努力得到回報的代表團成員，甚至有人因此熱淚盈眶。

「受刑人的待遇一定會獲得改善。光這樣就是很大的收穫了。如果擺出抗戰到底的態勢，就算能擊退鎮壓部隊，之後又會如何？只會引來美軍出動。與美國人正面開戰還能獲勝的人，很遺憾，我從來不知道有這樣的人物存在。」

我知道——這時有人插話。

零對瀨長龜次郎說的話提出反駁，跳到獨居房的馬桶上。

他從高處俯視瀨長龜次郎，看準這個好機會，提高自己的氣勢。

「我大哥就不曾輸給美國人。他潛入基地，從來沒被抓到過，總是都搶回許多戰果。」

「哦，你大哥是戰果撈客是吧。」瀨長龜次郎回道。

「不管怎樣，我們都非得和美國對抗不可。」

「所以要抗戰到底是嗎？真是幹勁十足啊。」

「要是害怕星條旗，根本什麼事也做不成。」

「不過，你這樣就和日軍在之前的戰爭中採取的玉碎戰術[8]沒什麼兩樣。今後的抗爭，不管面對什麼局面，都不能玉碎。唯有活著向前邁進，才能取得光輝的成果。比世界上任何一個民族都還了解這點的，不就是我們沖繩人嗎？」

「你完全沒發現。這裡的建築、用品，全都是美軍所轉讓的，只要一有動亂，官廳馬上就變成美國的司令室。換句話說，這座監獄就像是沖繩的縮影。如果不抗戰到底，只要美方暫時提出誘人的條件，我們就會馬上被馴服，到最後只會倒退回歸過去悲慘的生活。龜先生，今後你會解救我們的故鄉對吧？既然這樣，你就試著解放這座監獄，當作是為未來暖身吧。如果連這點小事都辦不到，日後肯定當不了這座島的救世主。」

御城感到一陣暈眩。國吉和瀨長龜次郎也都為之一驚。

宛如這座獨居房成了整座島的集會講臺。

零這個在路旁遊手好閒的野狗，竟然敢對上當代首屈一指的演說家，煽動群眾。在對方最擅長的領域，互相搶奪聽眾的支持，勇敢地展開拔河（此刻他情緒激昂的模樣，如同那霸傳統的拔河祭，出聲吆喝也不足為奇。嘿喲、嘿喲！）。

天不怕地不怕的神情、因為兩頰瘦削而更顯銳利的霸氣，沒錯，這傢伙天生資質就不一樣。連御城看了都自嘆弗如。那比誰都充滿生命力、魯莽、率直、粗獷的沖繩結晶，帶著大哥的這些特質，變得更有男子氣概的零，從比他現在站立的位置還要更高的高度，一把掐住眾受刑人以及御城的靈魂，高談闊論起來。

「你什麼都不知道，因為你一直在獨居房裡備受禮遇。那些像無賴的看守員對我們的暴力、跳裸舞的屈辱、位在馬桶旁，與蒼蠅為伍的床鋪、連老鼠看了都覺得同情的禁閉室，這種人間地獄有多悲慘，你根本就不知道，所以才說那種大話。我們可就清楚了，所以，為了不再被踐踏，我們一定得抗戰到最後。我們當中沒人是窩囊廢，會害怕為獲勝而犧牲！」

「哎呀呀，不簡單！年紀輕輕，竟然如此能言善道。等你服完刑期後，請加入人民黨。不過，前提也得要先保住性命，如果只是高喊玉碎，無法獲得真正的勝利。你應該也有親兄弟吧，快忍下這口氣，回牢房去吧。」

「我得找尋我那位兄弟才行。這種地方，我一天也待不下去。」

---

8 二戰時，日軍取「寧為玉碎，不為瓦全」之意，來指稱守軍全體陣亡的情況。

「就連你大哥也說過同樣的話。」

御城忍不住脫口說道。因為意外將自己好友的身影與零重疊，他發現適合插話的那一句。

「阿恩也說過，生還才是最大的戰果。」

「伙伴，現在別說這種沒必要的話。」

「阿恩確實不曾退縮，但他也不會輕忽生命。無論如何都得平安歸來。那天我們之所以能逃出嘉手納基地，也是因為我們並非去『玉碎』的。」

「你也跟這個傻龜一樣嗎，閉嘴吧你。」

「比起現在的你，龜先生看起來更像阿恩。」

「御城，你少囉嗦！」

雖然零一度足以與頂尖演說家匹敵，但還是瀨長龜次郎的光環驚人。因為他說的話而重新振作的國吉等人極力說服群眾，加入強硬派的受刑人也紛紛放下拳頭，當警察大隊準備攻堅時，眾人都趕緊回到牢房裡。

留下來的強硬派不到十人。「多說無益，我們上吧。」在平良的催促下，零轉過身去，御城追上前緊抓著他。

「你在逞什麼英雄啊。我們原本的目的就只是找出謝花丈。現在你不解放監獄，成為英雄，你就無法滿足是嗎？」

「你不跟來嗎，伙伴。我大哥不在這兒喔。」

「你可別同歸於盡啊。要是死了，就沒辦法找尋阿恩了。」

「也對，那你別來。我去就行了。」

「等等，你找出自己的話了嗎？」

「你說啥？」

「是你自己說過的，怎樣的人才算是英雄。」

「哦，那個啊，我想想……」停頓了一會兒後，零才又說道：「能解放受凌虐的人，才是真英雄。儲備能為此而戰的『力量』，才是英雄。長期以來我們所追逐的，就是這樣的男人，你應該也知道才對。」

嗯，沒錯。胡差首屈一指的戰果撈客就是這樣的男人。

但我是這麼想的——御城好不容才找到自己的話，就此告訴了零。

「這世界存在著某些事物，一旦轉動便無法停止。例如貧窮、疾病、暴動、戰爭。這些沒人能阻止的事物，能挺身阻止的人才是英雄。敢違抗這世界法則的，才是英雄。」

御城與零。

兩人一同經歷的這場暴動，它的最後一天即將結束。

大部分受刑人都乖乖回到牢房裡，但仍有一小撮強硬派人士對通告置若罔聞。

在最後時刻仍不肯回房，狠狠抬頭緊盯官舍的，是平良。美國民政府的高官與政府培養的沖繩人（當中也夾雜了日本人，不過零和平良他們無從得知），從陽臺俯視這位昂然而立的獄中老大。其中一名臉部瀰漫著香菸煙霧的男子一聲令下，員警立即擺出射擊姿勢。

面對最後通牒仍不退縮的平良，抬起他結實的下巴，以幾乎快要把官舍的屋頂都給掀飛的一聲長嘯，令整個天空底下為之撼動。員警們的步槍冒出火花，平良的左腳腳跟和小腿肚中彈。他仍然不肯投降，往前走了兩、三步，最後身體失衡，倒了下去，被警察大隊壓制在地。

分頭引開戒備的目光，打算乘機突破包圍網的零一行人，最後也沒能逃出圍牆外。在得知平良已離開戰線的消息後，他們士氣低落，在鎮壓部隊的槍口阻擋下，只能倉皇撤退，被其他受刑人拉了回去，連零也被迫回到牢房。

「這樣太難看了，讓我去！」零大吼大叫的聲音，連人在七房的御城也聽到了。

這是他最後的抵抗。牢房的走廊很快便被武裝警察占領，為了恢復牢房的功能，正著手修理房門。等眾人都情緒都穩定了，上級下令，所有受刑人在進行修理工作這段時間全都到運動場集合。接連鬧了五天，已筋疲力竭的受刑人都變得乖乖聽令。警察大隊本以為會遭遇激烈抵抗，反倒讓他們頗感意外，面對搜身和違禁品的扣押，受刑人也都沒違抗。

連下數日的雨停了，但厚厚的雲層還是遮蔽了陽光。御城看到人在運動場上的零，鬆了口氣，同時也感到一股無來由的畏懼。監獄裡興起的這場暴動，幾乎是由他這位兒時玩伴引發。他想起國吉說過的話。也許我培育出一位連我也應付不了的危險人物……

「我說，真不敢相信呢。」零注意到御城，也靠了過來。「從那件事之後已經兩年過去了。兩年哩。」

嘉手納撈客事件發生至今，已經過了兩年。光是音訊全無就已經令人感到悲觀了，偏偏也沒找到證據（包括讓人死心斷念的證詞，以及血痕）讓人斷言再這樣找下去也只是白費力氣。他是藏身在某處（就算不在胡差或那霸，這座島的北部也有廣大的原野很適合躲藏），還是已被帶往島外了呢？御城心想，也才短短兩年。在沖繩如此濃密的歲月下，這樣的時間實在稱不上漫長，且足以讓人完全割捨一切。

「不知道她現在在做什麼。」零低語道。

「因為一直都沒有我們的消息，她一定很焦急。」

「我說，如果我大哥一直都沒回來的話，就由我或是你來代替他成為島上的英雄，你覺得怎樣？這是賭上你我人生的一場勝負。贏的人，成為真正英雄的人……」

「你又想說不正經的話對吧。」

「我談的是我大哥的接班人。他不是有個戴在身上的魚牙項鍊嗎？做個一樣的東西掛在脖子上，然後和她……」

「你要是拿這種東西當禮物，她肯定會揍死你。」

「說得也是，嘿嘿嘿。」

零再也不提這個話題。

房門的修理作業遲遲沒能完工。受刑人在看守員的監視下，在運動場上一再等候。長時間下雨的緣故，地面泥濘，連可坐的地方也沒有。因為冷徹肌骨，若是靜止不動，體溫便會流失。寒冷難耐的受刑人不約而同地在泥濘中走了起來。

御城打算邊走邊想今後的事，然而他很快便停止思考。當一年半後他出獄時（因為他是自首，所以刑期比零還短），故鄉不知會迎來何種變化。能找到他的摯友嗎？謝花丈說的「不在預定計畫裡的戰果」到底是什麼，能查出答案嗎？這種事不管再怎麼想，也想不出個頭緒，而且在沒有陽光的圍牆裡實在太冷了，根本無法思索。

「唉，真是受不了！我可以跳個舞嗎？」

他突然提議。自從摯友不在，慶祝生還的酒宴暫停後，一直都沒空跳的琉球手舞。眼下這個時候，即便不是為了驅寒，他也想跳。儘管有看守員出言訓斥，要他搞清楚自己的身分，但一名老看守員卻出面說：「就只是跳跳舞，應該沒關係。」特准他這麼做。

御城在無伴奏的情況下，哼著琉球民謠，像含羞草一樣抬起手掌在頭頂搖擺，上下翻動，雙腳在泥濘上蹬地打節拍。

有人在跳舞吔——運動場上一陣譁然。眾受刑人心想，還挺值得一看的，眾人圍成了一個圓圈。

御城在圓圈中心跳舞。邊跳邊攪動這個圓。他雙腳發出啪答啪啪答的聲響，與圍觀的受刑人互相吆喝，展現他胡差數一數二的歌喉，以雙掌攪動那雨停後的冰冷空氣。

朝夕伴君側，日久情愫生
今日離故里，落寞候君歸

從御城的舞蹈中，受刑人看見琉球珊瑚散發的光輝。那宛如在摘樹上芒果，像在搖晃扇芭蕉葉般的手舞，令人看得如痴如醉。那熟練的動作，打從他翩然起舞的那一刻起，便在眾人面前出現琵琶、龍眼、曇花點綴而成的樂園（哎呀！在我們這些史實傳承者當中，也用許多表現來描述當時圍牆內呈現的情景。有人說，那就像死在監獄裡的祖靈附身，也有人說，那已踏進了沖繩平日生活中常出現的幻想領域）。跳得太棒了，好個跳舞能手啊！御城充滿律動感，跟著他的軌跡蹬地的聲響愈來愈多。拍手的動作引來了更多的拍手，受刑人一個接一個地被拉了進來。泥濘因眾多的腳步聲而躍動，每個人都被帶往遠古的原始之火四周。

別離時，無語對
淌落袖中盡是淚

御城之所以跳舞，是因為他有預感，前途多舛。御城之所以跳舞，是因為不想輸給圍牆外的命運。

御城之所以跳舞，是因為他立誓，以後再也不跳了。在舉辦他與阿恩慶祝生還的酒宴之前，他不想再跳他喜歡的舞蹈。不管再怎麼感興趣，再怎麼站在眾人圍成的圓圈中，他也不想跳舞，就像枝葉紋絲不動的菩提樹。他要暫時將它保留到最後……

對人在不這裡的摯友的思念、對已故者的哀悼、歡喜與激昂、對一去不回的過往所抱持的鄉愁，御城將這一切攪拌在一起，盡情跳舞（對我們沖繩人來說，琉球手舞就是這樣。結束一場戰役後，將一切往肚裡嚥，盡情跳舞，沒人可以靜靜坐著不動）。讓拍手和蹬地聲變得激昂的琉球手舞聲響，從運動場向外擴散開來，令整個占地為之震動，連受傷的獄中老大也聽到了。在獨居房裡看書的人民黨員也聽到了。修理房門的技官也聽到了。路障外的警察大隊聽到了，在官舍俯瞰的官員也聽到了。風正要回歸離散在世界各地的數百萬戶人家，琉球手舞乘著風，將一部分烏雲吹散，從雲縫間喚回柔和的陽光。

「是城哥在唱歌……」

連來到圍牆外的山子也聽到了。

從圍牆內滿溢而出的琉球手舞歌聲，在陽光的溫暖下變得更加響亮，讓避難返回的居民、看熱鬧的人群、站著交談的警察和看守員都感到心花怒放，就此無止境地持續下去。

第二部　惡靈跳舞之島

1958—1963

五　胡差的新兵、洞窟的呼喚聲、新朋友

沒人是因為自己喜歡而想講這個故事。

這是島上的人藏在心底深處，不願回想的往事。

雖然沒人提那些往事，但並不表示它們就此風化，逐漸從土地的記憶中消失。全部的財產短短一個晚上便化為烏有。父母兄弟一次全沒了，昨天為止還看得到的故鄉景致，全數化為灰燼——我們沖繩人可能就是因為有這樣的深切體驗，就算因某些契機顛覆了過往的常識和價值觀，也不會太過驚訝或慌亂。

不必刻意說明，沖繩人也都知道。打從以朝貢國的身分，接受中國冊封的琉球王國時代起，一路歷經了大和統治、美國統治，在統治體制的改變下，每次都以「總會有辦法」的想法來度過苦難，所以他們深知這世界的支配法則不論什麼時代都一樣多變，世上沒有亙久不變之物。面對那宛如砍掉重練，傳統價值完全翻轉的局面，沖繩人也能展現極高的適應力。就像下過驟雨的天空會馬上放晴，原本最看不起偷盜的風土民情幡然改變，允許「戰果撈客」的興起，島上在短短的時間裡，因為一個小小的契機，丑角成了英雄。親近的鄰居成了可怕的敵人。傻蛋成了鼓動者，政治家成了階下囚，小偷

成了警察。搖盪於回憶中的過往種種，有時也會化為理應到來的現實，再次呈現於眾人面前。

舉個例子，有個罪犯就成了警察（這怎麼可能嘛，哈哈哈！一般人應該都會認為，文明社會不可能發生這種事，而對此一笑置之，但這樣的人根本就對敗戰後沖繩的混亂情況沒半點了解）。

在一切事物全化為烏有的那場戰爭下，既有的縣警體制瓦解，島上警察全部重頭來過。美國人依照每個收容所所在的地區，從島民中挑選出可以馬上投入維持治安工作的警察（人們稱之為civilian police，簡稱CP），這些代表者在軍事管理下，先從諮詢機關開始做起，再根據表現配置為沖繩民警察（這就是琉球警察的前身。很複雜對吧）。

在這種紛亂的情況下，當二戰結束後監獄解放時，率先向美軍投降的受刑人意外備受禮遇，就此被任命為CP的情況陸續發生。這堪稱是最大的價值翻轉。因為原本是階下囚的受刑人，一夜之間突然搖身一變成了警察。這些有前科的人，他們的人脈在島上的警察機構裡深深扎根，而服完刑期者擔任地方公務員的情形也時有所聞。在一九五二年，根據美國民政府制定的頒布令六十七號「警察局的設置」而展開的琉球警察時代，也保留了這種在雇用和人事上的開放性。

這種情況說好聽一點是大而化之，說難聽一點是隨便，在這種島上特有的風氣下，又有一名坐過牢的菜鳥警察即將誕生。

而這名畢業於縣志川警察學校，分發到以任務繁忙著稱的胡差刑事部的員警，當地居民無人不曉（因為很重要，所以我再重複一次，這島上的一切價值都不會恆久不變。就連戰果撈客也可能因為努力而成為警察）。

注意，敬禮！

御城已不會再剪破基地的鐵絲網。

一九五八年九月，這位見習刑警分發到胡差的那天……

有一名小小的流浪孤兒。

在久下不停的雨中，抬起他那髒汙的臉。

在嘉手納的垃圾場裡，雨淋溼他那帶有濃濃異邦人色彩的面容。

他以黃褐色的眼瞳靜靜注視著每一滴晶亮的雨滴。

他是個眉毛濃密，缺了門牙，年約五、六歲的男孩。均勻晒成核桃色的肌膚，穿著滿是破洞的汗衫和短褲，腳下穿著滿是泥濘的島上草鞋。在垃圾山裡翻找東西的這名孤兒，是那起震撼全島的殺人事件的第一發現者。

在四周都沒有建築物的原野上，被雨水帶起的塵沙飄散著土黃色的煙塵。不遠處的地平線上，可以望見嘉手納基地的鐵絲網。層層堆疊的垃圾夾縫間的土壤被翻起，從中露出一名女子破裂的頭顱和沒有血色的皮膚。她的臉孔宛如成了無人居住的空屋，雞母蟲在上面爬行，融化的眼球望著這世上不存在的風景。

這名孤兒發現這具離奇死亡的屍體時，嘴上露出一抹淺笑，頭偏向一旁。是因為他腦袋遲鈍，還是那可怕的畫面未映照在他那天真無瑕的雙眸呢？

他一時間沒能理解，身上的泥巴被雨水洗去的這名女子，已是一具遭人殺害的屍體，孩童就只是呆立原地，露出缺了門牙的笑臉。

上午時分，他搭乘卡其色的吉普車抵達現場。

穿軍服或西裝的美國人也開始往垃圾場裡聚集。

似乎不光憲兵，美軍的驗屍官也已經到場。剛設立的胡差警局的鑑識課人員，大聲命令別讓圍觀群眾入內，在強勁的雨勢下努力蒐集證物。

這位身分不明的女性被害人，推測年紀為二十歲到三十歲，是遭鈍器毆打頭部，她纖細的脖子上留下手勒的痕跡。死因是遭人毆斃或是勒斃。她的胯下和大腿內側有許多擦傷，可能是遭人強姦。似乎是死後兩、三個星期被埋在這裡，遺體已嚴重腐爛。胡差警局的轄區內已久沒發生的殺人事件，從查明被害人身分開始辦起，看來似乎相當棘手。

蹲下身檢視遺體的御城，站起身時感到一陣暈眩。下不停的雨淋溼他亂翹的頭髮，朝他披在開襟襯衫和西裝褲外的雨衣上濺起水花，雖然是上午時分，但這當地景致已化為一處落魄的剪影世界。

「竟然被找來這種命案現場，你從上任的第一天就遭遇災難啊。」

同行的德尚先生完全面不改色。

「大叔，這是軍人幹的吧？」

「話可不能亂說。你沒看到美國人也來了嗎？」

「因為凶手的手段這麼凶殘，而且又這樣隨便丟棄……」

「當刑警嚴禁有這種先入為主的觀念。不可以還沒有證據就先認定。雖然我知道你想拿那起事件來當例證。」

「來了好多憲兵。要是展開共同調查的話，我們應該會被當警犬看待吧。」

「說這什麼話，你現在已經算是自己人了。不能再用以前那種說話口吻。」

御城馬上被指派四處打聽案情。他繞了附近的民宅、美里和八重島的A Sign店家，詢問可有目擊紛爭或是可疑人物，有沒有人失去下落。在展開搜查時，御城他們被迫替同行的憲兵帶路，同時在報告義務的名義下，蒐集到的消息被他們全盤接收。儘管明白這是琉球警察的宿命，但是遭人頤指氣使，還是不免感到厭煩。

「他們這些傢伙也認為是自己人的犯行。」御城對德尚先生說。「所以才會介入，我們光是陪同在一旁，他們就顯得很不自在。因為不久前，我們還在跟他們玩你追我跑呢。」

他們為憲兵隊的吉普車當前導，就連小巷弄也得走在前面，還得說明每家A Sign店的行業種類和營業狀況。只要看到有可疑人物急著逃跑，他們就得與對方展開賽跑，奉命展開詳細的訊問。與憲兵展開共同巡邏後，就連Give Me族的孩童也圍在御城身旁向他討錢和點心。這令他感到很不自在，很想大聲告訴周遭人——我不是美國人的手下！

「對了，通報的居民說，是一位『模樣窮酸的孩子』來找他們去看的。這麼說來，那孩子才是第一發現者。但現場沒看到那名孩童呢。」

「可能是看現場聚集了大批警察，他就跑掉了吧。」

「會是孤兒嗎？」

胡差的孤兒可不簡單（一看就知道是與有家庭、有父母的Give Me族完全不同的野孩子）。他們會看準路過的人和車輛，成群湧出，但他們住在哪裡，有多少人聚在一起，就連當地警察也不清楚。他們在垃圾場翻找物品，是在深夜到黎明這段時間（因為白天時，會被當地居民或回收業者驅趕），要是那位第一發現者是以這一帶當他的謀生地點，也許除了目擊遺體外，也會看到有什麼在暗處蠢動。例如爭執、以鐵鍬鏟進地面的人影——只要向那名孤兒問話，不就能掌握搜查的線索嗎？德尚先生也認同御城的這個想法。

「大叔，這件事也要報告憲兵嗎？」

「先別說，不能亮出手上全部的王牌。」

「原來如此，需要暗中較勁對吧。」

「如果沒處理好，你很快也會酒精中毒喔。」

「真不想看美國人那傲慢的臉色，遭殺害的是島上的女孩呢。」

在酷熱的路上，幾乎都快分不清這是從自己快被蒸熟的身上冒出的蒸氣，還是眼前搖曳的蒸騰熱氣。剛升空的飛機飛離基地。在御城的視網膜裡留下飛機的影子，在耳膜裡留下回音，逐漸朝大海的方向飛遠。

蓋在胡屋十字路旁的一棟瓦頂木造平房，是御城他們的工作地點。

急徵新進員警的廣告因熱風的吹拂而翻動。

慵懶擺頭的電風扇，也未能讓雜亂的警局內降溫。

一直說自己無辜的無賴，被手銬銬在走廊的鐵管上。因拘留所客滿，才暫時這樣銬著。所內擠滿了因傷害、暴力、竊盜而被警方帶回的島民，違法拉客的女服務生擺著一張臭臉，這樣的警局內光景，整年都大同小異，今後御城勢必得習慣。

「只會欺負自己的島民，你們到底是幹什麼吃的，這裡是美國走狗的垃圾集中場！」

一名島民如此咆哮，員警訓誡他：「知道了啦，你安靜一點。」沖繩的每一間警察局都被叫做美國人的「狗屋」。說得沒錯，停在警局停車場的吉普車，是美軍給的，警局內配置的手槍也是憲兵用過的二手貨（話雖如此，也只能在鎮壓暴動或示威遊行的緊急事態下才能攜帶。平時不管面對多凶狠的犯人只能用警棍對付），總是承受民眾對美國的忿恨和不滿，島民當中，就屬警察最深切感受到這座島是處在「美國的統治下」。

回到警局的御城和德尚先生，一面扒著外送便當，一面聽幾年前負責那起案件的刑事課課長談那件事。照這樣看來，今年又要人員缺額了——課長一面對人員不足的事發牢騷，一面回溯到三年前，道出當初成為御城踏入警校契機的那起事件的詳情。

對琉球警察總部來說，他們頭痛的原因，並非只有雇用新進員警的問題。

星星與條紋圖案的颶風，一年總會肆虐個幾回。

這是美軍幹的好事。

犧牲者總是婦孺。

三年前，在嘉手納變電所旁，發現一名六歲少女的遺體（每當非得談到那起事件時，我們史實傳承者之間總會傳來鼻涕聲。那位去欣賞哎薩舞而被綁架的少女，遭到凌虐，以刀刃支解，小小的手掌握緊地面的雜草，就此斷氣）。發現遺體後不久，一名隸屬於美軍陸軍高射砲隊的白人中士旋即遭到逮捕。在瑞慶覽營地（通稱來客夢〔RyCom〕。是美國民政府的官廳和軍方司令部所在地的美國最重要設施）的法庭召開的審判中判處死刑，然而被告之後被遣送回國，減刑為數十年刑期。喂喂喂，一名殺害六歲女孩的軍人，哪來的減刑餘地啊！這起無比殘暴的事件，無比糟糕的最終判決，在島上各地相繼引發憤怒的示威遊行，造成反美抗爭的聲浪高漲的契機。時隔多年，「嘉手納幼女殺害事件」的影響仍持續悶燒，每當基地所在的城市發生凶殘的事件，每個人都會想起那名遭殺害的少女，而懷疑是美軍犯下的惡行，這習慣已深植人心。

搶劫、殺人、強姦、肇事逃逸。美軍接二連三的罪行，令有年輕女兒的父母人心惶惶，被害人含淚入眠的情況也很常見。像這種時候，地方上的警察勢必得振作不可，但一對上美國人（軍人、政務官、軍眷）時，琉球警察的員警就會被去勢。他們的取締有其極限，就算發生重大事件，但只要對方逃進基地，就只能束手無策。只要將後續的搜查工作交給憲兵處理，就無法再進一步追究，事件的真相往往變得模糊。島上的警察根據美國民政府頒布令八十七號的規定，唯有在對方是現行犯，而且憲兵不在場時，才能對美國人上銬。為了防止狗咬主人，而被拔去利牙的警察就只能面對託管領地下的行政窘境。

我們也想保護島民。但取締不法美軍，加以追捕的警察權力，打從一開始就沒被賜予。德尚先生他們也只能窩在酒館裡感嘆自己的有志難伸，把肝臟和其他器官都給喝壞了，在權限能及的範圍下，盡自己最大的努力。

「明天的早報，應該會刊出事件的第一篇報導吧。」德尚先生說：「到時候，警局內會聽到的怒吼和責難，肯定非同小可。他們一定從早到晚都大聲嚷嚷，要我們別再對憲兵搖尾巴，快點逮住那個殺人魔。」

雖然還不確定是美軍的犯行，但再度又有地方上的女孩犧牲。島民就算再不願意，應該也還是會想起對那名已故少女的記憶。

被害人的名字叫照屋佐希。

是胡差南方西原村一位二十一歲的女孩，在八重島一家名叫「Blue」的A Sign店工作。

在同一家店裡工作的女服務生從太平間衝出，確認過身分，說死者確實是照屋佐希沒錯。照屋佐希從兩週前開始失去下落。固定從基地到店裡光顧的幾名常客，對頗具姿色的她相當迷戀，不過，代替在南方受傷的父親養育弟妹的佐希，守身如玉，雖是擔任女服務生，卻堅持不賣身，這在島上相當罕見，好像也沒有特定的交往對象。

「我們都是走路到店裡上班，因為我們都沒有閒錢可以搭計程車。」

向女服務生詢問案情的德尚先生，將著眼點放在照屋佐希「走路上班」這件事上。從西原到胡差有十五公里遠，每天徒步往返可不輕鬆。如果是酷熱的日子，光走路就可能會中暑。打聽的重點就擺在這方面吧。取得她們帶來的佐希照片後，御城等人再次衝出警察局。

在胡差的路上，憲兵開的吉普車還是一樣趾高氣昂，而販售滿是花朵、果實圖案襯衫的舊衣店、咖啡店、禮品店，正以英語看板（上頭滿是錯誤的拼字，正是其可愛之處）招攬顧客。因沙塵而令人猛眨眼的視線中，出現秀場俱樂部、大眾路邊攤、瓦屋頂的石獅子、A Sign的認可標章、增建的鋼筋水泥屋、爬滿藤蔓的石牆、倒放在路旁的五加侖鐵桶、紅蝴蝶花，這些景物全攪和在一起共存。掛有黃色車牌（美軍相關車輛會掛上的車牌。下方會有KEYSTONE OF PACIFIC的刻印）的車子，差點輾過御城，從水窪上疾馳而過，令準備降下驟雨的天色一陣搖晃。在八重島展開地毯式的打聽後，得知一位用兩輪拖車載著基地的剩飯運給養豬業者的老先生，幾個月前，他每天都會在同樣的道路、同樣的時間與佐希擦身而過，彼此還會打招呼。但這兩個月來，都沒看到佐希，老先生還以為她是換工作，或是辭職了。

「會不會是她請人接送呢？」

如果對方有車，是美軍的可能性就很高了。就算她瞞著沒讓其他女服務生知道，而與「Blue」裡的某個常客有親密關係，這也不足為奇。不過，如果要審訊美軍，需要辦理繁雜的手續，而且就算走到訊問這一步，琉球警察向來也都會被排除在外。德尚先生說，想要從那些常客中揪出凶手，得等握有更有力的證據再說。

在九月的酷暑下搜查辦案，並不輕鬆。眼球受烈陽火烤，汗水在襯衫上畫出泛黑的地圖。御城在地方上四處走動，無比乾渴。幸好這裡是胡差，他對一切瞭若指掌。他有把握能一面向被害者周遭的人打聽，一面找尋遺體的第一發現者。但連著兩天走到雙腳僵直，卻還是找不到那名孤兒。那孩子有美國血統，這是他得到的唯一線索，除此之外再無其他特徵。每次在巷弄裡看到嬌小的身影，他總會出聲叫喚，但換來的是討錢和討食物，或是討他身上的衣服和鞋子，他差點被剝個精光。

「我也是這條街出身的人。可以叫我御城前輩。」

「御城？你說你叫御城？」

「前輩，嘻嘻嘻嘻。」「你口袋裡有什麼東西嗎？」

本想拉攏他們，但孤兒沒那麼容易就和他混熟。

「我很有名吔，你們不知道嗎？那麼，阿恩你們總知道了吧，在胡差這個地方，沒有人不認識我這位好朋友……什麼，你們不知道？」

現在都已經來到這個世代啦。一起行動的這群孩子，是五歲到十歲這年紀的小不點和瘦皮猴。挺著個肚子，頭髮剪得參差不齊，要是身上有襯衫或褲子可穿，就已經謝天謝地了。儘管戰火已遠去，但胡差的孤兒卻沒消失，他們鎖定來自島上那座大基地的垃圾和剩飯群聚於此，當中甚至有人替俗稱「胡差派」的當地流氓集團跑腿。在小巷弄裡餓肚子的精靈。沒有父母的流浪兒。御城將自己過去的身影，與他們在地方上討生活的姿態重疊在一起。

「好，等十年後，你們也來當警察吧。」御城擺出前輩的架勢。「我當初也沒好好上學，但現在一樣是個獨當一面的大人。總之，要是知道誰是在垃圾場發現屍體的那個人，記得告訴我一聲。」

他在諸見百軒通的路邊攤看到五顆蘋果才賣兩塊美元，他一次買了一袋。

待會兒帶去山子家吧。

今年夏天，貨幣才剛從B圓換成美元，島民們一邊嘴巴上痛罵美國，一邊卻又用美國人的錢買食物。御城的第一份薪水也是用美元支付。他一直想等發薪水後，請她吃些好吃的東西，順便炫耀一下。

那個懶鬼，不管對什麼事都抱持「總會有辦法」的態度，個性輕浮的傢伙，竟然說要當警察。警察可不是任何人舉手說想當就當得成啊！地方上的伙伴對此嗤之以鼻。他之所以能揮別熬夜和睡回籠覺，熬過痛苦的讀書考試和逮捕術的訓練，是因為有她在背後支持。城哥，你真不簡單，竟然想當警察。當決定分發地點時，她比誰都還要高興。御城想報考刑警部門的最大動機，就算沒明說，山子應該也明白才對。

對這名殺害女服務生的凶手展開的搜查，德尚先生難得顯得鬥志昂揚。在年輕女孩大部分都當女服務生的胡差這個地方，這是關係著警察存在意義的關鍵時刻。山子現在也在中之町的 A Sign 店家賺生活費。她似乎和照屋佐希一樣，決定不賣身（這點可以確定。因為御城都會偷偷到特飲街查證，沒讓她知道），但如果在垃圾場發現的屍體是她——光是這樣想像便感到一陣寒意，宛如體內柔軟的器官全被老鼠或白蟻給啃光了。而住在地方上的其他成千上萬的照屋佐希和其家人，一定也是同樣的心思。

「你是御城對吧？」

當御城頂著後頸灼熱的太陽，往巷弄裡窺望時，一輛停在馬路上的計程車朝他叫喚。從車窗探出頭來的男子，雖然原本那毛茸茸的鬍鬚已剃除，整個人變得清爽許多，但御城還記得這張臉。

「哎呀，是國吉先生？」

你現在當計程車司機啊？你選的這工作可真危險啊。引發空前大騷動的那場監獄暴動結束後過了一年，國吉服刑期滿，輾轉待過各種職場（製糖工廠、電焊工、士官俱樂部的酒保等），之後當起計程車司機，這才終於穩定下來。與御城重逢，他很開心，直接打開後座車門，說要免費載他一程。

「沒想到你竟然當上警察，哎呀，雖說人力不足，不過真不知道該說是我們島上包容力太強，還是太隨便……」

「你不也對我說過嗎，等出獄後，要當個正經人。這同時也是最適合尋人的工作。」

見到熟人，心情頓時也隨之鬆懈，御城在車內說出了心聲。國吉透過駕駛座的後視鏡望向他，大為驚訝。

「你還在找那位戰果撈客啊？」

「那也是我當警察的動機之一。」

「都已經幾年啦，你可真執著。」

「這個城市的傷害、暴力、竊盜、搶劫，永遠無法根絕，所以我能盡情地展開搜查。你的工作也一樣得多小心。」

最近正好受惠於美國的中國政策，景氣攀升，汽車大為普及，多得令人眼花繚亂，計程車事業便成為了島上陸運交通業界的當紅炸子雞（在五〇年代中期，引進跳表收費後，光是獲得認可的公司就高達三位數）。御城之所以說這是危險的工作，是因為大家都傳聞計程車裡有現金，因而成為那些肖想搶錢的暴力分子下手的目標。不久前才剛發生計程車的汽油被抽光，司機遭勒斃後被人發現的案件。與陌生的乘客一同關在密室裡的司機，得好好保護自己，需具備對人的觀察眼，以及能蒐集街頭即時資訊的厲害洞察力。就這層意涵來看，這對在雜居房裡人稱智囊的國吉來說，也許是相當合適的工作。

「對了，那傢伙現在怎樣了？」

國吉突然話題一轉。那傢伙應該早就出獄了吧——他如此詢問，御城如實回答道：「他離家出走，最近都沒遇到他。」

「他該不會還在當小偷吧？」

「他應該已經沒行搶了，但我無法保證他會聽從你的忠告。」

「哎呀，車子往哪兒跑可以遇見他，我大概心裡有底了。」

因暴動而割袍斷義的那位同房室友，國吉至今仍很關心他。御城仍記得當時感受到的自卑。雖然之後身分和生活都有了很大的改變，御城成為正經人，以正當又平凡的生活為目標，但另一方面，那個男人變成了出眾、美麗的生物，彷彿遙不可及。

可能是察覺到御城的態度突然變得生硬，國吉又拉回原本的話題。

「總之，你能當上警察，真是可喜可賀。現在在偵辦那起殺害女服務生的案件對吧？」

「是啊。我在找尋最早發現遺體的那名孤兒。」

「孤兒是吧，原來你往巷弄裡窺望，是這個原因啊。」

「可惜沒找到，我在想，他或許目睹了什麼，不過這條線索還是暫時先擱下吧。他們每天一看到行人就得靠過去，生活也很忙碌，應該不記得那些瑣事吧。」

「嗯，這可難說喔。」國吉邊開車，邊望向窗外的風景。「他們遠比我們想像的還要聰明，記性也比人強。我是在當司機之後才明白這件事，比起行人，他們更會往車子靠過來。因為他們心想，有能力搭車的人都是有錢人。也不知道是靠司機的長相來記憶，還是靠車種、車牌來記憶，只要曾經給過他們東西，他們就不會忘。改天經過同樣的地方，他們就會像看準時機似地一擁而上……哦，御城，你要下車是嗎？」

啊，對喔，有道理！與國吉的一席話，拍膝直呼有理的御城，衝出緊急剎車的計程車，一路奔進巷弄深處。

他只執著在那名第一個發現的孤兒，這是一大錯誤。御城重新在巷弄裡走動，再次召喚巷弄裡的精靈。他在照屋佐希工作的「Blue」周邊讓人看她的照片，一一向他們詢問確認。

有沒有看過這位姊姊和男人同行，或是她坐上車的那一幕？這次他慷慨地廣發情報費（連剛買的蘋果也送給了他們），孤兒們爭先恐後地提出證詞。光要分辨是事實還是信口胡謅，便費了好大一番工夫，不過有三名孤兒還記得在離「Blue」有一大段路的石敢當前，佐希常坐上同一輛車（這些孩子真聰明，在街頭打滾的孩子，往往才看得出這世界的真相！）。

「是怎樣的車？還記得駕駛的長相嗎？」

「怎樣的車是吧，白色的。」「很帥氣的車。」

「不知道長怎樣。」「長相是嗎……」

「美國人長得都一個樣。」孤兒們你一言我一語地說道。

美國人常說不會分辨黃種人的臉，但這些孤兒恰巧相反。他們不清楚車種名稱，是不是黃色車牌也不確定，但確定佐希坐的那輛車的駕駛是美國人。佐希果然與特定的客人有關係。對方會開車來迎接，可以看作是兩人關係緊密。

固定從基地來與她約會的情人，殺了照屋佐希嗎？

隔天，御城與德尚兩人來到西原村。

一路上有昔日風葬的遺跡，甘蔗田形成風的波浪。急促地在西原機場起降的飛機，吵鬧的聲響糟蹋了地方上的寧靜。照屋佐希的住處位在海邊的村落，可眺望那一整片宛如藍色粗織布的大海。

「打從她沒回來的那天起，我們就已經死心了……」

雖說佐希是為了家計，但畢竟是在A Sign店家工作，她年邁的父親已有所覺悟，認定她是被美國人綁走了。起初還故做堅強，但後來逐漸雙肩發顫，抬不起頭來，像用力擰絞自己的內臟般，發出陣陣嗚咽聲。滿是補丁的墊被就這麼鋪著沒收的房間裡，佐希年幼的弟弟妹妹緊緊靠在一起，緊盯著御城那亂翹的頭髮，似乎覺得很不可思議。

覺得很不自在的御城，將這家人交由德尚先生處理，自己跑到村落裡四處打聽。有人來接送佐希的事，就連她父親也不知道。在那狹小的屋子裡，就算能進屋裡坐，也無法伸長雙腳放鬆吧。

特地送人回家，還不求回報，就御城所知，沒有如此以禮自持的美國人。既然要開車載妳，如果說不抱持期待，那絕對是騙人的。不是在回來的路上找地方停車親熱，就是找一處可充當賓館的場所，若非如此，絕對沒那個耐性連日接送。御城來到村落外郊，找尋有沒有這樣的場所時，看到一位老太太在海邊的芋田裡工作，經詢問後得知附近有一座洞窟。

「深夜時分，總有人在這條路的盡頭處停車，走進洞窟裡。當真會遭報應喔，真不知道那對男女在那種地方做什麼。」

這座島南部沿海的岩地和森林，到處都有天然洞穴。在戰爭時，這裡是島民的避難壕，但撤退的日本軍也逃往這裡，使得洞穴成了人間煉獄。島民至今一提到這處洞窟，仍充滿畏懼，成為他們難以治癒的內心創傷和噩夢的根源，對此百般忌諱。御城來到這處海邊的洞窟時，就此裹足不前。

嗯，洞窟是吧。洞窟確實可怕。

可以的話，我一輩子也不想靠近這裡。

幾經猶豫後，他取來放在車上的手電筒，緩緩踏進那岩地上的洞窟。不可以害怕，我現在已經是獨當一面的刑警。他鼻孔噴氣，如此告訴自已，但旋即感到雙肩沉重，不斷乾嘔。這座洞窟並非當時御城逃進的洞窟，但一切都和記憶中的風景一樣。

旋即外頭的亮光已照不進洞內。一道纖細的光束照向洞窟牆壁，像塗了蠟一樣晶亮無比。從天花板垂掛著一排石灰岩牙齒，分歧的坑洞相連。那教人不安的亮光外側，是一大片長期不見天日的黑暗，讓老鼠、梭子蟹、馬陸等生物在地上爬行，引人產生錯覺，以為牠們會朝人的頭蓋骨裡產卵或是產下孩子。自身的重量往身體後方或兩旁偏移，感覺自己變成了影子。洞窟一路緩緩往深處下降。他就像往下走向黑暗深淵，而沉澱在底部的，是他希望能永久長眠不要醒來的悲慘景象。

當時御城十二歲。從洞窟外傳來砲彈聲。御城四處奔逃，想逃離飢渴，逃離島民之間的爭吵，逃離埋葬的恐懼。美軍大喊著要人投降，日本兵揮刀喝令不准投降。每個人都亂了套。有人想投降，有人想自盡，還看到有母親摀住小嬰兒的嘴。看到朝棉被點火，想燒死一家人的父親。邊哭邊拿刀互砍的一家人。的確，當時在島上的每一個洞窟裡，都上演了類似的瘋狂景象。

他沒向人談過這件事。因為就連用言語來重現當時的情形，他也不想。看到一般人不該看的東西，他該說些什麼？看到所有人發狂而死的模樣，他該說些什麼？連他自己也無法想像，無比驚恐駭人。原本個性謹慎的爸爸，總是開朗大笑的媽媽，竟然全家人都想自盡。就是因為知道這樣，御城才會逃離。跨過腳下成群的屍體，背上披著毛毯逃跑。不知為何，腋下夾著一隻不知哪兒來的小狗。

就只有你想活嗎？他分不清如此叫喊的，是他的父母？那隻小狗？還是皇軍的士兵？

哎呀——哎呀——御城十二歲。御城二十五歲。洞窟內的奇觀，令他感到眩惑。過去的情景從他視網膜底下湧現，在御城四周一會兒縮回，一會兒挺出。父母在叫喚他。大家都瘋了。沒有臉的美國大兵與照屋佐希緊緊相擁，一面摩娑著彼此的身軀，一面融化。他原本緊抱的小狗，變成孤兒，又變成佐希的弟妹，變成被拋棄在嘉手納原野上的六歲少女。這裡沒有過去，也沒有現在。御城的腳掌踩踏穿著衣服的骷髏。

哎呀——哎呀——洞窟的入口被堵住，所以他硬把身子擠進通往原始林的岩壁縫隙，最後倒臥在森林中，被人救起，成了俘虜。抱在懷中的小狗已不再吠叫。

那麼，你現在是在哪一邊呢？

好多張臉向御城詢問。

是過去？現在？還是獨自倖存後的人生？

或者是死者的世界？

「哎呀——嚇！嚇！哎呀——」

「御城，你怎麼了，振作一點啊。」

「哎呀——啊，大叔，不能待在這種地方啊。」

連滾帶爬地逃出洞窟後，儘管德尚先生扶起了他，他還是沒恢復清醒。宛如頭上挨了一鎚般的暈眩感一直揮之不去，遺失的手電筒，也只能放棄找尋了。御城在洞窟裡看到的情景，全部向德尚先生報告。

「那是連地方上的人也不敢靠近的地方。如果是合掌膜拜倒還另當別論，但有人會在這種地方幽會嗎？」

「如果是地方上的年輕女孩，應該是不會這麼做才對。」

御城也聽說，一些沒實際參與那場戰爭，而是占領這座島之後才來的軍人，會到激戰區的戰爭遺跡四處遊山玩水。出入洞窟的美國人，應該是完全沒顧慮這種會遭報應的輕率舉動，請佐希帶他來這裡吧。剛好又在那裡想要享受魚水之歡。

御城回頭看洞窟。過去的記憶至今仍在御城的心中，像惡靈般形成漩渦。今後不管他在故鄉的何處，那漩渦肯定也會動不動就朝來襲來，將他吹向大海的彼方。

從那之後，他不時會沉浸於眼前的事物中，然後猛然覺得自己很空洞。有時甚至覺得，自己其實完全不相信這世上的一切。御城心想，這可能也是因為那天在洞窟裡，他已和其他人一起死了。也許當時在洞窟裡，他化為分不清是誰的悲慘死屍，做著自己倖存下來的美夢……

在搜查的過程中，御城在洞窟裡看到的是無數的人骨。

有肋骨、頭蓋骨、手腳的骨頭。被遺棄在這裡的昔日骨骸。

是沒人供養而被棄置此地的昔日島民。

返回胡差後，搜查有了明顯的進展。

他帶孤兒到基地或軍方設施的大門前，讓他們確認進出的車輛。這招果然奏效。看，就是那種車！他們一同指向四八年款的雪佛蘭。德尚先生沒向憲兵報告此事，他急忙派人鎖定開這種車的美國大兵，在A Sign店家一再打聽，縮小有可能涉案的嫌犯範圍。

艾德蒙．E．韋斯特利。他固定從軍營所在的寇特尼營地到美里或八重島光顧，同時也是佐希店內的常客。這名三十多歲的陸戰隊員，就像是個營養過剩而長得太高大的惡童，當他露出和善笑容的時候倒還好，但每次酒喝多了，就想將女服務生帶出場，這是他的壞習慣。御城和德尚先生連日都對這名陸戰隊員展開監視。守在基地門口等他，跟在駛出門外的雪佛蘭後頭。

韋斯特利只要來到特飲街，就像酒之外的飲料和食物纖維一概不需要似的，總在牛排館裡用餐，接連喝了好幾家A Sign店，喝得爛醉如泥，等到東方的夜空發白，這才回營地去。以放浪的生活來排解軍中工作積累的鬱悶，一名典型的不良美國大兵。如果他就是殺害女服務生的凶手，實在不想就這樣繼續放任他遊蕩，但都走到這一步了，德尚先生要御城先沉住氣。

「都走到這一步了，要是美方不准我們插手，那才教人受不了呢。」

德尚先生的目標是要以現行犯逮捕他。

要讓韋斯特利自己內心產生動搖，就只有這個方法。

看是酒駕肇事，還是酒醉後在A Sign店鬧事，只要韋斯特利一犯罪，就馬上將他押送警局。盡可能延遲轉交憲兵的時間，對他展開偵訊，找出他的車，掌握能證明是他殺害女服務生的證據。倘若沒能當場逮捕他，讓他逃進基地或軍方設施，那就沒戲唱了。要是憲兵趕到，也一樣白忙一場。以琉球警察的權限，根本無法插手。德尚先生深信，靠自己的力量，能揭發多少就全力揭發，這是島上警察的骨氣，同時也會是告慰照屋佐希在天之靈的一場戰鬥。

展開跟監後的第五天，御城和德尚先生都大為振奮。

喝得爛醉如泥的韋斯特利，和一名年輕女服務生從八重島的A Sign店裡走出。

他摟著那名雙肩緊繃的女孩，一再柔聲安撫，準備帶著她走向他停在路邊的雪佛蘭。御城當場握緊了警棍。他把車停在斜對面的路肩上，想出聲喚一句「不可以跟著那傢伙走」，但德尚先生制止了他。

你是說真的嗎，大叔，那個只吃牛排的傢伙也許是殺人魔啊！但德尚先生卻說，等跟他走的女服務生被他一拳打暈，他在我們面前脫下長褲後再動手。眼前的他已不是以前那位個性敦厚的刑警。德尚先生刻意放下良知，想跨越警察絕不能越過的那條道德線。

韋斯特利顯然是想帶那名女服務生在深夜開車兜風。車門開啟，就像迎賓館的玄關一樣，但那名女服務生雖然舉止嬌媚，卻不想跟他走。儘管聽不見他們的對話（大概是在最後時刻向他拒絕說，艾德，我還是別去好了），但看得出積極說服她的韋斯特利漸感焦急。他漲紅了臉，勾住那名猶豫的女服務生手臂，開始將她拖進車內。

啊，不能上車。但是非得揭發那傢伙的罪行不可！感覺就像有一條昂首的大蛇正準備勒斃一條小貓，卻只能在一旁袖手旁觀。

韋斯特利扭動著他巨大的身軀，以全身的動作訴說著一切。他一直說個不停，挺起胸膛，就像覺得滑稽好笑似的，朗聲大笑。他夾雜了許多肢體動作，跨越語言的障礙，無論如何也想和今晚的情人溫存一番。

韋斯特利想用英語表達什麼，那名女服務生似乎不明白。這名酒醉的陸戰隊員愈是激動，女服務生愈是怯縮。因焦急而聳肩的韋斯特利，一面朝女服務生招手，一面繞往雪佛蘭後方。他指著車子的後行李廂，看得出是想藉此引起女子的興趣。

「大叔，怎麼辦？看了真教人火大。」

「別急。著急只會壞事。」

「那個男人應該是想拿他寶貝的手槍來炫耀吧。要是他掏出槍來，警棍也拿他沒轍。叫人來支援比較好吧？」

韋斯特利煞有其事地用雙手抬起後行李廂蓋。女服務生往內窺望，接著就像挨了一槍似的，呆立在原地。那傢伙讓她看了什麼？從御城的位置看不到後行李廂內部。女服務生就像貧血發作般，一陣踉蹌，韋斯特利一把抱住她。但女子甩開他的手，像潰堤般放聲尖叫，韋斯特利發火，一把掐住她後頸，從後方架住蹲在地上的女服務生要她站起來，他全身使足了勁，想將人強行拖進車內。

「好，構成暴力罪！」德尚先生說道：「御城，快上啊！」

「可是，那傢伙會不會有手槍之類的……」

「現在不是躊躇不前的時候，不可以怯縮。」

德尚先生帶著他衝出車外，但御城在橫越馬路時，雙膝不住顫抖（昔日當戰果撈客鍛鍊出的膽量跑哪兒去了！）。光憑一根木棍要和勇猛的陸戰隊員對抗，就如同是衝進關著飢餓猛虎的柵欄裡一般。

「Hey！放開那女孩！」

面對一直死命喊著「警察、警察」的礙事者，韋斯特利瞪大他那對碧眼。我們要以暴力現行犯的罪名逮捕你，放開那個女人，雙手舉高！御城用生硬的英語說道。韋斯特利像在威嚇般，朝他吼了回去。他應該是在說，不過是地方上的小警察罷了，去叫憲兵來吧。幸好他現在似乎沒帶槍，御城因此壯膽不少，他舉起警棍，縮短彼此間的距離。

德尚先生對他說，我們要帶你回警局。要是在街頭喧鬧，會引來憲兵。眼下很想帶他回警局，但他雖然喝醉，畢竟還是陸戰隊員，大鬧起來可不好對付。御城極盡所能地展開威嚇，虛張聲勢，同時從車道繞往人行道，這時，那敞開的後行李廂裡頭的東西映入他眼中。

這種東西怎麼會在這裡？

御城一時間懷疑是自己眼花。

三個、四個、五個，不，還要更多。

是骷髏頭。

後行李廂裡裝滿了人骨。用這種東西釣得到女人嗎？美國有這種風俗嗎？御城的耳中傳來砲擊聲。他心底的惡靈不再安分。這種東西會堆放在這名美軍的車內，只有一個原因。是他自己帶走的。

「Hey！你會遭報應的。」

御城氣血直衝腦門，厲聲說道。可能是被人看見骷髏頭，心生慌亂，韋斯特利將女子撞開，轉身就在大路上狂奔起來。御城也像背後被人推了一把似的，向前奔去。德尚先生的聲音響起：「絕不能讓他逃進基地裡！」

韋斯特利在小巷裡一再繞彎，穿過滿是為美軍設立的A Sign店和秀場俱樂部的區域。由於他幾乎每天晚上都在這裡玩樂，所以他也很熟悉這一帶的地形。他一面迂迴而行，一面準確地朝嘉手納基地前進。

御城四周的風為之沸騰。

他蹬向胡差的路面，緊緊追向韋斯特利背後。

衝下石牆間窄細的坡道，在一處有石敢當的三叉路轉彎。儘管跟丟了韋斯特利，但他仍躍上石牆，分辨出街上的喧鬧。夜氣沸騰，視野縮成流線形。往左右流逝的風景，對御城而言，感覺無比懷念。

剛才他跑過的地方，是以前多次和憲兵玩你追我跑的街道。五感、腰腿的力量、對土地的直覺，這一切都是當初當戰果撈客時培育的能力，如今仍是御城的重要資產。此刻他正全力動員這些能力，追逐那名美國大兵。只有在這個瞬間，過去一直在他耳邊迴盪的砲擊聲、洞窟的聲音，才會追不上他。

啊，對了，他過去都是和伙伴們奔跑在這個市街上。

御城專注地緊跟在那名跑在前頭的好友身後。

他那魚牙項鍊不斷飄揚飛舞。

跑在狂吹的熱風下，一面感受這座島在地面下喘息的鼓動，一面以惡靈也追不上的速度飛奔。過去一路都是這樣過來的。御城的雙腳、御城的靈魂，都還牢牢記得這一切。

我在胡差怎麼能輸給你！

當他抵達機場大街時，從三叉路轉往另一個方向，繞到前頭，從一旁撲向韋斯特利。本想趁倒地時，順勢將他壓制，但他反被一把揪住前襟，後腦重重撞向地面。

像挨雷劈般的劇痛貫穿他的延髓。臉部連挨了好幾拳，鼻血狂噴，就像加熱的果實般，整張臉幾欲爆開來。嚇，這就是陸戰隊員的臂力嗎！御城一把抱住朝他側腹踢來的一腳。胃部一陣扭曲，胃液上湧，想忍也忍不住。御城吐出的嘔吐物濺向了長靴，而罵了一大串話的韋斯特利也濺了滿身，他們渾身沾滿兩人份的鮮血、汗水，以及嘔吐物，持續在地上扭成一團，打起了泥巴仗。

韋斯特利的下巴一陣搖晃。在眼珠都快相互摩擦的近距離下，沒有餘力使小手段，只能靠體力一決勝負，這時原本不太可靠的警棍發揮了作用。御城揮動的右手，握著那根細長的武器，正好擊中對方下巴，韋斯特利動作變得遲鈍。雖然還扭打在一起，但御城已取得姿勢的優勢，成功拘捕了這名陸戰隊員。

「你知道佐希對吧，佐希！」

他直接省略交涉，指出他的嫌疑。是你接送佐希。還在西原的洞窟進出。後行李廂裡頭的東西就是證據！不過，他拚了命取得的偵訊時間並沒持續太久。從聚在四周的圍觀群眾後方，可以看見憲兵隊的吉普車。雖然阻擋了他逃進基地避難，但再這樣下去，勢必得交出這名嫌犯。

不會吧，別過來。我什麼都還沒問出來啊。平時就已經語言不通了，再加上韋斯特利是酒後逃跑，還展開了一場打鬥，他已氣喘吁吁，根本沒餘力與御城對話。

「是你殺了佐希，yes or no！」

憲兵躍下吉普車，撥開人群朝他們走來。御城因一時太過焦急，掄起警棍。既然嫌犯會被奪走，乾脆用這東西痛扁他一頓，或是朝憲兵揮動警棍以爭取時間吧。正當他不顧一切的掄起手中的警棍時，有人喊了一聲「Wait」，一把抓住他手腕。背後傳來英語的聲音。

「等等，請放下那個東西。」

接著傳來另一個聲音，是用日語對他說。

轉頭一看，是一名沒穿軍服的白人抓住御城的手腕。

跟在他身旁的另一名日本人，每當白人說話時，就馬上向御城翻譯成他聽得懂的話。

「你現在已經沒有立場處理，這時候安分地將人交給憲兵才是明智之舉。」

這名美國人一頭金髮剪成俐落的短髮，搭上顎裂的下巴，穿著開襟襯衫的胸膛無比厚實，但看起來不像軍人。深邃的五官相當工整，但又不像溫柔的男性那樣帶有一絲陰柔。這名男人看起來既像文靜的聖經銷售員，也像到南國渡假的奧運選手，他說了些話，隨行的男子馬上翻譯成日語。

「只要交出嫌犯，你們就無法取得口供。你應該會抗拒，但你現在就算堅持不配合，也只是延誤這起事件解決的時間。你要是不放下武器，憲兵有可能會對你開槍。」

「嚇，開槍！為什麼我要挨子彈。」

「逼我們這麼做的，是你們。這項事實不會改變。」

「你是什麼人？如果是憲兵，不會說這種話。」

「我會仔細調查這名陸戰隊員。我也會提供建議，讓他們做出適當的起訴。你們的努力不會白費。」

這種美國人當真罕見。與島民接觸時，他們展現出的驕傲、傲慢、一時興起的寬容、那種朝人上下打量，讓人覺得自己就像是被關在籠子裡的貓狗般的視線，這位白人完全沒有。為之震懾的御城放下警棍，白人朝他點了點頭，鬆開他的手腕。接著他所說的話，馬上被譯成日語。

「關於這起事件，希望能和你好好談談。明天同一時間，你可以一個人到新胡差（八重島的特飲街，美國人都這樣稱呼它）的『Jackpot』這家店來嗎？」

不等御城回覆，白人便離開他身邊。他朝憲兵喚了一聲，遞給他一張原本放在褐色信封裡的紙。一名憲兵低頭望向那份文件，百般不願地點了點頭。全身癱軟的韋斯特利被送上車，隨後趕來的德尚先生一臉懊悔的低語道：「慢了一步，被劫走了是嗎？」

「這起事件就到此為止了。不過話說回來，那兩個人是什麼來歷？」

「不知道。好像既不是憲兵，也不是軍人……」

不管怎樣，嫌犯被帶走了，想要獲勝的那份成就感已經喪失。

圍繞街頭的每戶人家後方，正透射出帶有些許淡藍的晨光。

塵埃宛如熱帶夜燃燒後的殘渣，隨風飄揚。

艾德蒙．E．韋斯特利坦承殺害照屋佐希。

後來查明他將沾血的長褲和毛巾送洗，成為決定性的關鍵。

果不其然，佐希對往返於住處和上班處感到疲憊，於是他開車接送，兩人成為了情侶。很快的，他開始對只能在車上親熱感到不滿。他對百般不願的佐希連哄帶騙，進入佐希住處附近的洞窟。車子後行李廂裡堆放的，便是他從洞窟裡帶走的戰死者遺骨。

站在島上居民的角度來看，這是令人懷疑他神經不正常的惡行。歸究原因，韋斯特利想要的是「紀念骷髏」。這是軍人的心理常會產生的一種扭曲願望，以前從馬里亞納群島送還的日本兵棺材，裡頭似乎大部分都沒有頭顱（事後御城聽說，戰時的LIFE雜誌上還曾經刊登過一張照片，那是一名女性陶醉地望著他當海軍軍官的男友送她的日本兵骷髏頭。這可不是馴鹿標本啊！）。話雖如此，日本人似乎也曾在中國或南方諸島幹過同樣的事，所以是一丘之貉。整體來說，軍人這種人種，似乎很容易產生這種可以看作是返祖現象的野蠻心理。

韋斯特利蒐集「紀念骷髏」。這麼做可以滿足他的優越感和自尊心，也能成為日後回顧沖繩這段歲月的紀念品。他想做成帶回祖國的伴手禮，讓親朋好友刮目相看。自從帶走一顆骷髏頭後，他便食髓知味，每次進入洞窟裡，就蒐集大小適合的骷髏頭。這位天不怕地不怕的陸戰隊員所做的行徑，令佐希感到害怕，最後連她也看不下去，某日在開車前往胡差的路上，他開始責備韋斯特利。這樣會連我也遭報應的，你得將它們放回原處，加以供養！韋斯特利與縱聲大叫的佐希爭吵了起來，喝了酒的韋斯特利就此拿起剛帶走的骷髏頭毆打佐希，見她癱軟後，便勒住脖子強姦她。自從他開始蒐集骷髏頭後，佐希便不再讓他碰自己身子，而這也引發了韋斯特利的焦躁。接下來他便跑去垃圾場掩埋屍體，這就是整起事件的大致始末。一名喜愛蒐集「死亡」，被這種悖德的喜悅附身的美國軍人，引發了一場無比荒唐、悲慘的衝動殺人案。

御城從那名既不是警察，也不是憲兵的男人口中聽聞這些供述內容。

韋斯特利被逮捕的隔天，御城被迫得向琉球警察總部以及憲兵隊呈交兩種不同的報告書。明知不會通過，他還是一併著手製作共同偵訊請願書，在很快就變得零亂的辦公桌上扯著亂翹的頭髮，但他馬上大喊吃不消，隨即溜出警局，前往八重島的A Sign店。

「你的名字好像是城堡的意思。所以你是胡差的城牆嘍？」

「沒錯，那麼你是……？」

「我是歐文．馬歇爾。這位是小松先生。」

「小松先生是來自日本嗎？」

「對，我負責協助歐文的工作。」

雖然像影子一樣緊跟著歐文．馬歇爾，不過小松這個男人是能毫無延遲地達成三方通話的重要人物。像盆一樣大的腦袋，髮量茂密，戴著一副鏡片像玻璃瓶瓶底一樣厚的眼鏡。不論是質樸的襯衫還是領帶的圖案，都沒什麼特色，而這反而是掩飾其真面目的障眼法。

歐文．馬歇爾選來當會面場所的「Jackpot」，是美國人專用的A Sign店，被白人包圍的御城覺得很不自在，這時，歐文．馬歇爾朝他露出一口白牙，笑著問他要不到外頭走走。

「請不要認為所有美國人都和韋斯特利一樣有那種嗜好。至少我就不會想蒐集人骨，也沒興趣和女服務生一起喝酒。雖然我認為這島上的年輕女孩都很迷人。」

可能是為了化解他的戒心，歐文・馬歇爾邊走邊主動談到他自己的事。他比御城大六歲，今年三十一歲，出生於北卡羅萊納州的阿什維爾（Asheville），來到這座島上的美國人，和他同一州出身的人不少，但在政府組織裡工作的只有一小撮人。歐文・馬歇爾是美國民政府的官員。御城暗自發出低吼。軍方司令部的大人物找我有何用意？

「我們一直在觀察你。我也去過發現被害人遺體的現場。你無視於共同搜查的命令，幾乎都獨自行動。不過就結果來看，你很快便破案了。你不光是善用胡差的地利，在這個市街還有西原村，你所選擇的行動也都帶來了結果。」

他一直在監視我？我的出身和經歷都被調查過，因竊盜罪而被判刑的事，他也都知道。御城難掩心中的慌亂。「我一直都很認真工作。你也跟那些人一樣，不想讓有前科的人當警察是嗎？」

「我無意責怪你。你可能就是有這樣的經歷才擁有其他警察所沒有的特質，這點我很佩服。我相信你有辦案所不可或缺的觀察眼和行動力，以及特別的嗅覺。而且你還是新人，才剛站向成長的入口，這更是難能可貴。所以我才特地和你約見面……」

說到這裡，歐文的肚子發出咕嚕嚕的聲響。

御城帶他來到生意興隆的牛排店，他直言不諱地說，這種店我實在是吃膩了。御城聽完他提出的需求後，改帶他到常去的大眾食堂。歐文將一碗才三美元，上頭裝有軟骨肋排的沖繩麵，連湯一起吃個精光，之後說了一句：「這對我來說可能太清淡了點。」完全沒說客套話。泡盛似乎很合他的口味，他連喝了好幾杯。對這位能吃又能喝的美國人，常到店裡光顧的老先生個個覺得很稀奇，目光往他身上匯聚。

「我們在這座島上從事廣義的諜報活動。」歐文邊喝酒邊說道。「像小松先生這樣，從日本前來協助的人也相當多，不過，我們想在這座島上的主要地區多結交一些『友人』。」

別怕——御城激勵自己。說到美國民政府的情報部門，不就是追查示威活動的參加者和活動人員，為了阻礙反美運動進行，就算展開預防性拘留或拷問，也毫不手軟的一群人嗎？（例如對瀨長龜次郎貼紅標籤，將他送進監牢的，也是他們）。歐文似乎已看穿御城的心思，向他坦言道「雖說是情報，但又可分成幾個不同的部門，我們主要是負責和美國兵犯罪有關的監視和情報蒐集」。

對統管沖繩的美國民政府而言，美軍犯罪現在是最頭痛的問題。對政策的反對運動日漸高漲，像引發嘉手納幼女殺害事件的中士以及艾蒙德．韋斯特利這樣的陸戰隊員，若繼續放任不管，不管在外交層面、軍事層面，還是維護管理層面，都有可能招來嚴重的損失。若長期處在島內島外的批判和譴責下，這處「太平洋樞紐」的存續將會動搖。因此，現在跳脫出憲兵隊，改由軍方司令部主導，從在基地裡工作的軍方雇員、民間人士、地方上的警察當中挑選適合的人才，設立全新組織，扮演對美軍犯罪展開特別搜查的角色。這是設立在歐文．馬歇爾所屬的情報部底下，由島民構成的外部機構。他希望御城能以刑警的身分工作，同時加入這個馬歇爾機構（之後採這樣的稱呼），平時保持合作，共同防止美軍犯罪，以及奉特別命令展開搜查。

「意思是要我當間諜嘍？」

「是由你和我共同為美國和沖繩架起橋梁。」

「你可別跟我開玩笑，這種工作我怎麼可能有辦法勝任。」

「如果你要聽我個人意見的話，」原本只擔任口譯的小松，這時補上自己的意見：「能和歐文共享情報，非常有利。就連當地警察無法得知的政府動態，還有基地的內情，都能瞭若指掌。最後將有助於提高琉球警察的逮捕率。」

「我說，能請你轉述給歐文先生聽嗎？」御城略顯為難地應道。「我稍微換個話題，坐那邊的老先生，女兒曾被美國大兵強姦。對面那位老先生，他的孫子被美國大兵纏住，兒子前去相救，換來一頓揍。這裡頭大部分的客人都是因美國而犧牲的被害人家屬。」

小松臉色驟變。歐文聽完他惴惴不安的口譯後，一本正經地環視店內。常到店裡的這些老先生會一直盯著這位愛喝泡盛的美國人瞧，並非只是覺得稀奇。

「……你也很壞心呢。」小松說。「你知道這裡是這樣的店家，才故意帶他來這裡嗎？」

「這一帶的店家都大同小異。大部分島民都知道自己的親友當中有人是美軍事件的受害者。歐文先生看起來不像壞人，但他的說話口吻該怎麼說呢，感覺還是太美式了。他說想消弭美國大兵的犯罪，還提到基地的存續問題，但說到底，他其實只是在擔心自己的國家。」

「你看起來個性溫和，但說起話來倒是毫不忌諱啊。」小松猶豫該不該完全照譯。

「你就如實翻譯無妨。」御城接著說道：「歐文先生，我看你是個能溝通的人，所以想問你一句，被占領的島上居民，是不是偶爾非得獻上家中的女人和小孩當祭品不可呢？」

在多位老先生的眼神注視下，如坐針氈的歐文，以筆直的視線回望御城。雖然御城心裡也在顫抖，擔心他要是發火的話該怎麼辦，不過歐文請小松翻譯的，始終是冷靜又真摯的回答。歐文說，我們國內同樣也因為歸國士兵，尤其是陸戰隊員的犯罪，造成不少社會問題。他們的出身地全是那些貧困的州，包括我的故鄉北卡羅萊納州在內，年輕男人就只能打零工、成為罪犯，或者是陸戰隊員。全是一些粗暴的男人，但他們同時也是優秀的士兵。話說回來，有教養、又重視法律和人權的人並不適合從軍。因為將純樸鄉下人變成毫不猶豫殺敵的機械，這就是軍隊。不論在世上哪個戰場，都會被派往最前線的陸戰隊員，一直被灌輸這種觀念。這島上的美軍，有四分之三都是陸戰隊員。

「當然，我明白就算說這些話，也無法治癒被害人和他們家屬的傷，不過……陸戰隊員在被送往戰場前會自暴自棄，或是沉醉在生還後的解放感中，時常在駐軍地放浪形骸。當然了，當中也有人滿心認為，在自己打勝仗的領地，不管做什麼都可以被饒恕。然而，我們終究不是野獸。大家對韋斯特利這樣的性犯罪者，都懷有一顆憎恨的心。此事在維護管理方面責任重大，但我最期盼的，是別再有像照屋佐希這樣的犧牲者出現，打造出每個人都能安居樂業的一座琉球樂園。我這是真心話。」

雖然這似乎有點偽善，但歐文確實不像過去御城接觸過的那些憲兵或軍方人士，以高高在上的態度向他說教。至少，能從美國人口中聽到如此深入的軍中實情，這還是第一次。

成為歐文．馬歇爾的祕密「友人」，如同是背叛島民，欺瞞長期以來持續與憲兵對抗的琉球警察。如果講究信義，就該當場與歐文說再見，從明天開始，繼續為琉球警察的搜查工作流血流汗。

然而……

就像小松說的，要和美國民政府建立關係，可沒那麼容易。

倘若能掌握基地的內情，長期以來一直想知道，卻無從得知的事，或許將露出一線曙光。

有個事隔多年，一直杳無音信的男人。御城對這位摯友的記憶，已漸漸風化，朝過去的迷霧中遠去。御城知道在嘉手納基地襲擊事件後，他已離開基地。在監獄裡過世的謝花丈，死前說出御城的好友奪走了「不在預定計畫裡的戰果」。

他一直很在意這句話。他左思右想，突然想到一個可能。難道謝花丈說的戰果，是美軍絕不能被奪走的東西？例如軍事機密之類。連和走私集團也無法交易的東西。也許好友就是因為奪走了那個東西，這才音訊全無——或許只要和美國民政府建立關係，打探軍方內情，涉足島民禁止進入之地，就能再次追查好友的行蹤。御城陷入沉思。

我以前是個做事優柔寡斷的男人。

因過去的殘響而渾身戰慄，一腳踩進死者的世界。

讓這樣的我重新活過來的，確實就是當戰果擄客的那段歲月。

是當時的記憶帶著我一路走來。為了跟上那個跑得比誰都快的男人，我甚至當上了警察。話說回來，我就是為了那個目的，為了追上好友，才決心改變自己的人生，不是嗎？

「我明白了，你告訴我詳情吧。」

御城催促與他對望的這兩個男人繼續往下說。

離開食堂後，他們離開胡差的市中心，來到一處荒廢地。

右手邊是一大片甘蔗田。左手是臨時搭建的小屋構成的聚落。這一帶的景致與戰後沒多大不同。一架軍用機飛過，可能是夜間飛行演習吧。從頭頂通過時，傳來破空的巨大聲響。接著消失眼前，隨後地面一陣搖晃。

現在已是晚上十二點多。御城一手拿著售價一美元兩分的瓶裝啤酒，邊走邊聽歐文說明。從巷弄深處的鐵皮屋後面，走出十幾名男人。他們將御城和歐文團團包圍，並緩緩逼近。看起來不像只是擦身而過。他們穿著花俏的夏威夷衫和汗衫，袖口露出招搖的刺青。是街頭混混，琉球警察的客人。這些傢伙是哪來的？這群危險的男人，以墨鏡、帽子、布條、鑿出窺望孔的肥料袋，隱藏他們的面容。

「你們兩個，為什麼和美國人勾結？」

從紅楠樹下走出的男子說道。是個全身肌肉賁張的大漢。他以手帕和墨鏡遮住面容，一隻腳拖著地行走。似乎不是隨機行搶。也許是從市街中心便一路尾隨。

「把那名美國人留下，你們先走。」

「留下他之後，你們打算做什麼？」

御城如此反問後，幾名男子朗聲嘲笑。歐文也為之臉色一沉。小松以偏高的嗓音說道：「你們可別亂來喔。這、這位是美國民政府的高官。另一位是島上的警察。」

這是發現嘉手納幼女殺害事件後，衍生出的一種反美運動，結黨營派的流氓在基地外襲擊美國大兵的事件頻傳。這些暴徒顯然是鎖定歐文而來。歐文說了些話，但小松一時反應不過來。小松可能是不習慣這種場面，內心大為慌亂。

「歐文說，他身上帶著護身用的手槍。」

「這時候要是拔出手槍，反而會更加刺激他們。」

「歐文說，自己的安全得靠自己來守護。」

「對這種不怕死的傢伙，威嚇是沒用的。當你朝其中一人開槍後，其他傢伙就會一擁而上，展開圍毆。」

「歐文說，不能向這種不法之徒屈服。」

歐文想展開迎擊，御城一面以視線化解他的衝動，一面伸手抓住小松的肩膀，三人聚在歐文身旁。待靠過來的暴徒十分接近後，他以啤酒瓶砸向左方靠過來的男子眉間。碎片紛飛，男子一陣踉蹌，同時拔刀揮舞。御城穿過那道縫隙，朝歐文的手臂用力一拉，大喊一聲：「喂，快逃！」衝進右手邊的甘蔗田裡。

御城懼怕手槍，懼怕美軍。但街上的流氓他一點都不怕。他發揮街頭出身者的強項，一面催歐文和小松快跑，一面衝進田內。採收前的甘蔗田是最適合玩捉迷藏的地方。只要在那高逾一米半的甘蔗間弓起身子，不管怎麼跑，從外面都看不出來。那些男子也追上前來，旋即分不清方位，便跟丟了獵物。葉片劃傷臉頰，脖子上留下一道道紅色的傷痕，他們從甘蔗田的另一側衝出，奔進小巷裡。暴徒們沒追來，看來可以成功逃離。對御城來說，現在他最值得倚賴的武器，仍是當初當戰果撈客時培養出的「快腿」。

「那班人好像不是胡差的人。」御城氣喘吁吁地說。

「你是不是知道些什麼，御城？」歐文透過口譯問道。

「不是有個男人從樹後走出來嗎？體格很健壯的那個。」

「就是下達指示的那個男人是吧。好像是那群人的首領。」

「他單腳不方便行動，也許他是……」

六　流氓的領土、出沖繩記、神犬

凌晨兩點，島上才剛入夜。在到處為美國大兵設立特飲街的美里，深夜才是生意最好的時刻。不論是大路旁還是小巷弄，總是聚集了皮條客，耀眼的燈光一路相連的屋簷下，女人穿著可以看見內衣的透明襯衣、華麗的姆姆裝、刻意剪破的牛仔褲，朝酒客頻送秋波。在鬧街盡頭處的一家 A Sign 店，一名從吧臺走出的女服務生，與一名沖繩客人起爭執。

「你一開始就打算白吃白喝對吧。」

六杯威士忌。下酒菜有沖繩豆腐、油味噌、蘿蔔炒豬肉。吃了這麼多，身上卻只有一美元，看來我得叫人來才行。女服務生大罵道。過了一會兒，冒出許多流氓，個個都惡形惡狀，但最後走進的男子不一樣。那上過漿的襯衫衣襟，以及捲起的袖口，都露出結實的蜂蜜色肌膚。男子嘴裡叼著不帶濾嘴的香菸，一看到對方，突然興奮說道：「這不是平良先生嗎！」

「嗨，零！」那名男客應道。

「你出獄啦？」

「他是你朋友？」女服務生一臉納悶地蹙起眉頭。

「是當初一起同甘共苦的盟友。在獄內的抗爭中，直到最後都還是一樣豪氣干雲，男人中的男人。不能跟他收錢。再請他喝一杯。」

女服務擺著臭臉退回吧臺內。零走進包廂裡，面對許久不見的平良，無比歡迎。

「我來這裡辦點事，順便來看看你。」

「你現在從事什麼工作？該不會是來找保鏢的工作吧？」

「不，我沒那個打算。」

「嘿嘿，在美里這個地方，不必跟我客氣。因為就連『希望』這家店也是我的，那位是受我照顧的女人，名叫知花。」

「我聽到了喔，這裡什麼時候變成你的店啊？」

「當然是我的店。我給了妳那麼多零花。也不想想都是誰在照顧妳。」

「是我在照顧你吧。如果你都不回來的話，就滾出去吧。」

「在嘔氣了。今晚我會好好疼愛妳的。」

「啥？是我疼愛你好不好。是誰都流著口水，一再央求說，拜託讓我射、讓我射。不曉得這位朋友知不知道，說到這個男人愛玩的花樣啊……」

我揍妳喔！見知花準備要赤裸裸地說出他的性癖好，零大為光火，命她住口。

比平良早一年出獄的零，為了告知謝花丈死前的情況，再度來到知花的住處。知花代替退休的媽媽桑，一手撐起「希望」，零於是在她家住下，並透過熟人的牽線，與「胡差派」有了往來。經歷過在路邊擺顧店、到遊樂場主持詐賭遊戲、拉客人買春等賺錢的手法後，現在他已成為統管美里當地流氓的老大。

我們戰果撈客的黃金時期，在五〇年代中便已宣告結束。軍方變得戒備森嚴，再也無法靠當戰果撈客謀生的小混混開始結黨營派，對美里、八重島、中町這些特飲街收取保護費。在滿滿都是迎合美軍走向的酒吧、遊樂場、妓院的這一帶，喝醉酒後動粗的美國佬層出不窮，絕對需要一群地方上孔武有力的男人來當後盾。就此孕育而生的流氓集團，陸續引來島上眾多血氣方剛的年輕人，形成人稱「胡差派」的大幫派。

「不過，我可沒和她結為夫妻喔。」零朝平良咬耳朵道。「因為我還得和許多美里的女人玩玩。我也得幫你找個對象才行，畢竟你剛從那裡出來，一定很飢渴吧。」

「我不是來這裡買春的。我有老婆。」

「哦，是這樣啊。不過，難得你來這一趟……」

兩人對酌時，有幾名孩子走進店內。是胡差的孤兒，他們幫人跑腿賺零花。這些孩子連野貓會走的小路都很清楚，是很適合擔任傳令的一群小混混。

「零，老大找你。」

你闖了什麼禍嗎——知花臉色一沉。只要是老大找，就得馬上過去。零說，這樣剛好，我介紹你給老大認識吧，於是帶著平良一起出門。平良拖著一隻腳行走，對零說，我不是來找工作的。獄中抗爭所受的槍傷後遺症、名譽的勳章——美里這裡滿是上下坡，走起來或許會很辛苦。狹窄的巷弄裡一整排都是A Sign店的燈光，醉客打破的酒瓶碎片像雲母般晶亮。零跳過地上有人撒尿後留下的斑駁痕跡，並配合平良的走路速度，緩緩走過特飲街。

搶著要帶路的孤兒當中，混雜著一張沒見過的生面孔。有這個孩子嗎？雖然也不知道其他孤兒的名字，但好歹能分辨他們的長相。那張年約六歲的新面孔，有個很顯眼的特徵。

「今晚第一次看到你，你是從哪兒來的？」

那孩子回望零一眼，咧嘴一笑。

他微微張開嘴脣，但沒回答。

「你有美國人的血統對吧。」

帶有外國血統的孤兒並不少，不過在一群孩子當中還是很顯眼。可能是聽不懂零說的話，零一再向他搭話，但他都沒回答。他臉上浮現缺牙的笑容，就只是一直望著零，像在看什麼罕見的風景般。

「連長怎樣都不知道的美國佬，就是這孩子的父親。」平良說。

的確，在這座島上，要猜測這孤兒的來歷並不難（如果以年齡來區分，戰時出生的是戰爭孤兒。戰後出生的，不是因貧困而被遺棄，就是美國大兵與島上女孩生的私生子）。這名缺牙的孤兒是戰後出生，但他卻不會說島上的語言。

我們也都不認識他——其他孤兒說。似乎是前不久開始跟著他們走，就算把他趕走，但不知不覺又混在他們裡頭。孤兒們都與這位新面孔保持疏遠，以「美國小鬼」、「山羊眼」這類難聽的字眼叫他。

「因為他和我們不一樣啊。」

雖然一樣是流浪兒，他們似乎也有自己的地盤意識。並不是只有孤兒才會這樣。在狹小的島上，對地緣關係無比執著，為了提高歸屬意識而排斥外人的那些調皮少年，也是如此。

哎呀，零——有人如此叫喚。最近好久沒來呢。偶爾也要到我們這裡光顧嘛。聚在A Sign店門口的女人紛紛向他打招呼。每次零都會回一聲「下次」，然後擺動腰部。她們做生意的對象主要是美國大兵，每次在路上與他們擦身而過，平良總會板起臉孔，但零在狹窄的小路總會讓路給這些客人過。來吧來吧，今晚也要大把撒下美金，讓你的一夜情人帶給你高潮，你們的每一滴精液，都將成為供養這座市街的收入。這裡是裸體女神回應你各種幻想的紅燈區。只要你捨得花大錢，就會為您做頂極安排。今晚也要買走亞洲最棒的女人，把身上所有錢都撒光！

今天的心情，讓零對當地的市街又喜歡，又討厭，不過，島上最棒的東西，非特飲街的熱氣莫屬，這個想法倒是未曾改變（華麗的霓虹和人群、香水和香菸的氣味、悅耳的柔媚嬌聲、夜裡洋溢的慶典幸福感，真是太棒了！）。聚集在大路上的女服務生所展現的過人魅力，從美國大兵每天都想到特飲街報到的情況來看，就足以證明。軍中生活的鬱悶、人在亞熱帶異鄉的解放感、做愛時的優越感，這些要素聚在一起，讓人很自然地守不住錢包。美里的美女提供的服務以及類型的多樣性，頗獲好評，甚至有旅客是為了買春而特地造訪。

哎呀——所有孤兒抬起雙手遮眼。他們從指縫間看到的，是在大路上擺動柳腰，酥胸微露的女孩們。腿形修長的女孩、略嫌豐滿的女孩、雙眼水亮的風騷女、百人斬的大姊、假裝成處女的女人。從姆姆裝裡塞了一對巨乳的波霸，到挺著洗衣板完全不靠胸部取勝，而是會提供驚奇服務的女孩，應有盡有，任君挑選。她們今晚也都用心打扮，顯得幹勁十足，想努力賺取投資在服飾和化妝上的軍費、房租費，還有父母兄弟的餐費。擠滿這些女人的夜間情景，宛如會令人看了暈眩的萬花筒、載滿金銀珠寶的帆船、由閃閃亮亮的蝴蝶和飛蛾湊成的海市蜃樓。美里這地方就像座頭鯨噴氣般，酒、紫煙、美元、精液不斷噴發，零身為一名地方上的流氓、名氣響亮的大情聖，在此地生活。

孤兒帶他們來到一處位於高臺可看遍整個美里的鋼筋水泥屋。屋頂上有幾道人影從高處俯視。這些傳令們只能送到這兒。深深被眼前的花街吸引的這個生面孔，一臉遺憾地回望零。

「你叫什麼名字？」

儘管目光交會，但孩子還是沒回答。

他就只是露出缺牙的笑臉，抬頭仰望零。

「這個山羊眼派不上用場呢。」

也許是耳聾或啞巴吧，還是小嬰兒的時候撞到了頭。不管怎樣，零此刻無暇把心思放在這名孤兒上。「等你會說島上的話之後再來吧」，零從「山羊眼」身上移開目光後，快步走上建築的樓梯。

零一來到屋頂，老大馬上一拳飛來。

星星從夜空掉落，兩顆眼珠像碳酸水一樣直冒泡。

如果對象是其他流氓，零馬上就會展開回擊，但對象是老大，他不能這麼做。被一拳打飛的零，撞向盆栽和瓦斯桶的鋼瓶，臉部痛苦地皺成一團，同時挨了一腳。可以從屋頂眺望的美里燈火，當他每次挨了一拳或是一腳，那宛如鮮豔珊瑚礁的餘光便會烙進他眼中。

「不知羞恥的傢伙。我交給你處理的，是管理美里，不是要你偷偷摸摸運廢鐵和彈藥。」

像公牛般的角從額頭穿刺而出。喜舍場朝信那張濃眉大眼的沖繩臉因怒氣而扭曲，不讓一眾小弟出手，自己親手制裁。從終戰後便威名遠播的這位胡差老大，所有流氓的教父，他平時的沉穩敦厚彷彿不曾存在過似的，如同一座拆了屋頂的大熔爐，怒火勃發。

「你是那位胡差引以為傲的男人唯一的親人。所以我才說要照顧你一輩子。」

從數個月前起，零開始在他受託管理的領地外大發橫財。他與走私船的船員交涉，從金久海濱搬運物資上船，大撈了一筆，終日靠這筆錢玩樂，給女服務生的小費向來不手軟。擅自沾染非法生意，是對幫派的背信。喜舍場老大不允許零有這種不義之舉。

在眾小弟沒人想勸阻的情況下，平良出面調停道：「老大，就到此為止吧。」老大聽聞平良是傳說中那起監獄暴動的核心人物，對他也禮讓三分，但老大仍沒忘了要加以牽制，他開口道：「這是我們的家務事，請別插嘴。」

儘管和身為島上流氓第一人的老大迎面而立，平良一樣不為所動。當面見過後，就知道此人不是普通流氓。那沉默寡言宛如傳統武士般的神情，以及和碼頭工人打架鍛鍊出的體格，似乎連老大也很感興趣。

「你是哪裡人？」

「那霸。」

「這麼說來，在道場裡練過武藝嘍。如果是他介紹你來的，我這裡保鑣的空缺多得是，不過，根據地緣關係來謀生計，是我們這世界的道義。還是說，你在那霸混不下去了？」

「我只是來這裡見昔日的獄中好友。」

「哼，算了。看你這位朋友幹出這等不合道義的事。」老大轉身面向零。「貿易相關的事，都是交給這位邊土名處理。這個不知羞恥的傢伙丟盡了我和他大哥的臉面。」

「就在這裡切腹謝罪吧，你這個單細胞生物。」那位邊土名說道。「我為了捏造收據之類的出口證明書忙得滿頭大汗時，這傢伙直接從海灘上走私，也不動動腦筋，淨幹這種不正經的事。像他這種傢伙，也只能趕出幫外了。」

在一旁看我被處置，很好玩是吧，邊土名？零趴在地上仰望著邊土名的臉。此人掌管胡差派的所有交易，主導來自港口的正式走私（這種說法有點奇怪，不過，雖說是走私，但大多是偽造文件和申請書，其他方面則是透過正式的進出港口來進行），是零的眼中釘。雖然他受老大賞識，地位比誰都高，但相對的，猜疑心重，一對緊靠鼻梁的小眼總是在查探他人的缺失。而且這傢伙特別歧視人，對於奄美或山原出身的人，總是難掩鄙夷之色，有好處也不會和同輩分享，生性吝嗇，看誰生意做得不錯，就一把搶過來。這個叫邊土名的實在很難讓人喜歡他，這次肯定是他打聽出零變得手頭闊綽的祕密，向老大告狀。

「你這卑鄙的傢伙，我們要把你逐出幫外。相處的時間不長，真是遺憾啊。」邊土名嘲笑到表情扭曲。

點了支美國菸抽的老大，深吸一口氣，兩頰凹陷，讓前端的火種燃起。那張冒汗的沖繩臉宛如上過釉般，在屋頂的黑暗中被照亮。老大擺出十足的架勢後，一臉嚴肅地對零做出裁決。

「這是最後一次。下次你敢再做出背叛組織的行徑，你就不是我們幫裡的人了。到時候可不是逐出幫外，或是流放外島就能了事。我會在整座島上廣發通知，讓你成為眾矢之的。明白的話，就別再偷偷摸摸的做那種卑鄙勾當。別辱沒那個男人的名聲。」

「老大，這樣太便宜他了。無法給小弟們樹立榜樣啊。」

「少囉嗦。零，你明白了嗎？」

「明白了。」

老大今晚就只給予這樣的制裁，便了結此事，這已經算是從寬處分了。對裁決感到不滿的邊土名，朝準備離開屋頂的老大靠了過去，不知在竊竊私語些什麼。老大緩緩轉過頭來，再度浮現嚴厲的表情。

「最近的美國人遇襲事件……似乎在琉球警察之間及報上都鬧出不小的風波，應該和你沒關係吧。」

「是的，那不是我做的。」

「是嗎，因為你總是特別關照那些女服務生。」邊土名如此說道，朝平良投以猜疑的目光。「你說你是那霸人對吧。說到那霸人的強項，就是魯莽地在街頭與人鬥毆對吧。」

他應該是懷疑零與平良聯手襲擊美國人。零反駁他一句：「別把什事都扯到我身上。」接著猛然察覺，這位昔日盟友說他來這裡辦事，順便來看零，而零到現在還沒問平良是來辦什麼事。

「你知道琉球警察要到我們這裡展開搜查吧。」老大不悅地說道：「如果基地下令禁止外出，特飲街就賺不到美金了。和美國佬蠻幹，得不到半點好處。想與日本的工程承包商聯手推展事業時，光憑意氣用事和面子是行不通的。」

邊土名似乎想說「總有一天，我一定會把你逐出幫外」，對他做了一個割斷喉嚨的手勢。老大和手下從屋頂上離去，零正準備站起身來，卻張口大嘔。不知道已經有多久沒這樣被痛毆了，就像被刺鐵絲纏住般，腦袋和身體皆發出痛苦的悲鳴，意識幾欲遠去。想要出聲，就感到喉嚨疼痛，但他還是忍不住想確認此事的真偽。

「平良先生，是你幹的嗎？」

「沒錯。」

平良馬上答覆，既沒想要蒙混，也不覺得羞慚。

「嘿嘿，果然是你。所以你才來到胡差是嗎。」

「我也想見見你。其實我想安排你和某人見面。」

「那麼，你是想邀我去和美國大兵打架對吧……」

「喂，零。」

平良的聲音也隨之遠去。零那逐漸模糊的視野中，出現的是美里遼闊的星夜。

零被吸進撒滿星辰與火花的珊瑚礁中，往屋頂後方的大海墜落。

從那次以後，就不曾再溺水了，零被遙遠的記憶攫獲。突然重現的過往侵蝕著現實，在這座島上常會發生這種事。

魚牙項鍊就在他眼前搖晃。

當時零還是個掛著鼻涕的十歲男孩。

他還記得遠方響起的美國砲擊聲。

和許多同伴一起逃跑的零，從泡瀨海濱的岩礁跳進海裡。

因為不想死，不想化為砲彈的塵埃，他專注地撥動眼前的大浪。就連將故鄉燒毀殆盡的「鐵暴風」，也不會燒向外海。他相信某人說的這句話，想一路游到島的南方。

長泳一樣無人能及的大哥游在前頭，零不想成為最後一名，他使盡全力地游。這樣就逃得掉了！傳來同伴的聲音，注意力全擺在頭頂的零，水面下的右腳突然一陣劇痛。

哎喲，是鯊魚嗎！零馬上大為恐慌。因為太過慌亂，另一隻腳也抽筋，開始咕嚕咕嚕往下沉。

將零拖入海中的，是褐擬鱗魨（這是冠鱗單棘魨的一種，喜愛自由潛水的玩家對牠的畏懼更勝於鯊魚。牠有猛獸般的牙齒，以及足以咬碎貝殼和珊瑚的下巴，繁殖期會變得無比凶猛，對人展開襲擊，要特別注意），因為接連而來的砲擊聲和震動，以及流入海中的人血，使得這傢伙更加凶猛。長逾七十公分，特別大隻的這尾魚，利牙嵌進他右小腿，不管他再怎麼掙扎都甩不掉。

他雙腳無法行動，整個人顛倒沉入海底。

變得模糊的視野，滿是鮮豔的海底色彩。

那是人將死時掠過眼前的幻覺，還是記憶被美化……

紅白兩色條紋圖案的冠鱗單棘魨、箱魨的幼魚、躲在珊瑚裡的小丑魚和蟬形齒指蝦蛄，見零墜入海底而大吃一驚。喝了好幾口水的零，茫然地望著那宛如無數顏料融解的顏色氾濫。口鼻已不再冒出氣泡，想到再也無法呼吸，頓感悲從中來。好不容易一路活到現在，卻這麼輕易就溺死，真的很不甘心。零！零！這時他聽到呼喚。海中應該不會有聲音傳來才對，但耳膜確實在震動。零解開全身的緊繃。他的雙手被抬了起來，身體姿勢改變，馬上順勢冒出許多氣泡。他知道是誰趕來救他。那個人迅速改變游泳方向，毫不遲疑地潛入水底，化為零的浮具，將緊咬零小腿的褐擬鱗魨痛毆一頓。零知道他是誰。

從沒看過那麼大隻的褐擬鱗魨呢——事後大哥好像笑著這樣說道。是這樣沒錯吧。大哥掛在脖子上的，好像就是那隻魚的牙齒。撿回一命的弟弟，小腿上殘留的那顆大牙，他覺得很有意思。大哥說，這是我們在那片大海，在那場戰爭中存活下來的幸運護身符。他很喜歡。

醒來時，兩鬢留下兩道淚痕。

零朝昏暗的房內凝望了半晌，過了一會兒才爬出被窩。他為還在熟睡的女人，用豬肉、柴魚片、調味油煮了一碗沖繩什錦炒麵，並在盤子旁擺上三顆香檬（淋上果汁會相當可口）。走出女人的房間後，零站在外頭的樹籬前小便時，發現有一道視線注視著他。是那個「山羊眼」，雙眼緊盯著零那貼滿紗布和ＯＫ繃的臉龐。

「你幹嘛，在等我嗎？」

山羊眼還是一樣只會以笑臉回應。難道他看到零被老大制裁後，被送往原本當護士的女服務生這裡？零在床上躺了三天無法起身，這段時間也許這孩子都在家門前等候。也許是那天晚上零不時跟他搭話，於是他滿懷期待，覺得能從他這裡分到食物吧。

「啐，吃完後就趕快滾吧。」

零朝他招手，山羊眼走了過來，腳下那雙窮酸的草鞋發出啪噠啪噠的聲響。在下午時分的美里，剛睡醒的女服務生頂著素顏抽菸，一臉不悅地打掃門前。零與住便宜旅店的平良會合，在路邊攤買了炸熱狗（烤得恰到好處的香腸和炸得酥脆的麵衣，光在店頭聞到氣味就教人口水直流）給山羊眼吃，但他吃完後，仍是露出那缺了牙的笑臉，跟在屁股後。

「反正他也不吵，就隨他去吧。」

沒想到平良還挺喜歡小孩的，他都會搭理山羊眼，所以零也就由他去了。三人就這樣一起同行，在大白天就讓人很想喝啤酒的烈日下，朝那霸而去。對傷病初癒的零來說，連照向路面反射的陽光都令他覺得痛。

眼前的酷熱，等過了一會兒就會忘了它的存在。等慢慢習慣汗水順著灼熱的肌膚滑落時，就不會再看到消暑的雨水幻覺。路旁房屋的屋頂上，有工匠忙著工作（這座島上的瓦屋頂，是將雄瓦疊在雌瓦上，再用灰泥加以固定，以防強風吹跑）。零很喜歡這個季節防範颱風到來的氣氛。機翼呈三角形的飛機，像幻影般朝太陽飛升而去。

走在連接胡差與那霸的軍用道路五號線上，平良告訴零襲擊美國人事件的原委。平良像是突然想到什麼似的，暗自低語道：

「我們對付的那個美國人，與你的伙伴勾結呢。」

「咦，那傢伙嗎？」

「他現在成為琉球警察對吧？」

「好像是。他這麼快就去討好憲兵啦？」

「對方說他是政府的人。因為有你那位伙伴出主意，讓他給溜了。」

「那傢伙總是嬉皮笑臉，愛參加酒宴，雖然是個懶鬼，但絕不是一個無趣的人。說到琉球警察，算是憲兵的二軍，就像美國人的情婦。乾脆坐著小便算了。」

零趁著怒意，滔滔不絕地說著。地方上有位熟識的刑警，他一直很希望能讓我大哥當上琉球警察。但現在位子空出來，那小子馬上就搶占了。零出獄時，御城已經進了警校，兩人自然就不再像以前那樣走在一起，就算偶爾見面，也都是爭吵一番後，不歡而散。就另一層含意來說，那傢伙是想當我大哥的「接班人」。逐漸疏遠的兩人之間還夾著一個女人，感覺她似乎比較站在御城那邊，這最令零無法忍受。

「他是在別人的煽動下當上警察，擺出一副正義之士的模樣，講起話來義正辭嚴。我才不會為了區區一個女人而沖昏頭，決定自己的人生道路。再說了，現在根本顧不了那個兒時玩伴了，自從來到這裡之後，精蟲都快被榨乾了。」

知花那裡他一個星期有一半的時間沒回去。零是被美里這地方包養的情夫。當初他經歷那場暴動出獄時，突然搖身一變，成了某種女人無法抗拒的型男。他的眉眼和嘴形也十分有魅力，才二十五歲左右，就帶有一股銳利的個人風格。而且他頗有男子氣概，一些年輕的流氓也都很仰慕他，他叼著菸走在巷弄裡的姿態也氣勢十足。不愧是身上流著與他大哥同樣的血脈，儘管渾身是傷，他那對雙眸仍是又大又圓，激起女人想加以呵護的母性本能。與他大哥一樣修長結實的手腳，緊緊纏住女人力氣耗盡的四肢，和他大哥一樣火熱的體溫，瞬間填補女人因賣春而在心中留下的空洞。如果有人和醉鬼互毆而帶著瘀青或傷口回去，他會幫對方治療，整晚溫柔陪伴。他四處到女服務生的家中過夜，一個晚上不只一人，是常有的事。他想讓每個女人都懷上他的種，連胡差派裡重要人物的老婆也想占為己有，但有這麼好的事嗎？目前沒半個女人懷孕，沒有哪個女人能獨占我！

「大白天的，非得聽你說那不正經的淫言穢語嗎？」平良雙手摀住一旁那名孤兒的耳朵。「你已完全成了一個色胚，我這次來要見的，是當初在監獄裡，那個像刀片一樣鋒利，一碰就會被割傷的男人。」

「平良先生，你情況怎樣？和你太太有沒有好好辦事？」

「我和我太太已經好幾年沒見了。」

「那孩子呢？」

「和這孩子差不多大，人在日本。」

平良的錢包裡放著一張照片。照片裡是一名臉頰和李子一樣泛著亮澤的男孩，以及一名濃眉大眼的女人。

與從未離開過沖繩的零不同，平良在神戶的港口城市住過一段時間。與在那裡邂逅的同鄉女子結為連理，還有了孩子，但是當美國的土地徵收制度愈演愈烈時，平良的親戚和朋友哭求他的幫忙，他無法對故鄉的慘狀視而不見，於是隻身一人返回故鄉，在街頭與美國大兵打鬥，成了知名的反美抗爭人士。某天，打了轟轟烈烈的一戰，將美國大兵打成瀕死的重傷，結果被判禁錮，他妻子不斷寄離婚申請書來，對他說：「我無法等你五年。」在強烈愛鄉之心的驅使下，他完全不顧家庭生活，現在報應來了，妻子已完全對平良死心。要求離婚的書信不斷寄來，平良透過別人輾轉得知，只要平良同意離婚，妻子便會等適合的時機再婚。對象是日本人。正因為平良是從島外的角度來看自己的故鄉，對愛鄉之心和民族主義比誰都還要敏銳的他來說，妻子將藉由嫁人，同化成為日本人，他說什麼也不能接受。

「她討厭沖繩。當初我要回來時，她也不肯跟我回來。待在日本，日子不會比較好過，因為那邊對沖繩出身的人有很深的歧視觀念。我是討厭美國人，但我更討厭日本人。」

「這種老婆還不如早點忘了吧，你大可過你喜歡的日子啊。」

「我沒辦法像你這樣。當初展開獄中抗爭時，我原本打算逃獄後要跨海去日本。後來好不容易服刑期滿，等攢夠錢之後，我這次一定要離開島上。」

「要去日本和老婆復合是嗎，求她和你重修舊好？你可真不死心啊。」

「等見到面之後，該說什麼好呢……」

平良似乎覺得談太多私事，對此感到難為情，便閉口不語。看來，他一直深受後悔與內心糾葛的折磨，他此刻的模樣，就像忍受暴風季節到來的樹木。平良回鄉後，馬上被關進監獄，沒想到就此被困在故鄉，現在他為了讓人生重來，重拾失去的過往歲月，他努力追逐幸福家庭的幻想——零心想，他沒辦法嘲笑平良。因為面對分隔兩地的親人，始終無法揮除其身影的人，不光只有平良。

平良說，美國人的蠻橫，現在還是教人看不順眼。奪走祖先墓地和農田的軍事徵收，以及美國大兵的犯罪層出不窮，在基地街，有少女遭強姦，前不久也才剛有一名女服務生遭殺害。儘管如此，只能依賴基地生存的這座島，殖民地的風情卻愈來愈濃厚。平良為了存錢渡海去日本，同時也為了讓故鄉得到淨化，再次全力投入襲擊美國大兵的工作中。

「一名美國人五百美元。如果是士官級則加倍。有位行事特異的人，出錢請我們這麼做。」

從安里的三叉路走進國際通，穿過販售海葡萄、椰子蟹、蝦子（也有在水槽裡活蹦亂跳的）、可充當壯陽藥的海蛇乾（很想買回去對吧，零）等物品的公設市場。店頭以繩索吊著死豬，全身的皮都已剝下，露出桃紅色的肌肉組織。只留下豬頭皮的部分。蒼蠅飛舞的豬肉每次只要顫動，山羊眼就會嚇一大跳，零毫不客氣地嘲笑他。

穿過滿是遊樂場和電影院的地區，來到舊雜貨店、當鋪、針灸院林立的小巷，裡頭有一座大型的廢棄倉庫。外牆油漆剝落，像蜥蜴的鱗片般，一片片翻捲起來，大門前堆滿了煙蒂。打開門絞嘎吱作響的大門後，飄來一陣牲畜房舍的氣味。建築裡頭一群男人聚在一起。

公狗的咆哮聲形成回響。那是島上相當罕見的鬥狗場。

就連零也曾聽說，在那霸不時會開設風格特異的賭場。

觀眾就像是被眼前的喧鬧附身般。圓形的柵欄裡，兩隻狗不斷展開死鬥。兩隻大型犬陸續被解開鎖鍊，前肢後肢交錯蹬向地面，彼此齜牙裂嘴。這兩隻凶猛的狗展現的活動力，一面扭打一面提升，一直持續到其中一方被咬破喉嚨為止。

「真有意思。在這裡戰鬥，最樂在其中的，應該是狗兒吧。」

站在一旁的男子向零搭話。他帶著一隻脖子套著鎖鍊的黑狗。全身滿是緊實的肌肉。雖然不清楚是哪一類狗種，但零曾經看過基地的衛兵帶著牠們，充當軍用犬。

「這傢伙今天才要打第三場，不過接下來牠要挑戰每一場都贏的王者。喏，就是對面那隻大塊頭。牠很能廝殺。比其他狗，還有我們人類都還厲害。所以才是不敗的王者。」

「零，這位是又吉世喜。」

平良介紹的又吉世喜，目光緊盯著他養的狗這次的對手。等在前方的，是一隻土佐鬥犬。看上去彷彿有上百公斤重的鬥狗場霸主。聽說牠過去咬死過十五隻狗，頭上少了垂落的耳朵，似乎證明了牠的戰鬥經歷豐富。圍觀的群眾連聲誇讚這隻連戰皆捷的王者。有幾名男子向又吉世喜叫喚，祝他旗開得勝，但每個人臉上神情似乎打從一開始就深信王者一定會獲勝。

「就當作是試試運氣，你們也賭一把吧。」

在一面倒支持王者的氣氛下，銅鑼響起。狂熱的漩渦迎接這兩隻鬥犬。與強悍的王者正面對峙後，又吉世喜的狗看起來就像一隻小狗。零這時突然想到，試著向一旁的山羊眼詢問。

「你覺得哪一邊會贏？」

這孤兒似乎明白零的提問，朝這兩隻狗仔細來回打量。

接著露出缺牙的笑臉，指向又吉世喜的狗。

結果大爆冷門。

鬥狗場引發一場驚人的騷動。

勝負底定後，又吉世喜的狗仍繼續吠叫。飢渴般的敏捷速度，耽溺於殺戮的戰鬥姿態。猶如空手打鬥時攜帶投擲武器般，在很短的時間裡，王者就被牠咬破了喉嚨。在喧鬧聲中，美鈔漫天亂飛。甚至有人把身上所有錢都扔了，處於半瘋狂狀態，開始大吼大叫，與賭場老大扭打了起來。這裡是那隻狗的主人經營的賭場，所以這一定是詐賭！被突然動粗的觀眾撞飛的山羊眼，跌了一跤，前額流血，平良扶起他來，他緊抓著平良的手臂。

「鬥狗是要怎麼詐賭啊，你們這樣太難看了。」

受過道場磨練的賭場老大，開始訓斥起這群大鬧的男人。

又吉世喜迅速從男人當中穿過。

連被捲入這場打鬥風波的零（因為在屋頂上接受制裁時，被狠狠打了一頓，這時正好可以好好發洩一番）也對又吉的打鬥動作看得雙目圓睜。男人倒也不是動作多敏捷，或是全身散發驚人氣勢。就只是在該出手的時候會出拳或是手刀，只會在需要奪走對手戰力時出手攻擊或是使出踢擊，不會因下手過重而造成反效果，釀成錯事。一次多項行動同時進行的身體動作顯得很協調，雙臂、腰、下半身，沒有一刻是獨立運作（這堪稱是島上前輩長期鑽研的體技精華，當真不簡單！）。

那些男子揮拳打來（應該是把他誤當成賭場老大這邊的人），零也加以回擊。在數十人擠成一團的大亂鬥中，一時看不見四周，零一拳揮向又吉。又吉猛然轉頭，一記迴旋踢朝零襲來。在千鈞一髮之際，又吉收回那腳，但零可沒這等收勁的本事。他收勁不及，一拳打向他面門，又吉鼻血淌落，回以一笑。

一陣旋風吹進屋內，牆壁和柵欄嘎吱作響，引來鬥犬的吠叫。猛一回神，被又吉打趴在地的人數，比零打倒的人數多出一倍。比起無法做到收放自如的自己，感覺又吉比他技高一籌，這令他心裡很不是滋味。

對於眼前那難得一見的畫面，平良始終在一旁觀察，面露微笑。

那霸首屈一指的男人──又吉世喜，果然名不虛傳。

「也就是說，你不管是對狗的調教，還是對流氓的調教，都是一流嘍？」

「不過像平良先生就沒辦法調教。」

「這項工作你自己做就行了，為什麼不惜付酬勞請人做？」

「因為我被琉球警察監視，無法隨意行動。而且有些美國人會隨身攜帶手槍，所以就算付我錢也不划算。」

「不過，雖然你邀我加入，但我才剛被我們家老大教訓過。」

「就算沒辦法合作，我還是想見你一面。因為平良先生認可的人，一定很不簡單。所以我才請他帶你來這裡。」

曲終人散的鬥狗場裡，零與又吉和平良圍著一升裝的酒瓶盤腿而坐。山羊眼還是一樣不想回去，戰戰兢兢地想餵又吉的狗吃東西，那隻狗伸出厚實的舌頭舔了他的臉一把，他一屁股跌坐在地上。

雖然一樣是那霸出身，但平良和又吉一點都不像。平良像大樹或巨岩，是隨著年齡增長日漸成熟的男人，但又吉看起來既老成，又年輕。平良的話語之間，顯得沉重又緊湊，但又吉則像撥動三弦琴般，滿是輕盈的震動。

他不像平良有一身壯碩的體格，而且那濃眉大眼的沖繩臉帶有一絲柔意，不過又吉是與胡差派齊名的「那霸派」首領，是底下掌管上百名流氓的老大。相對於以戰果撈客為起源的胡差派，由一群接受道場訓練，常在街頭打鬥的男人組成的幫派，就是「那霸派」。又吉從小就勤上道場，到了二十歲左右的年紀，便練就出代理師傅的實力，向來都找美國人打架當練習。他原本沒結黨營派，只是自己持續鍛鍊，但從某個時候開始，在周遭人的擁立下，就此率領起那霸派。

就連喜舍場老大也評價這位那霸派的首領是「與眾不同的男人」。話雖如此，胡差派與那霸派的出身不同，年輕的又吉又常是眾人的話題人物，講得好像和他平分秋色一般，有時喜舍場老大應該也很不是滋味吧。在生意方面也是，雙方在勢力範圍上都極力擴張地盤，打探是否有什麼好處可拿。過去一直都避免起衝突的兩派人馬，最近也慢慢產生緊張關係，這也是事實。

「我想和你談談你大哥的事。」又吉說。「在這座島上，他的名字有特別的意義。比任何人都更勇於和美國人對抗的男人。連我都很崇拜他。喜舍場老大為人最重忠義，所以他對胡差的另一位名人抱持敬意，在對方死後，仍舊重用他弟弟對吧。」

「你在說誰啊，我大哥才沒死呢。」

「是嗎？我聽說他因為嘉手納事件而一去不回。」

「我大哥離開了基地。」

零就此說出嘉手納撈客事件的原委。大哥已失去下落多年，但零至今仍記得那宛如被僧帽水母刺中般的痛楚。儘管睡在知花和女服務生身旁，還是無法化解這份孤獨。明明海裡沒有長滿藤壺的屍體被沖上岸，實在沒理由停止尋找。

「難道久部良和此事有關？」平良也知道走私集團的事。「你之所以接觸走私，是因為想要打探久部良的事嗎？」

「嘉手納撈客事件發生後，基地和它的周邊應該發生了什麼事吧……」又吉也語氣平靜地開口道。

「而此事到現在仍未查明。聽完你說的話之後，我想起了一件事。」

「是久部良的事嗎？你知道什麼嗎？」

「不是來自海上，而是來自陸地。和你們戰果撈客有關的傳聞。」

「啥？戰果撈客的傳聞？」

「當時的胡差，各種三教九流的戰果撈客皆有。當中似乎有個集團，會攔截其他戰果撈客搶回來的戰果，占為己有。趁他們從軍用地逃出時，加以偷襲，或是在同樣的時間和地點潛入，避開警戒，就這樣取得財富，而不被憲兵和琉球警察逮捕。」

胡差有這種傢伙？這還是第一次聽說呢。老舊的記憶自動浮現。改變一切的精靈送行之夜。胡差的神隱事件。在嘉手納基地內經歷的那些事……

「對了，我聽說那天晚上，不同於我們潛入路線的另一個地方，鐵絲網遭人剪破，引發美國人的騷動，才會連同我們的行動也遭到曝光。難道就是你說的那批人幹的？可是我人在胡差，卻沒聽過那樣的傳聞。」

「那批人應該和你大哥的下落無關。因為你是在進監獄後才聽聞這個消息，而且這個話題在胡差是禁忌。如果說始作俑者是個大人物，光是放出傳聞，就會害自己惹禍上身。」

「你說的人，難道是我們老大？」

「我可沒這麼說。我不想貶損他人。」

不過，我一直很在意這件事——又吉說。喜舍場朝信為了鞏固他在胡差的地盤，陸續投資遊樂場、電影院、餐廳，握有胡差的大權，這件事無人不知。與日本的工程承包商聯手展開土地轉賣。這應該都需要龐大的資金。如果喜舍場朝信和其他人一樣從事戰果撈客的工作，為什麼唯獨他能擁有如此雄厚的資產？之所以對你特別禮遇，也許是基於歉疚和罪惡感。說到這裡，又吉搖了搖頭。

「這只是我個人的猜測，像他這種堪為世人表率的人物，實在不該懷疑。不過，胡差應該也是什麼貨色的人都有才對。也許當中的某個幹部，隱瞞了什麼祕密，無法向過去同樣是戰果撈客的同輩透露。」

雖然同樣是那霸出身，平良是表裡如一的男人，不過又吉就不一樣了。他可能是想讓胡差派分裂吧，毫不避諱地懷疑起喜舍場老大，這也很像又吉的作風。零的直覺告訴他，這個男人另外還知道些什麼。很自然地將他人籠絡於股掌中的這種身段背後，其實暗中在水面下展開交涉，暗藏著讓自己居於上風的好牌，以及像老練賭徒般的膽識。

「不過，你說那個男人有可能還活著啊。」又吉臉上表情閃過一絲興奮。「我也來調查一下久部良吧。只要找我們這邊的港口苦力或貿易商詢問，也許就能掌握其動向或是據點。」

這也是這個男人的拉攏手段嗎？這樣的話一說出口，就不只有今晚見個面就沒事了。要是讓老大發現他與那霸派私通，這次或許真的會被老大活活打死。

但零也另有盤算。與又吉合作，似乎有助於他查探走私的世界，而且胡差派總是指望能從基地那裡發財，他一點都不想為他們堅守情義。邊土名說他是個卑鄙的傢伙。零心想，這種事我才不管呢。今後我行事還得更加狡猾才行。只要別誤判利害得失，持續推廣人脈，真正該行動的時候，應該會比較好行事。

「不論是胡差還是那霸，哪一邊都行。」平良開口道：「有辦法出頭的人，就是能出頭。你應該也不是那種光是看管花柳街就感到滿足的人吧。」

「你就是刻意要談到那件事才高興對吧。為什麼找上我？是因為你想去日本，所以要把和美國大兵打架的事塞給我嗎？」

「因為你能成為遠距攻擊型武器。在重要時刻的狠勁，以及在打鬥環境中鍛鍊出的堅韌腰腿，我都親眼見證過。」

「而且剛才那一拳也很有威力。」又吉摩娑著挨揍的鼻子。「你可曾想過？我們的打鬥和賭博，都有人在高處欣賞。為了獲勝，一再展開訓練，再來就是好好樂在其中。我要召集猛士，以實戰加以鍛鍊，等時機成熟，再一次把大人物鬥倒。」

那霸首屈一指的男人，同時也是那霸最危險的男人。但他卻暗藏著某個和零所信奉的理念能產生共鳴之物。又吉確實說過，要在最關鍵的時刻一決勝負。以前大哥也說過同樣的話。

步出鬥狗場時，已過半夜兩點，不過這座島的夜晚才剛開始（儘管已是深夜，但彷彿有什麼才正要展開的熱氣，以及帶有某種祕密預感，沖繩特有的夜間氣息，是深深吸引零他們的島上魅力之一。喏，今晚一樣從某處傳來驚喜的聲音。太棒了！）。又吉和平良說要帶他去一家可以喝到最棒老酒的店家，於是零便跟著他們走，這時他突然感覺到有股視線投向後頸，他在深夜的街頭轉身而望。

但眼前空無一人。人的氣息杳然無蹤。

那傢伙呢？是因為想睡覺，早一步先回住處去了嗎？

連一直跟著他走的山羊眼也不見蹤影。

七 各自的天職、F-100D-25-NA、訣別之日

只要有值得慶賀的事，就一定要暫時忘卻煩惱和雜事，大家一起喝酒慶祝。還有人會唱歌跳舞，吟唱自己做的琉歌[9]。在微醺的心境下，眾人合而為一的時間——借用某位島民說過的話，就是因為有酒宴，生命才有意義，足見它有多重要。在熱愛酒宴，不分老少的這座島上，某天下午時分，眾人圍著一名女服務生舉辦祝賀大會。與她熟識的女服務生、地方上的客人、親戚家的姨婆、朋友，全齊聚一堂，一團和樂地喝著泡盛，跳著緩慢的琉球手舞。

「我不跳，我不跳！警察不能大白天就這麼嗨。」

有兩名遲來的男子，因為都還得回去工作，所以沒喝酒。御城帶來的計程車司機與山子相互問候。雖然曾經隔著圍牆書信往返，但雙方還是第一次見面。

「山子小姐，恭喜妳這次順利就職。」

真不簡單呢——國吉說。他接著誇讚道，當初御城當上警察，也很令我驚訝，不過妳在特飲街工

9 沖繩短詩形式的歌謠。字數採八八八六的形式，一般會配合三弦琴的伴奏來歌詠。

作，還能開創出自己的道路，真的是位令人敬佩的女人啊。他從御城那裡聽聞此事後，直說他一定要前來祝賀，專程來到這場祝賀大會。

「國吉先生，您是零的老師對吧。」

「嗯，雖然大家都這麼說，但那個男人卻沒來。」

「城哥，你都沒聽說他的消息嗎？」

「沒聽說，也沒遇到他啊。」

「零不會來嗎。」

御城、山子，還有零，三人想要湊齊，這次明明是錯過不再的好機會，但這最後一人卻始終沒露面。國吉顧慮到山子沮喪的感受，一再問她就任地點和教師考試等問題。

長達四年的時間，山子一面以女服務生的身分在 A Sign 店工作，一面為了參加教師任用考試而用功念書。面對這個時代島上女性共通的處境、女人能做的事跳脫不出那幾樣的風潮、如果不當女服務生，就該甘於當家庭主婦，勤快地成為丈夫附屬品的一般觀念，山子自立自強，打破這一切藩籬，所以才會博得國吉的大力讚揚。國吉還說，因為你們是在教育方面很吃虧的世代。在十幾歲的年紀時，發生了那場戰爭，而戰後又是在戶外上課，高等教育被迫往後延。在這種情況下，妳年過二十才進職業訓練所，最後還通過教師考試，真的很不簡單。一通過考試就能找到代用教師[10]的職缺，也不是偶然，這證明妳注定就是要當小學老師。國吉讚不絕口。

「她一直很憧憬呢。」御城也跟著驕傲起來。「每次經過那家小學旁，總會說她想在這裡工作，我都聽膩了。」

「在這家店工作也很棒呢。」山子也很感謝A Sign店。「要是能活用我在這裡學到的，擔任社團活動的顧問就好了。」

「妳說的社團活動是什麼，摔角社嗎？」

「是英語會話。城哥，我揍你喔。」

「這樣的好學心真不簡單。竟然光靠和客人聊天就學會英語會話。」

「真沒想到妳會成為一名講得一口流利英語的學校老師呢。當初以戰果興建這座學校的當事人如果在這裡的話，一定會大吃一驚。」

事情的開頭，一定都有一名男子的存在——就像御城所說，要是當初沒有用戰果的木材建造的校舍，或許就不會造就出山子想當教師的願望。御城和國吉聊著聊著，那像海浪般不斷湧來的回憶情景，盈滿山子的內心。這些情景中總有一個男人。不管何時，總有山子的愛人在一旁。

山子不曾從那場戰爭的記憶中解放。

10　在日本舊制的小學中，沒有教師執照的教師。

才一眨眼間，父母就這樣從山子面前消失。

從天而降的砲彈，將他們兩人變成鑿穿地面的大洞。

山子無法站立，癱坐在地。不知為何，她採跪坐的姿勢怎麼也站不起來。在千鈞一髮之際保住性命的她，感覺就像是供品，被丟在赤裸裸的「死亡」面前，在不絕於耳的砲聲下，意識逐漸遠去，視野因淚水而模糊，她的頭和下巴不住顫抖，已做好心理準備，知道自己無法逃離死亡的命運。

就在這時，那隻手出現了。

一把抓住癱坐地上的山子手臂，將她拉了起來，山子的肩膀關節幾欲鬆脫。

對方重新勾住她的手，牢牢握緊，和她一起跑向最近的洞窟。

應該還對她說了些什麼，應該不光只帶著山子，還有他年幼的弟弟，他那漂亮的頭髮，應該是邊跑邊隨風飄揚，但在混亂中，這一切山子全都不記得了。只記得他手的觸感。對山子來說，這意義有多深遠，實在很難向人傳達。

這點小事沒什麼，別哭了，我們並不孤單。就像在和她許下約定般，那隻手強勁的力道、手指幾乎都快被握到發白的握力、肌膚的觸感、脈搏跳動的生命溫度，一次全流進山子體內，改變了她的組成結構。當時緊緊相繫的手，成了過去與未來、生與死、絕望與希望相交的繩結。山子自己也用力回握，她有生以來，第一次體會到時間暫停的感覺。

一直很想獨占的那隻手，像送玫瑰花束般送來戰果的那隻手，以滑順的手指撫摸她臉頰，拍去他臂部細沙的那隻手，之前隔著嘉手納基地鐵絲網互握的那次，是最後一次碰觸，之後便從山子的世界消失。

光祈禱還不夠。她已經受夠痴痴地空等。所以山子持續展開搜尋。邊走邊祈禱。山子的祈禱，就像百次參拜一樣。她毫不休息地持續行走，持續搜尋，因而曾經昏倒在基地旁。以細小的文字和記號填滿島上的地圖，還曾經追著憲兵跑（當時手上還握著鐵鎚！）。奶奶滿心認為山子瘋了，她用盡各種辦法找尋解決之道，將一名猶他帶來家中。

就算只有妳一個人，也要繼續尋找。

照喜民奶奶這樣說道。她沒有那些自稱是靈媒師的人所散發的可疑氣息，也沒有附身的靈媒給人的緊繃感，這位待人和善的老奶奶，就像在公設市場賣魚、賣水果的阿婆一樣（對我們沖繩人而言，幫人祈禱占卜，擔任精神「諮詢師」的猶他，是很可靠的人物。如果遇到人生的問題，將重要的選擇交由猶他的吉兆判斷來決定，這樣也不壞）。照喜民奶奶聽完整個經過後，對山子說道。妳目前在找尋的人，正面臨人生的考驗，在孤獨一人的地方無法行動。只要凝望我方對他的思念，那個人的歸途就會充滿光明，有助於他提早生還。所以不要放棄，就算只有妳一個人，也要繼續尋找。

這是山子二十歲時得到的神諭（正好是御城與零經歷那場監獄暴動後的事）。只有照喜民奶奶會對她這樣說。自從她的愛人失蹤後，每天早上醒來，她都不想離開被窩。就像拖著沉重的船錨行走般，即便睡著，也不會做快樂的夢。但在聽過這樣的神諭後，她開始慢慢將目光放在自己身上。當她開始可以壓抑想哭、想發火的衝動時，她對於自己先前總是讓奶奶和御城擔心，過度倚賴他們，感到罪惡感，內心備受譴責。

還有另一件重要的事。

她走在基地周邊時，常看到蹲在鐵絲網外的當地女子。

她們敞開帶來的酒和米，朝基地內摩擦手掌。

在這座島上，祖先傳下來的墓地被奪去當軍事用地的人，不在少數。

一旦成為像嘉手納基地這樣的要地時，便禁止進入，每到春秋兩季的彼岸[11]，她們只能站在鐵絲網外，朝墓地的方向祈禱。

啊，原來如此。說得也是。

望著對方蹲在地上的背影，山子發現一件她自己也很明白的事。

在這座島上，每個人都是如此。

不光只有她。每個人都有自己生命中重要的人物被奪走的過去。

拖著慢慢消失的希望、離散與死別、失去的過往。

儘管如此，大部分島民仍舊好端端地過日子。

面對現實，開朗且堅強的投入生活和工作中。

因為他們知道這是很重要的事。知道若不這麼做，就會被過去的亡靈纏住，變成行屍走肉。每天都得好好活著。每天都像剛出生一樣。

她不想讓自己唯一的愛人成為過去。雖然不想停止搜尋，但至少得重新過平日的生活。自己的三餐，得靠自己來張羅。我現在已經二十歲了，得找工作才行。我能做什麼？既然要工作，我想從事有意義的工作。山子暫時在 A Sign 店工作，在住處與店家間往返時，她常仰望那座用戰果興建的小學。

在慶祝就職的酒宴上，山子的奶奶和她的猶他同伴也都出席。孫女光榮成為教師，奶奶喜不自勝，見人就炫耀道：「我這孫女有猶他做保證，受過猶他的開導。」也帶著一面啃墨魚腳，一面跳舞的照喜民奶奶來和御城見面。

「我試著觀看她的未來。」照喜民奶奶面露微笑，擠出滿臉的皺紋。「結果看到許多小孩的笑臉。所以我對她說，如果是妳，一定能讓孩子的未來充滿光明。」

「關於教職的事，我可是什麼也沒說喔。」

「嘩！吉兆判斷是吧……」

御城露出不知如何是好的神情。山子認為，大家想將猶他歸納為迷信的這種想法，倒也不是不能

---

11 日本的節日，以春分或秋分為中心日，前後為期一週的時期。日本人在這段時間掃墓，為已故親友祈求平安。

理解，但過去雖然屢屢遭受打壓（被日本視為邪教，在大正時代，不是展開魔女狩獵，而是展開猶他狩獵，戰爭時還成為特高警察[12]告發的對象），猶他文化仍繼存續至今，一定有其原因。而且此刻站在這裡的，是在當地的猶他聚會中最受人信賴，且擁有罕見靈力的照喜民奶奶。

「你在這裡正好。城哥，把你那天的經歷告訴照喜民奶奶吧。因為當時在場的，只有你和零兩人。聽說直接和當事人談話，照喜民奶奶也許可以看到更多畫面。」

我不是已經說過好幾次了嗎——御城嫌麻煩，但山子還是成功說服他，請御城將他進入基地後，到他離開前的那段經歷再重新說一遍。

那天晚上發生了許多怪事。到現在他仍搞不懂，他在基地內誤闖的那個不可思議的地方，還有在那裡聽到的樂曲聲——那到底是什麼，連那到底是不是現實，他自己都沒把握。御城皺著眉頭說道。

「因為腦袋四周滿是蝴蝶在跳琉球手舞。而且是我們一直被追著跑，搶來的車子翻覆後發生的事。零好像也不記得了，就結局來看，那也許是我自己做的夢，或是幻覺。」

照喜民奶奶最有反應的部分，是他提到的那處不可思議的場所。奶奶說：「常理無法解釋的事物，往往暗藏著真實的片段喔。」原本嘉手納這塊土地，在這座島的中南部地區也算是靈力特強的磁場。不管發生再多不可思議的事，也不足為奇。

「畢竟那塊土地和紫女士的淵源頗深。」

「紫女士？是山子妳認識的人嗎？」

「不，這名字我也是第一次聽說。」

「紫女士是威名遠播的祝女喔。」

「她也是靈媒師嗎？」

「御城，猶他和祝女是不一樣的。」

國吉糾正御城的混淆觀念，展現他對島上信仰的博學。猶他和祝女都是宗教上的女性角色，很容易搞混，但說到猶他，算是民間的占卜師，相對的，祝女則是負責土地祭祀的神職人員。有資質的女性，在體驗過疾病或身心的異常後，就此能力覺醒，這是猶他；另一方面，祝女則是以血緣繼承。可說是舉行豐收祈願和消災解厄等宗教儀式的女巫師。

紫女士生於明治年間，一直活到終戰那年才過世，是擁有最頂級靈力的祝女。尤其是在嘉手納北部，她擁有強大的影響力，甚至成為人們崇拜的對象。聽說她的遺體遵從她本人的遺言吩咐，在嘉手納這地方風葬，也因為這個因素，每當在基地周邊聽到像是有人在哭泣的風聲時，就有女性會說：「是紫女士在呼喚。」

「城哥，你不是說你在基地裡聽到的，也像女人的聲音嗎。那會不會也是紫女士的呼喚聲呢？」

12　全名為特別高等警察。為大日本帝國的祕密警察組織，以「維護治安」的目的，鎮壓社會主義、共產主義等危害社會體制活動的思想，也保障國內安全。

「妳的意思是說，我是在已故的祝女叫喚下，遭遇神隱嗎？這種怪談如果說得通，就不需要警察了。我們這位女偵探山子是怎麼了，這麼迷信神明和祖先，實在很不像妳的作風。」

「只要能有效運用，就算是猶他的占卜也得好好運用才行。照喜民奶奶，如何？從城哥說的話當中，是否看到了什麼？」

「這個嘛，我什麼也沒看到。」

照喜民奶奶就像在舒緩她過度凝視的雙眼般，朝眉間一陣搓揉。她說，原本理應會藉由當事人說的話，而進一步聚焦才對，但這次卻比之前看的時候蒙上更濃的迷霧，難以看透當時的情景。

當時還有另外一個人在場對吧——照喜民奶奶問道。光聽御城說明還不夠，好像記憶缺了一塊，也許是因為這樣，反而難以看清楚當時的情景。如果可以，希望能同時聽他們雙方怎麼說。照喜民奶奶如此說道，為自己的能力不足道歉。

「這樣的話，你改天再帶零過來，可以吧，城哥。」

「就算我答應，那小子也不見得願意啊。」

「那傢伙應該是看你們兩人在交往，心裡不是滋味吧。」

一聽國吉這麼說，御城和山子爭先恐後地否認。「誤會大了。」「我們之間什麼也沒有。」

「哦，是嗎。我還滿心以為你們兩人的關係不單只是故鄉的朋友呢。」

「因為我當了警察，所以深入流氓世界的他，應該不會想靠近有我在的地方吧。」

被懷疑與御城是一對，這已不是第一次。每次山子都不知道該用什麼表情來帶過。我們不是那樣的關係──愈是解釋，愈會讓包含御城在內的其他人和她都尷尬。

「那傢伙曾說他想當島上的英雄。」御城似乎是刻意拿零的話題來蒙混。「還說要由我或是他來當接班人，為了取得當英雄的資格，要賭上人生一決勝負。但不知道為什麼，他會變成流氓，總之，從這樣的發展看來，他和我是合不來了。」

「說什麼英雄的接班人。講得好像那個人已經不在世上似的。」

「不，是那傢伙說的。我可沒那麼想。」

「你們是以他不會再回來了當前提，才說那種話。也不去尋找他的下落，就這樣互相妥協，實在太無情了。」

「瞧妳，又發出像豬一樣的鼻音！生性悠哉的我，是為了什麼目的才當警察，妳應該也知道才對。」

「這麼說來，城哥，你也在找尋他的下落嘍。」

「所以我才說嘛，最近是比較忙，但我當然會找尋他的下落。」

「你總是這樣，重要的事都往後拖。」

在這種慶祝的場子，你們兩個就別吵了吧──國吉和奶奶都加以提醒。由於兩人扯開嗓門說話了，這場祝賀大會變得鴉雀無聲。

「唉，現在還提什麼英雄呢。」御城自暴自棄地說道。「別再談這種無聊的話了。其實誰都沒妥協。不管是我，還是零。只不過，要在這座島上生活一點都不輕鬆，根本由不得人往後走。不能只光想著糊口，還有許多其他的事得思考。」

他講的事，山子也明白。畢竟他們都已到了得做重要抉擇的年紀。儘管如此，那一晚嘉手納基地到底發生何事，山子的愛人究竟在哪裡，要她沒弄明白這一切，就只是一味地往前看，對山子來說，這是最粗暴的口吻。

就是因為明白，才覺得非改變不可。就是因為明白，才會都一直認真地投入A Sign店的工作以及熬夜念書。山子之所以想要自力更生，就是不想放棄那渺茫的希望，不靠任何人，要自己繼續找尋失去下落的愛人。

「等妳有時間再來找我就行了。」照喜民奶奶向山子安慰道。「接下來，妳就暫時先穩健地走好妳的路。一定可以從中發現依靠。」

傳來彷彿有人在哭泣般的風聲，在故鄉的島嶼上——

山子正惴惴不安地準備打開一扇全新的門。

御城、零、嘉手納那晚發生的事，各種思緒在她胸口燒灼，但她唯一的依靠，仍是持續找尋他下落不明的愛人。她心想，唯獨這點，不管她做了何種選擇都不會改變，也無從改變。

秋老虎持續發威的十月，早上五點起床的山子，將父母的牌位和神龕擦拭乾淨，清掃家門前，手洗衣物，為最近消化不良的奶奶切好蔥和豆腐煮稀飯，要餵貓咪的早餐也都已裝進餐盤裡。

因為奶奶沒起床，於是她自己坐向餐桌。

「我開動嘍。」

她自言自語道，扒著昨晚的剩菜。

鋁製便當盒裡，裝有麥飯、黑糖醃蘿蔔、芋頭炒牛蒡，至於穿著，她穿上特地為這天準備的橄欖綠罩衫，在穿衣鏡前整理儀容。度過和平時沒兩樣的早晨，檢查過包包，確認沒東西忘了帶之後，她步出家門，一路走到緊鄰胡差的石川市上班。

因為很晚才睡，沒睡飽，但是一站在校舍面前，眼睛頓時亮了起來。戰後最早設立初等學校的，就屬石川市了，山子因為這樣的地方因素，而填補養病的教師空缺，擔任二年級生的導師。

她看了好幾遍教科書，擬定了周全的授課計畫。她想像著孩子面對教材和課題會有的表情和反應，以及自己從講臺上要對每個孩子說的話，忍不住臉上浮現微笑。要從作文的練習課題中，發掘出兒童特有，才剛萌芽的感性和文才，藉由這小小的發現，引導出他們各自的潛在能力。她在腦中描繪出這樣的每一天。嗯，想像的訓練，這樣就足夠了。迎接第一天任教的山子，同時具有洋溢的青春和想像力，以及願意熬夜準備的氣勢，全身盈滿了就算想壓抑，仍不斷湧出的期待感與興奮，走在將成為今後職場的校舍和操場上。

在這所學校，是按不同學年分校舍，樹叢濃濃的暗影落向小小的操場上，有一排飲水處與百葉箱。圍牆外緊臨大大小小的民宅。每當早上八點半的鐘聲一響，每個學年就會在操場整隊排好，接受校長的朝會訓話。接著在體育老師的指揮下做廣播體操。山子也揮動她修長的手腳，暢快地流了一身汗。回到職員室後，就要和他負責的班級學生見面了！伴隨著噗通噗通直跳的心跳聲，山子打開她負責的二年級教室大門。

「起立，敬禮！」在班長的號令下，學生一同出聲問候。

「老師好。」

「坐下！」

「在明年升上三年級前，會由我來代替生病的大田老師，教各位念書，請多指教。」

第一次上課，第一節上的是國語(教的是日語)。山子按照事前的準備上課，但可能是因為緊張，結結巴巴的情況連她自己都感到驚訝，黑板上的字也沒寫好，朗讀時，聲音也顯得有點卡，還叫錯學生名字，在毫無亮眼表現的情況下，放學鐘聲響起。

她教師生活的第一天，一直到第五節課都是這個樣子，乏善可陳，山子垂頭喪氣地返家。她替自己打氣，認為可能是剛站上講臺授課，太過緊繃，等習慣後，自然就會慢慢上手，但過了一天、一週，甚至一個月，第一天的窩囊樣還是沒半點改善。

對山子來說，這可是事態嚴重啊！為了掩飾自己上課的失誤，她顯得慌亂無措，結果又在表現不佳的情況下，放學鐘聲響起，便跑回家。在備課時湧現的充實感，在教室裡卻完全感受不到，生疏和僵硬感始終無法消除。一些比她資深的老師也勉勵她說，大家一開始也都是這樣，但山子還是難掩內心的慌亂。這到底是怎麼回事？不管再怎麼投注熱情對學生說話，都感覺傳不進孩子心裡。只有焦急和困惑跑在前頭，她就像事不關己似的，從外頭看著這位欠缺專注力，在講臺上一臉慌亂的新任老師。這人是誰？多不可靠的老師啊。缺乏抑揚頓挫的聲音、沒半點高潮起伏的時間運用、寫錯字外加念錯音、只會照本宣科的空洞授課態度，從這些表現來看，完全感受不到理應洋溢她心中的熱情和幹勁。

不光教得不好。不知為何，就連改考卷給分、挑選作文題目，她也意興闌珊。就是提不起勁。明明理應是自己想來這裡，但她就像當這是暫時性的工作般，怎麼也無法投入其中，不知該如何是好，連她自己覺得莫名其妙。

而且這群二年級生也不是可以輕鬆應付的對手。他們機靈又狂妄，而且注意力散漫，不過當老師出錯時，他們馬上一眼就能看穿。一開始學生還很歡迎這位年輕女導師，但由於她上課讓人覺得很不可靠，馬上便被學生瞧不起。

波霸老師！嘲笑聲在教室裡此起彼落，寫錯字念錯音就會被嘲笑，也曾撿到學生的塗鴉，上面畫著一根立在講臺上的電線桿（一旁還附上對話框，寫著「我看不到黑板！」）。山子也發起火來，提高嗓門，甚至衝向不停講話的孩子課桌前加以訓斥，每次都會延誤上課時間，造成惡性循環。

「上課時不能隨意講話，為什麼都不聽老師的話呢！」

這兩個月來，實在慘不忍睹。情況慘的時候，她甚至將這些調皮的孩子當成小大人一樣敵視，事後極度地嫌棄自己。難道我不適合當老師？因為想在用戰果建造的小學裡工作，而立志當老師，是這樣的動機不夠單純嗎（而且工作地點也不在胡差）？其他同樣是老師的同事也很替她擔心，邀她參加教職員工會的聚會，當作是排遣鬱悶，但山子變得一天比一天軟弱，根本沒這樣的閒情，儘管他們也是一番好意，但她還是婉拒了。

過年時，她平日累積的疲勞一次爆發。一早便喉嚨痛，因發冷而顫抖，她強忍了一會兒，起身做家事，但撐不到傍晚便臥床不起。她發高燒，額頭和脖子直冒汗，時睡時醒，接連換了好幾套睡衣。鼻水流個不停，流下的鼻涕旋即變乾，乾巴巴的薄膜堵住了鼻孔。不知為何，淚水也有如泉湧。身上的水分逐漸流失。到了初三結束時，她下腹部愈來愈疼，開始嚴重腹瀉。她爬也似地往返於廁所和床鋪之間，在走廊上體力耗盡，就這樣睡著了。

她什麼家事也沒做。儘管退燒，但下腹仍舊覺得緊繃，所以暫時先吃加了梅乾的稀粥、雜燴粥、燙野菜。可能只是染上一般的感冒，但要痊癒似乎也得花上一段時間。我確實也上了年紀。大過年的，便深切感受到這點。

山子想趕在假期結束前康復，重新扳回一城，於是她下定決心，直接找教務主任談判，拜託讓她推動英語會話的社團活動（當時包含英語教育在內的「國語」問題，就連我們史實傳承者也不能坐視不管。因為這問題關係著沖繩使用的語言。美國民政府想以英語當正課，但教師的養成無法跟上，而且島民都堅持要受日語教育，所以學校的英語教育都只局限於放學後的社團活動）。山子以手寫的紙貼在告示板上，以全學年為對象，召募社團成員。放學後設置受理窗口，在教室門口擺出字母剪紙當裝飾，並擺上有可能激起孩子好奇心的外文書和兒童文學書，嘴裡哼著英文歌，等候想參加社團的人前來。就從ＡＢＣ開始，來吧，大家一來！

由沖繩教育界之父——屋良朝苗擔任會長的教職員會，他們提出的見解（也就是說，問題在於島上的教育現場，看是要將重心放在美國還是日本），山子其實也明白，但她深信，只要從小學就開始先學日語和英語，島上孩子在和日本本土出身的人競爭時，應該就能以語言能力當強力武器。但召募期間志願前來報名的學生只有六人（她與教務主任約定的人數可是三十人呢）。山子頹然垂首，開始四處撕下傳單。新年一開始就出師不利，這令她接下來這幾個月都在沮喪中度過。

一架噴射機飛來，降落在跑道上，接著又以陡急的角度起飛。

噪音傳遍四周，塵埃飛揚。強風吹亂山子的秀髮。

最後碰觸那個人的手，就是在嘉手納基地的這處鐵絲網——

她的手指勾向菱形的網眼，用力搖晃。

好久沒站在這裡了。自從她決定停止等待，要去找他的那一刻起，便一直刻意不來這個地方。

工作至今已經半年，四月時，孩子都升上了三年級。山子繼續負責下一屆的二年級生，但她的窩囊樣還是沒變。這麼一來，問題就不是出在她與孩子的屬性不合了。是老師自己本身的問題，我果然不適合當老師。山子受盡內心糾葛的折磨，令她難以承受的黃昏，緩緩侵蝕著她。

要在這座島上生活一點都不輕鬆，根本由不得人往後走——兒時玩伴說的話，從她腦中掠過。她會這麼窩囊的原因，果然就出在這兒。上下班的路上，她一定都會路過墓地周邊，只要有體型相似的男人擦身而過，她總忍不住確認對方的長相。半夜突然醒來，便會回想自己之前展開的搜尋，猛一回神，發現兩、三個小時就這麼過去。一聽到在意的傳聞，便火速前往，管不住自己。這一切都形成山子生活裡的一部分，無法說斷就斷。過去總是令他牽腸掛肚，路過小巷弄，總忍不住瞧上幾眼。儘管心裡明白，她那下落不明的愛人不會在這種地方——

通常他看到的，都是嬌小的人影。

是胡差的孤兒。

那天她離開基地旁，漫無目的走著，同樣也看到他們。這座島上有兩種孩子。分別是上學的孩子和無法上學的孩子。儘管戰爭結束至今已有一段時日，但還是有一群沒家沒爹娘，也不能受教育的流浪兒。當中也能看到和山子負責的這班二年級生一樣，小小年紀的流浪兒。

「你滾一邊去，山羊眼！」

剛好那天她看到孤兒們打架。有幾個孩子聚在一處死巷裡，他們全都靠在一起，拉扯其中一名孩子的衣服，不斷推打他。快住手——山子擋在他們中間，才察覺那名被其他孩子笑說是「山羊眼」的男孩，父親似乎是美國人。因為只有他的樣貌和別人不一樣，所以才會被排擠。你們看過真正的山羊眼嗎？山子加以喝斥（瞳孔是方形，和人類的眼睛一點都不像）。別這樣爭吵，有話好好說——儘管山子如此訓誡，但其他孩子卻說：「因為這傢伙只會笑，不會講話啊。」

「你叫什麼名字？」

那孩子的圓領襯衫被脫去一半，頭卡在衣服裡。

問他他也不報上名字，那雙烏黑大眼泛著淚光，露出缺牙的笑臉。

那孩子緩緩用雙手擠壓自己臉頰。將眼尾往左右拉，手指插進鼻孔裡，就像沒擺好五官位置的福笑[13]，也像是笑開來的石獅子。他似乎是刻意將自己一不小心就會垮下的臉頰往上揚，不讓自己露出哭喪的臉。過短的襯衫往上跑，露出他的肚皮，與他晒黑的手腳相比，更加凸顯膚色的白皙。

「你如果不說出自己的感受，不用言語來傳達，別人是不會懂的。」

不管跟他說再多，他也只是回以滑稽的笑臉，什麼話也不說。就算一字一句清楚地用英語說給他聽，結果還是一樣，只覺得像是我方說的話全被吸入一塊雪白的石板裡一樣。

13　日本的傳統遊戲，在一張大紙上畫下人臉的輪廓，另外再用其他紙畫下五官的各個部位，然後蒙眼將各部位放到畫有人臉的那張紙上，看最後會拼湊出何種滑稽的臉。

從他神情的細微變化來看，他似乎不是聽不到別人說的話。這麼說來，可能是成長上有些障礙吧。山子看過許多和他年紀相近的孩子，根據這些經驗法則，她望著這個孩子，腦中浮現一個想法。

也許這孤兒還沒建立好自己的語言系統。如果借用國語教育的專業用語，這難道是處在沒有「母語」的狀態？如果有這種情況，那就只能想到一個原因。促成孩子語言發展的是父母的聲音，但這孩子沒能接觸自己的父母，打從出生到現在，一直都是孤兒。

是這樣嗎？你一直都是自己一個人嗎？

沒吸過母親的母奶，也不懂得用來得到保護和食物所該說的話。

只能呼吸這落魄巷弄的空氣，被同樣是孤兒的同伴排擠。

山子再也無法忍耐，重重地發出一聲鼻音。這孩子佯裝若無其事的表情令她心裡難受。「大姊姊，妳有沒有帶什麼吃的？」其他孩子不斷把手伸進山子包包裡，山子一面閃避，一面高高抬起下巴。正好她帶著作文課要上的教材在身上，從中抽出好幾本書的小劫匪發牢騷道：「能吃這些紙的，就只有山羊。」

「雖然不能填飽肚子，但能填飽不同的東西。」

那名不會說話的孤兒撿起被丟在地上的文庫本。他就像頭上罩著頭巾般，維持那怪異的模樣，仔細望著拿在手中的書。山子望著他這副模樣，說出她腦中浮現的想法。

「這本書，還有那本書，上面寫著在大海的另一頭許多孩子冒險的故事。想知道是怎樣的故事嗎？」

從隔天起，她該做的事增加了。山子在假日和放學後，除了找尋愛人外，還會開始替孤兒找尋容身處。過去他們的存在雖然都會進入她的視線中，但她卻什麼也沒為他們做，她想為自己的怠惰贖罪。

雖然育幼院都已客滿（根據一九五〇年代琉球政府的調查，不滿十八歲的孤兒約三千人，當中在育幼院生活的有兩百人，投靠親人的有兩千人，其他則為流浪兒），但政府的民生課以及基督教的福祉會給了她不錯的答覆。山子取得他們的承諾，只要育幼院一有空缺，就會從年紀小的孩子開始依續收容，山子也請他們代為尋求領養家庭。她打算在乞討的孩子完全消失前，在每個人都能有床鋪可睡、有學校可念之前，要持續為他們奔走。

之後每天傍晚，她都在同樣的巷弄裡和孤兒見面。

這全新的例行工作，對山子來說，就像是她的放學後社團活動一樣。

剛好她也沒能當成英語會話的顧問。

「那麼，我們就繼續昨天的進度吧。」

她抽出原本插在書中的書籤，一行一行地朗讀上面寫的字。

她念得不疾不徐，細膩的持續為他們朗讀兒童文學。

她選的第一本書是馬克吐溫的《頑童歷險記》。接著為他們朗讀宮澤賢治的《風之又三郎》、聖修伯里的《小王子》。她固定一天念一小時，所以花了一週的時間才念完整本書。一開始，孩子無法持續專注地聆聽，但這些不愧是穿越古今中外，長期擄獲童心的小英雄故事。孤兒一旦投入其中，便會對主角投注情感，聽得驚叫連連，樂在其中。時而痛快，時而溫柔的兒童文學朗讀，也為朗讀的山子這些日子以來的感情浮沉帶來安撫，成了她喘口氣的寶貴時間。

當然了，有些孩子會說，與其給我故事，不如給我食物，而且昨天來過的孩子，今天不見得也會來，但那個孩子固定都會來報到。他就坐在巷弄的角落，專注聆聽這些故事。

他比其他孩子更專注地望著山子。

以無比認真的眼神，浮現沉浸於夢想中的表情。

這時，小巷弄裡正開拓出豐富的想像力大地。正因為是被大海包圍的鄉土，反而充滿了飛躍而奔放的想像。光是看到他那令人目不暇給的表情變化，山子就覺得心跳加速(太棒了，我就想展開這樣的冒險！不亂開玩笑，也不亂打岔，孤兒全都發出驚嘆聲，太棒了！)。

促成她開始朗讀的那個孩子，是否能理解大致內容，令人存疑，但山子並未刻意用簡單易懂的話語。即將跟不上故事內容，但山子期待以這樣的朗讀當體驗，能對他帶來好的影響，她相信這孩子眼中看到的，是這世界的豐富性，以及感性的擴展，因而決定配合其他孩子，使用島上的語言。

「我是山子。」

不過，朗讀結束後，山子都會主動跟他搭話。再怎麼說，這孩子也是每天固定報到的全勤獎模範生。想給他特別待遇。

「你要是沒名字的話，我沒辦法叫你呢。你都睡哪裡？」

不管再怎麼詢問，他就只是回以微笑。

搞笑的笑臉。略顯歪斜的笑臉。強忍難過的笑臉。

他拉長每一次的故事餘韻，幾乎都是以笑容的漸層來呈現喜怒哀樂。

他回望跟他說話的山子，咧嘴一笑，露出他少了門牙的牙齒。

「因為我很快就會幫你找到新家和學校。」

每次山子說什麼，他都笑。這孩子真的很愛笑。或許只有他的笑，是本能教會他的唯一處世之道。

「不過，你到我的學校來，是最好的辦法。」

他又是一笑，山子也跟著他笑了起來。

「不過這是行不通的。所以你要再等會兒。」

兩人一起笑了。

「像你這樣，才真正需要上學。」

那孩子又是一笑。

自從展開那小小的校外授課後，山子在教室裡不時也會神清氣爽地投入授課。她常會忘了自己的經驗和能力的不足，順著話語潰堤不斷湧出，就這樣持續到放學鐘響。

「那麼，今天就上到這兒。如果有哪裡聽不太懂，記得跟老師說。」

她對自己這種有失分寸的態度展開反省，但往往像這種時候，她回到教職員室時，身邊總會聚集一大群學生，不見得都是問上課內容，有的會問她：「昨晚是不是遇上什麼好事？」有的則是問：「老師您會說英語對吧？」一連珠砲似地問個不停。

從學生的答案和作文中，她也看出過去一直都沒發現的感性閃光，這是開心的收穫。感覺她負責的每個孩子，臉開始變得鮮明清楚，例如瞳以她當園丁的父親自豪；勝子因為她的好朋友千亞希都不把有水果氣味的橡皮擦拿來還她，她一直為此發愁；調皮二人組的常吉和世治，覺得說英語比說島上的語言要酷多了——她現在已逐漸能注意到每個學生，表示學生也比較容易能看到老師的臉，每天放學，還有休息時間，對山子感興趣而主動前來找她說話的學生也愈來愈多。

老師看起來是嫁不出去了，一樣有人會這樣冷言嘲諷，而且畫著講臺上立著電線桿的塗鴉還是沒斷過（儘管如此，這當中起了微妙的變化。電線桿會畫上笑臉），但山子已不會為此發火，能淡然處之。到了涼爽的季節，在校外學習的課程中，她和孩子一起聊天、唱歌，沿著映照出清澄藍天的天願川，一路走到海邊。

一個星期大部分時間她都和學生一起度過，比和家人相處的時間還長。老師與學生之間的關係，就像河川一樣川流不息，不會一整天都是同樣的景色。在做撕貼畫的工藝課中，牧惠顯得不知所措，所以山子告訴她，只要做妳喜歡的東西就行了，牧惠聽了之後回答道：「我想做山子老師。」牧惠說，可是因為老師手腳太長，肉色的貼紙可能不夠，我很傷腦筋呢。教室裡頓時哄堂大笑。

「老師為什麼英語講得那麼好？因為妳是胡差人嗎？」

因為山子班上的學生向其他年級的學生炫耀，傳聞不脛而走，來詢問英語單字意思的孩子也變多了。最近氣勢提升不少，似乎有機會推動英語會話的社團活動。世事真是說變就變，想年初召募時，根本就門可羅雀，但現在似乎孩子主動想要署名提出申請。

教務主任將山子找去，對她說，就以暑假特別講習的形式試辦辦看吧。現在不聽話的孩子還是很多，要達到可以輕鬆授課的境界還差得遠，不過現在山子已不會垂頭喪氣的走出校門。「學校」就像是持續運作的一個運動體，而她已成為當中可靠的一環，她一面細品這樣的真切感受，一面踏上晚霞灑落一地鮮豔餘暉的歸途。

然而，在這樣的日子裡——

有時猛然會隱隱有股不安掠過心頭。

感覺自己因為教師生活開始過得順遂，而逐漸忘卻某件重要的事。

的確，最近山子幾乎都沒回顧過往。例如讓她現況好轉的英語會話能力，當初是如何提升，還有他們每天都是在「基地島」上過日子（改變一切的命運配方，總是毫無預警，完全不理會人的作為就此來襲。重要的人物從眼前消失的瞬間也是如此對吧，山子？）。就像亞熱帶的陰晴不定一樣，狂亂吹襲的異變，最先承受的人是誰，之前她應該都牢記在心才對。

這天，梅雨季剛結束，一早便晴空萬里。

上午時分，從樹葉間灑落的陽光照進屋內，微微引來睡意。

教室裡上完第二節課，來到供應牛奶的時間。

「還想再喝的人舉手。」

山子提著鋁製的水壺，一面朝孩子們的杯裡倒牛奶，一面回想最近教室裡的變化。

自從當上老師後，她一直覺得事前的準備，與在教室實際講課有落差。愈是有幹勁，自己實際說出的話愈是不如預期。以前學到同樣的事情時，那份感動和興奮，實際在教的時候，卻又突然冷卻萎縮。這份焦急令山子灰心，連以前她還是個膽小鬼時，總是駝背的壞毛病，也跟著浮現。

但當她不倚賴準備和計畫，也不拘泥於老師的理想形象，以此態度來面對學生時，孩子反而有回響。只要像她在小巷弄裡放鬆心情的時候一樣，不驕縱、不逞強，全心投入，傳授有可能拓展孩子世界的知識，這樣就行了。沒人教導她這個道理，不過，這樣的心得，並不是學習得來。要成為一名好老師，得先摒除想當一名好老師的念頭，或許這才是重要的關鍵。

謝謝你們。山子向人不在這裡的孤兒投以感謝之情。與學生之間的溝通改善，肯定是之前朗讀的功勞。我的哈克貝利．費恩們[14]。下次和那群孩子一起去河邊散步吧。

「喂，如果灑出來，一定要講。牛奶會發臭的。」

教室裡的喧鬧，將山子拉回現實中。身為小二生的導師，應該沒空讓她悠哉地沉思才對。就連這短短數十分鐘的供應牛奶時間，她也一會兒訓斥想要溜到走廊上的男孩，一會兒幫學生倒牛奶，亂成一團。

「南美妳也要對吧，我這就過去。」

在屋外鳴唱的鳥聲，細數著教室裡流逝的時間。

這是夏初時節，與平時沒什麼兩樣的上午時分。

就在上課鐘聲即將響起時，貼在教室後方牆壁的撕貼畫紙片，有一片飄然剝落。

遠方天空發出嗡嗡聲響。山子完全沒放在心上。因為在這座島的上空穿梭來去的噪音，是很稀鬆平常的事。孩子應該也很習慣才對，但坐在靠窗座位的孩子突然站起身，指著雙重隔音窗外。

有個東西從遠方天空的某一點直飛而來。

那宛如芝麻粒的黑影，像滑翔的飛鳥，身影開始變大。

它噴發著黑煙，眼看愈來愈大。

那是什麼？孩子們稀稀落落地靠向窗邊。

在滿溢的陽光下，山子的眼睛仍可清楚的辨識。

14 哈克貝利．費恩，《湯姆歷險記》裡主角湯姆的好朋友，《頑童歷險記》的主角。

就像一顆星星起火燃燒般，那架朝這裡飛來的飛機，機翼完全被烈焰包覆。
一架軍機在起火的狀態下飛行。不對，那是墜落。
她拋開手中的鋁製水壺，朝孩子們大喊。
「大家快離開窗邊！」
她急忙帶孩子們躲向走廊，命他們全部雙手護頭趴在地上。
眼下也只能這麼做。她腦中閃過的第一個念頭是——難道戰爭又開打了？
起火朝這裡飛來的機身，阻擋了陽光，黑煙遮蔽天空，軍機斜斜降下，再也沒向上爬升，墜落在操場外櫛比鱗次的民宅。響起一陣幾乎都快把地表掀飛的巨大聲響，樹枝和鐵皮四處飛散。在墜落的衝勢下，那巨大的機體彈離地面約十公尺高。就這樣將四周的住家、倉庫、樹林夷平，但仍未化解這股衝勢，一路朝校舍衝來——
整個操場都被沙塵掩埋。單槓和百葉窗轉眼被壓在底下。機身在窗外又彈跳了一下，巨大的機翼和機頭就覆蓋在山子他們的校舍上。
從頭頂到腳尖，都被劇烈的衝擊吞噬。
飛機就像跳箱沒成功，在跳過的同時，直接撞垮最上層的跳箱。
燒得正熾盛的鋼鐵機身，將雙層窗和鐵皮屋頂都掀飛，撞得天花板和牆壁完全粉碎，撒下玻璃碎片和火雨，從山子他們的教室通過。那夷平校舍，無比貪婪的能量匯聚物，接著吞噬火焰，宛如燃燒的瀑布和間歇泉在互鬥般，上下左右湧來高溫，教室被捲入其中，瞬間化為火海。

吸入肺中的空氣，帶有灼熱的溫度。

喉嚨和眼睛的黏膜，像被燒到潰爛般，無比灼熱。

桌子起火、椅子起火、窗框融解、地球儀碎成三、四塊碎片。

有人的室內鞋掉在地上。孩子抽抽噎噎地哭泣。黑煙籠罩四周，視野的色彩消失。就只有被夷平的天花板上露出的天空，一樣無比蔚藍。

像陣雨般落下的瓦礫、建材、習字貼紙，像紙錢一樣飄舞飛落。有孩子被瓦礫壓傷了腳趾。有孩子被玻璃碎片刺進手臂。老師！老師！每個人都緊緊抱著山子。

「大家都聽得到我的聲音嗎？全都在這兒嗎？聽到的話，就報上自己的名字！」

山子想確認孩子是否安好，但這樣根本沒辦法點名。她要孩子在她身邊集合，大聲喊道：「接下來我們要前往緊急出口，別踩到別人的腳後跟，快穿上你們的室內鞋。」但這種時候還是有一群調皮的孩子不遵照山子的指示，坐在教室後方的座位不肯動。

「這種非常時刻，要聽老師的話啊！」

山子走近一看，大吃一驚。可能是被落下的瓦礫碎片擊中，世治的頭部破裂。火延燒到手腳的常吉，同樣一動也不動。他們兩人不是不肯動，而是無法動彈。兩人都再也不會動了。

山子就像是被敲鐘棒打中眉間般，一屁股跌坐地上。暈眩令她噁心作嘔。那是將山子的理智完全粉碎的景象。

如果只有她一個人的話，她也許會這樣癱坐地上，再也無法動彈。但還有其他孩子在。她振奮精神，心中一再向常吉和世治說對不起，同時趕忙帶孩子逃難。

木造校舍四處延燒，窗框和建材開始崩塌。她向學生喊著：「大家都要跟上，別吸到黑煙。」同時離開教室約五公尺，穿過走廊，眼看就快要抵達緊急出口時，南美可能是飛機墜落時被燃料灑中，她的三股馬尾辮起火，整個人瞬間化為火球。

當時山子就站在一旁，這一切就在她面前發生。

怎麼會，怎麼會這樣，山子馬上用手拍打，想要滅火。

其他孩子也發狂似的大喊著：「南美！」呆立原地。

站在隊伍前方，個頭嬌小的南美，整個人被驚人的火勢吞噬。極度的高溫，讓人無法呼吸。在幾乎讓人的臉和眼球都快要脹成一倍大的高溫下，山子閉住呼吸，幾乎整個人罩在南美身上，努力想要滅火。但南美無法靜靜待著。她揮開導師的手，發出不成聲的叫喊，衝往校舍外。沒能抓住她的山子，雙手只留下少女脫落的表皮——

頭髮起火，衣服起火，就連聲嘶力竭的悲鳴也起火。聞到人肉燒焦的氣味。在整座島化為火葬場的那場戰爭中也聞過的氣味。化為橘色火球，奔過操場的南美，衝向幾公尺遠的飲水處。朝用網子裝著肥皂掛在一旁的水龍頭奔去，邊跑邊伸長了手。

但她沒能抵達。途中南美跌了一跤，便倒地不起，沒再動彈。南美腫脹的臉頰上，滿是燙傷的水泡，膝頭和小腿也燒得潰爛，就這樣呈現在山子和孩子面前。其他孩子的眼瞳變得像燃燒的玻璃球一般。被迫看到同學化為火球的模樣，他們的眼球戰慄，讓眼皮為之發顫，彷彿想連同湧出的水一起逃離眼窩般。

那架墜落的飛機，機頭撞向另一棟校舍，黑煙直冒。校舍已被破壞殆盡。用具櫃被壓垮。斷裂的電線像噴火的黃綠龜殼花般不停扭動，玻璃窗融化，扭曲變形，宛如麥芽糖一般，牆壁和屋柱也全都燒毀崩塌。嚴重灼傷的孩童從其他校舍被搬運過來。當中也有像南美一樣燒至潰爛的孩子，但從遠處看不出是男是女。

唉，這座島……

不管在什麼地方，歲月相隔多久……

還是一樣有鐵暴風來襲，將一切全都燒毀。

誰來救救我們，山子使出全力大喊。

不敢相信有這種事，不應該有這麼悲慘的事發生才對。

自己也有可能遭遇的末路，與沒能抵達飲水處便斷氣的南美重疊在一起。山子像那時候一樣大喊。一邊牽著孩子的手，一邊無意識地朝眼前的空間伸出另一隻手。

但沒人握住她伸出的手。
會回握她的那隻手，哪兒都不在。
解救她的手，英雄的手，並未出現。
這天在基地島，那噩夢般的慘況化為現象，這所受災的小學不管望向何處，觸目所及盡是令人不忍卒睹的畫面。體育老師搬運滿頭是血的女孩。教務主任放聲號啕。手從焦黑的屍體上掉落，落向地面後粉碎，化為飛灰四散。頭髮燒得捲曲，全身滿是黑灰，神情空洞的孩子，茫然地呆立原地，而從附近飛奔而來的家長，叫喚著自己孩子的名字，半瘋狂地在這些孩子之間東奔西跑。
美國的衛生兵趕至，將受重傷的孩童和教職員送上搬運車。被搬運的孩童哭泣不止，彷彿光是碰觸，燙傷的部位就會發疼。山子四處跟這些孩子說「不用擔心、不用擔心」。轉頭一看，剛才還在的校舍，已幾乎全都燒毀，接下來將會被燒成灰燼，什麼也不留。
感覺自己內心的屋頂就像遭受大風吹襲般，正逐漸拆解剝落。山子仰望天空，縱聲痛哭。

事後才得知，墜落的飛機是從嘉手納基地起飛的北美F100D-25-NA超級軍刀式戰鬥機。駕駛約翰·施米茨（John Schmitz）上尉當天上午開始試飛，但他發現機關有狀況，原機返回基地，他試著降落，但沒能成功。於是他掉轉機頭，朝沒有住家的丘陵地帶飛去。當時駕駛室已經起火，上尉用降落傘逃生。理應是朝安全地帶飛去的無人機，最後卻往右轉，偏離原本要飛往的目標地點，墜落在民宅和小學的所在地。也就是說，這是非人力所能掌控，屬不可抗力的事故，軍方司令部對外如此公開發表。

墜落事故發生當天，警察、消防隊員，以及熱心的島民，從島上各地趕往協助救助及滅火。三棟校舍全部燒毀，兩棟燒毀一半，御城也是趕往現場的警察之一。而聽聞事故的消息，零同樣也從美里直奔現場。

「山子人在哪裡！」

然而，御城和零在擠滿受災者、美軍、家長的混亂中，都沒能馬上找到山子。御城一面幫助救助傷患，協助四處找不到自己孩子的父母，一面叫喚山子。至於帶著一群流氓前來的零，則是在飛機墜落的地點找尋時，被美軍制止，要他別過來。

「是你們把那麼巨大的東西墜毀在我們島上，在我們孩子的頭頂上對吧！」

他大吼大叫，帶頭引發一場打鬥。

山子難忍心中悲痛，一面哭，一面步履蹣跚地走在建築的占地外。有些孩子目前狀況還不明朗，得確認是否已被帶往醫院，但她分不清醫院的所在方向。她已完全迷失方向。

她不斷地叫喚。叫喚不在這裡的愛人名字。她理應已經找到新的精神食糧，面對自己該做的事，揮除脆弱的依賴心，可一旦遇到這種狀況，她脫口而出的卻是愛人的名字。山子心裡相信，也許當島上發生戰爭或災難，有不合理的災厄降臨時，那位胡差的英雄就會回來，排除一切困難，依序解救弱者，守護那些非保護不可的生命。她心裡有一半是真的這麼想。

山子那彷徨的眼神，朝人群中、黑煙後方，找尋那個人的身影。也許他會混在島民或警察當中前來，對她說：「之前一直丟妳一個人在這裡，對不起。」然後緊緊摟住她。山子抱持這愚蠢的願望，一路往前走。但到處都沒看到他人。解救山子的那隻手，只存在於她的回憶和夢想中。這座島上已沒有英雄。沒錯，已經不在了。竟然花了這麼長的時間才明白這點——

轉頭一看，塵埃猶如微不足道的日常遺灰，漫天飛舞，好幾道黑煙升向天際。山子仰望那化為烏有的校舍，不斷哭泣。

是為故鄉這些孩子的死悲嘆嗎？

是為失去愛人的自己所面對的命運悲嘆嗎？

她不清楚。就這樣在不清楚的情況下不斷哭泣。

並非都沒人來。微微映照在她視野角落的，大概是她的兒時玩伴。但因為哭泣過度而膨脹的眼球，失去原本的視力，無法清楚識別對方的模樣。他也許是向教職員詢問她的去向，而來到學校四周找尋她吧。但是連山子自己都控制不住地慘叫，令御城震懾，她那悲痛欲絕的模樣令御城卻步，連他也不知道該說什麼才好。

光是山子負責的班上兒童，就有三人舉辦喪禮。

不論睡著還是醒著，她都會想起世治、常吉、南美喪命時的模樣。

孩子在眼前活活燒死的老師、腦中記得那種情景的老師，沒辦法繼續站在講臺上授課。甚至不覺得自己有勇氣活下去。

憤怒和悲傷都沉入心底，她做了一個白日夢，夢見自己和他們三人一起埋葬。照喜名奶奶來探望她，御城也常來看她，但那些安慰的話語傳不進心裡。山子那琥珀色的肌膚，轉為黯沉的土色，才短短幾天，就眼袋腫起，看起來足足老了一、二十歲。

山子和其他老師一起到已故孩童的家中拜訪，為沒能保護好受託照顧的孩童一事當面謝罪。有些父母大喊，我們已經沒辦法在這座島上養育孩子了，有些父母想要老師負責，能保持冷靜的家長，幾乎一個也沒有。過沒多久，在同樣占地裡的臨時校舍裡，開始重新上課，但孩子們就算比山子早到學校，也不想進教室，放學後沒人留下，全都離開學校。因為重建校舍，光是卡車卸下沙石的聲響，就會讓人想逃離教室。那起事故的後遺症一直揮之不去，有的孩童忘了九九乘法表。有的孩童吃了學校的供餐後馬上嘔吐。

山子告訴自己：「至少在這些孩子們重拾平日的生活前，我要好好努力。」繼續站在講臺上上課，但是她正要發芽的希望和幹勁，卻一去不復返。如果我不是導師的話，或許南美、世治、常吉就不會……每次她被這種自責的念頭攫獲時，就會在上課時呼吸困難，說不出話來，很想直接在黑板前蹲下來。她這種表現只會對孩子帶來不良影響。既然無法重新振作，就應該遞出辭呈才對吧，這樣子不行，未免也太不負責任了吧。

那年秋末，她一直為自己的進退而苦惱。

從學校回來的路上，她巧遇一張已有好些時日不見的臉龐。

那張滿是牙縫的笑臉，朝山子咧嘴笑。那回望山子的眼神向她訴說道，為什麼最近都不講故事給我們聽？自從發生那起事故後，山子放學後的活動也隨之中斷。這段時間，也許這孩子仍固定到那地方，儘管等到天黑，講故事的人還是遲遲沒現身，在小巷弄裡備感落寞。

「對不起，明明是我叫你們每天都要來，但我卻爽約。」

這時，那孩子牽起山子的手。他小小的手指碰觸山子的右手。

山子握緊他的手，接著他用力拉著山子，像在帶路般，在巷弄裡邁步往前走。

是你握住我的手嗎？

柔軟的手指觸感、滑順的手掌膚觸，安撫著山子的內心。那小小的手，讓山子想起始終沒出現的那隻手，頓時壓抑不住激動的情感。她感到不安，眼皮顫動，視野模糊，一股宛如刺向鼻孔的灼熱溼氣上湧。

主動想引導山子的這名孤兒，與她記憶中的愛人身影重疊。難道你就是為了這個，才出現在我面前嗎？

面對那短暫暈眩般的感傷，山子直搖頭。竟然想將多年來的思念，寄託在才剛認識不久的孩子身上，再怎麼說也太不像話了。不過，那手的溫度、柔軟滑順的觸感，並沒有讓她將心頭掠過的感覺當作是一時的錯覺而含糊帶過。某天在奇妙的機緣下巧遇的這名孤兒，感覺像要接替從山子的世界中消失的那個人物般。

「我說……」

她牽著那孩子的手，從這處巷弄走到另一處巷弄，被帶往之前說故事的小巷弄。來到山子專屬座位的那處石階後，孤兒鬆開手，捲起襯衫，套在頭上。拉扯自己的臉頰，擺出那既像做失敗的「福笑」，也像擠眉弄眼的石獅子般的表情。這孩子可能是覺得山子會打起精神來，期待自己只要做出這種表情，山子就會再講故事給他聽。

「可是，今天我沒帶書。」

山子的聲音有點緊繃。

「我已經……」

她不敢直視孤兒的臉，握緊拳頭抵向眼角。

「明明跟你約定好，要幫你找一個家，還有學校，還要過有名字的生活。對不起，我已經……」

已經沒辦法再幫你了。她想這麼說，但是話語在發顫，說不出口。如果連對這個孩子也無法傳達出自己真實的感受，那麼，她就真的再也沒資格對島上的孩子說些什麼了。

「我真是不知天高地厚。竟然以為也有我能辦到的事。明明連每天講故事給你聽都做不到，卻還以為能在這座島上改變些什麼……」

說到這裡，眼前那張擠壓的臉開始動了起來。

那古怪的滑稽臉龐，突然露出笑容。

「UTA。」

山子確實聽到了。男孩第一次說話。

他的意思是唱歌[15]嗎？不，重音不對。山子一時間不懂他的意思。

「UTA、UTA。」

孤兒收起搞笑的面容，面帶微笑地露出正經的表情。他噘起像小小花蕾般的嘴唇說話，頻頻指著自己。

「你說的UTA，是指你的名字嗎？」

「UTA。」

一定是這樣沒錯，山子大為驚訝。這孩子說出自己的名字了。

他想告訴山子他的名字。

如果是生硬的隻字片語，他也會說嗎？還是說，在這個小巷弄裡，激發出他的語言能力？雖然無法判斷是何者，但這還是令她大受震撼。因為這或許是埋藏在靈魂深處的語言，第一次冒芽來到這世界的瞬間。之前朗讀故事，在小巷弄裡的接觸，成了他成長的肥料——

「你叫宇太是吧，原來是這樣。」

這小小的驚嘆，旋即帶來感動的浪潮。山子深受感動。某種事物就像黑暗裡的樹根般，前端伸向世界，探尋脆弱的部分，將理應不會崩毀的堅硬之物也撞垮。不過，同樣的事在島上小巷弄的角落裡同樣也會發生。只要有耐性肯花時間，腳踏實地一再地用心經營，就算是沉默的硬殼也一樣能打破。而這小小的變化，會化為大浪般的預感，重回這個世界。

那天真可愛，剛冒出的語言嫩芽，感覺得到豪邁振翅的想像力。給人一種預感，他那驚人的可能性還會繼續擴張。至少對當時的山子來說，感覺這就像心中的祈願開花結果。儘管他說起話來舌頭不太靈光，還顯得很拙劣，但這歡悅的瞬間，她很想永遠留在記憶中（山子，妳大可毫不猶豫地放聲大喊，就像不想輸給妳的學生一樣，竭盡妳最大的力氣大喊一聲「太棒了」！）。

「山子，山子老師。」

宇太的手指也比向山子。

「哎呀，連我的名字都知道。你叫我老師啊。」

「山子老師，那就從昨天故事的後續接著說吧。」

15　日文的歌（うた），音為UTA，音同名字「宇太」。

宇太就像很享受剛學會的話似的，模仿山子的口頭禪。

「你希望我繼續講故事的後續對吧。」

「後續、後續。」

「我明白了，那你等我一下。我去拿書來。」

就這樣，山子下定決心，要繼續當老師，之後也都會參加聚會和示威遊行（歡迎回來，勤快的山子回來了，歡迎！）。改考卷和出題也都沒偷懶，而且也重新開始朗讀故事，也以教職員會一員的身分展開活動。

受老師尊稱為「沖繩校長」的屋良朝苗（島上的教育相關人士，沒人不知道這個名字。他從教師轉戰政治，成為革新陣營的「代表人物」）所主辦的讀書會，山子也都固定參加，開始製作反美傳單和遞交政府的陳情書，參與「沖繩縣祖國回歸協議會」的設立。以教職員會為發起人，集結了政黨、工會、民間團體的超黨派組織「回歸協議會」，之所以能高舉旗幟，全是因為之前的土地徵收和美軍犯罪，使得人民對美國統治一再累積反感，又遇上這次史上最嚴重的美國軍機墜落事故，人民的反感已即將超過臨界點。

就這樣，他們升起「本土回歸運動」的狼煙，想從美國的統管下奪回主權，回復成先前仍是日本其中一縣的那時候。

回歸協會展開的第一步，是針對島上所有學校都要升「日本國旗」一事，與政府進行交涉。拒絕美國強迫他們接受的琉球國旗，高喊「我們是日本人！」的這項活動，廣為人知，回歸協會逐漸壯大為足以撼動島上政策的大組織。山子也成為其中一員，準備投入那耀眼奪目的抗爭時代。

因為她清楚明白。發生那種事情後，常吉、世治、南美，在山子的記憶中永遠都是小二的年紀。只要島上有美軍基地在，只要頻頻在頭頂飛行的危險之物沒斷絕，這些在記憶中始終不會長大的「永遠的孩子」只會愈來愈多。不管美國的政策為何，與日本訂立何種合約，這種否定孩子成長的世界，絕不能放任不管。

我們的故鄉不需要基地。山子高喊反基地、回歸日本的口號，高舉自己做的標語牌，某天她和屋良會長一同前去拜訪長期被尊稱為革新勢力龍頭的政治家。

「您好啊，屋良先生。這位是遭遇墜機事故的那所小學的……」

雖然在廣大群眾的支持下當選那霸市長，但仍再次被美國民政府的高級專員詹姆斯・愛德華・穆爾（James Edward Moore）嚴厲彈劾的瀨長龜次郎，山子對他也相當景仰（美國實在做得太露骨。他們斷絕給那霸市的補助金、凍結琉球銀行的資產，最後還以瀨長龜次郎以前坐過牢為由，剝奪他的被選舉權。這一切都是因為此人身為反美鬥士，在島民之間擁有超高人氣的緣故）。

「那起事故將成為改變島民意識的重要契機。」

「龜先生，我們也加入一起奮戰吧。」

「那可真令人壯膽不少。」

光陰似箭。山子終日忙於街頭示威活動和讀書會，面對一位熱心的女性運動家的誕生，御城大感吃驚。山子常在那宛如滲著島民鮮血般殷紅的夕陽下，抬頭仰望地方上的基地，對御城說——

「城哥你們太不告靠了，我以後要成為島上的英雄。」

御城聽了著實吃驚。因為山子竟然將我們這些男人擱在一旁，想斬斷對昔日英雄時代的執著與依戀。這真的是妳要的嗎？御城很想如此詢問，但山子那立誓再也不期待別人伸出援手的表情，映照在御城眼中。那是一個女人再也不倚賴別人給她幸福的神情。她的神情中棲宿著頑固，只要沒發生夢想與現實互換的奇蹟，這份頑固絕不會消失。

阿恩已經不在了。

……

既然這樣，就必須有人為這座島奮戰不可。

這是為了成長中的孩子，也是為了在故鄉生存的我們。

這也可說是山子對阿恩的訣別宣言。就在五〇年代的最後一年。在日落時分，宛如著火般的紅豔天色下，山子像在打盹般瞇起雙眼。陣陣吹來的風聲，就像是從失去的歲月中硬生生扯下，獻給已故英雄的輓歌。

八　沖繩王與榕樹磯波[16]、亂世、前往海市蜃樓之島

如果是島上長大的樂觀主義者，應該會用更開朗進取的辭藻來形容一九六〇年代吧。那場戰爭發生至今已過了一段歲月，政治和社會也都已迎接新的局面，近代化的浪潮也一味地向沖繩湧來。

的確，這座島變了。戰果撈客和走私集團的傳聞已不再聽聞，路上不光有計程車，也有私家車在跑，臨時搭建的小屋、鐵皮屋、永遠都穿同一件衣服的孤兒也都看不到了。但總還是會有人說，不管景氣再好，基礎建設再完善，這都不會促成現代精神的展露。美國人的推土機還是一樣耀武揚威，群聚在鐵絲網周遭的人，在那裡吃喝拉撒，同時又對基地向外滿溢出的噪音和災難搖頭嘆息。成為情欲宣洩口的情婦，想洗去射在她們喉中的精液，只能以淚漱口。在飛往中國的戰鬥航線下，所有父母、孩子、老師，耳聞那被烈火包圍的小學生發出的悲鳴。若從世人的常識來看，這與近代主權國家應有的模樣相去甚遠。我們的故鄉一直受人支配，而高級專員保羅・懷亞特・卡拉威（Paul Wyatt Caraway）的就任，堪稱是六〇年代的象徵。

16　十五世紀末到十六世紀時的一位與那國島女酋長。

琉球的民眾，你們好啊。我是你們的新老大。

我不像前任者那麼好說話，所以你們最好做好心理準備。

你們要是太過分的話，我就會全力打壓，明白了嗎？

好了，美國統治下的一個全新階段來臨了。就任第三代高級專員的保羅・懷亞特・卡拉威，與其說是高級專員，不如說是以殖民地統治者的身分駕臨這座島。身兼政府首長與軍方司令官的這位最高負責人，在島民眼中又是呈現何種姿態呢？素以工作成癮廣為人知的人造人卡拉威。一位不睡覺，不流汗，整天住在辦公室裡，對他的統治領地四處挑毛病的男人。從海的另一頭來到這裡的大怪獸卡拉威。像火焰一樣，接連吐出美國的資本，將島上立法院採用的法案全部推翻。對要求自治權的島民來說，這樣的統治者姿態正如同美帝的威脅。因此，強化反美色彩的政黨和市民組織，與卡拉威率領的美國民政府之間的對立，堪稱是最能象徵島上這個時代的一幅構圖。

一九六一年九月，零在殘波岬打開一把摺疊刀。

在暗褐色的岩地相連的岸邊，海浪發出不協調的聲響。

頭上的浮雲遮蔽月光，將對峙的男人掩沒於黑暗中。撞向海蝕崖碎裂的海風，將零那頭用髮蠟撫平的頭髮，以及銀色圖案的襯衫下襬，吹得整個往上捲。

零闖進繫在岸邊的漁船上，抓住他花了好幾年才找到的湯米（一名沖繩人），把刀鋒抵向他臉頰的薄皮處。

「喂，把你知道的一切全部說出來。」

零就像要撬開牡蠣殼般，刀鋒朝嘴角劃下。

血花飛濺，從劃破的臉頰裡露出湯米紅色的牙齒。

湯米連叫都叫不出聲，緊按傷口，當場蹲了下來。

蓄積海水蒸氣的甲板，光是站在上面，汗水就如瀑布般不斷流下。零從蹲在地上的湯米手上取下手錶，拿走他口袋裡的錢包。零此刻的態度就像在說，待會兒你就要丟進海裡餵魚了，不需要錢，也不需要手錶，令湯米心生恐懼。

「最近的事我不知道，只聽說被軍方司令部摧毀了。如果你想知道他們的事，就要去吐噶喇列島。那裡有堆貨的中繼站。他們沒在這裡分貨，而是運往吐噶喇的惡石島，重新堆放，然後走運往日本或中國的路線。」

這男人是走私集團「久部良」的引路人，零拜訪過許多苦力和貿易商，都快失去耐性了，這才終於找到他。零動用威脅和暴力，最後終於來到殘波岬這個地方。零不可能讓他再搪塞到別人身上，但湯米看起來似乎不是隨便掰一個煞有其事的島名來敷衍。

零將錢包還給他，當作是他臉頰刀傷的治療費，離開那暗潮洶湧的殘波岬。吐噶喇列島、惡石島——比沖繩更接近日本本土近海的未知領域。要去嗎？但要怎麼跟喜舍場老大說？而且得想辦法張羅船隻才行。他思索著這個問題，返回美里一看，雖然才剛入夜，但「希望」的看板已經熄燈。

「宇太聽到一件驚人的消息。」

在沒有客人的店內，知花和幾名孩子圍著餐桌而坐。這天，宇太帶著一對長得一模一樣的雙胞胎，以及抓著他的衣服不肯離開，看起來很膽小的女孩。與宇太同行的人，每次都不一樣，但他似乎總是一副大哥的模樣，常帶領育幼院裡的孩子到美里來。

「平良先生和又吉先生……」

「他們兩人怎麼了？」

「胡差派的小弟說，要把他們帶走。算總帳是什麼意思啊？」

「他們提到算總帳嗎？算總帳的意思，是有人做了不該做的事，大家一起圍毆他。」

「他們說要那樣做，要把人帶去某個地方。」

遇見這名小鬼後過了一陣子，他便說他的名字叫宇太。現在變得很愛說話，常跑來找知花閒聊，多方找藉口要她請吃午餐，還會帶動作唱著「燉豬腳、燉豬腳」這種奇怪的歌，確實是個怪小孩。他可能已經九歲，目前住在首里的育幼院，好像也開始上學了，零才正在想，最近都沒看到他，他就突然現身，而且零走到哪兒，宇太就跟到哪兒，這習性還是一樣沒改。

這天來到美里的宇太一行人，目睹幾名見過面的胡差派流氓把東西堆上好幾輛車上。他們從暗處偷聽到，他們正打算將又吉世喜和他的同鄉平良強行帶走。而堆放在後車廂的東西，全是鐵管、手斧、日本刀這類危險物品。

「要把那霸派的首領又吉擄走？真那麼做的話，那可是件大事啊，老大不可能准許他們這樣胡來。」

「這些孩子是在中午時目睹那件事。如果他們是認真的，應該現在正要執行這件事。這麼一來，你的立場也會變得很尷尬吧。」

「這是突然發生的事，我什麼都沒聽說。」

「在這場風波平息前，請你別到店裡來。」

「妳這個臭女人，這是對妳的男人該說的話嗎！」

「少囉嗦，要是我被人當作是你的情婦，那可就麻煩了。如果這家店被搶走，我可受不了。我已不想再被捲入男人的紛爭中了。你也是，在被人抓走前，先逃得遠遠的！乾脆去山原找尋罕見的鳥類吧！」

知花態度無比冰冷。這個薄情的女人！零就像被下逐客令似的，走出店門外，宇太和他帶來的孩子也跟在他身後。

離開當地才不到兩天，就發生意想不到的麻煩事。既然會提到算總帳，那就表示又吉和平良做了什麼事，引來胡差派的報復。說到他們兩人，難道是因為那件事？

「就去那霸看看吧，宇太，你也來嗎？」

得決定未來的路該怎麼走才行。有個在那霸經營當鋪的男人，名叫寺須，多年前他還遊手好閒時，介給他這名浪蕩子給又吉認識的人，正是零和平良。如果是消息靈通的寺須，應該能詳細說明這場風波的由來。

路上經過與儀公園，看見回歸協會在示威遊行。當中有鼓動聽眾情緒的演說者。可能是想激起對故鄉的感傷情懷，當中還有人配合三弦琴演奏哼唱琉球民謠。最近這股抗爭的趨勢，零並未參與。號召島民支持的回歸協會，與他就是不對盤。自從保羅．懷亞特．卡拉威就任高級專員後，民眾運動變得更加活絡，但他們作為思想核心的「回歸日本」這個標語，卻令零大感掃興。如果只是一味這樣吵吵鬧鬧的話，還不如狩獵那些從基地跑出來專搞未成年孩童的變態，這樣對故鄉反而比較有貢獻。

他嗤之以鼻地走過與儀公園時，宇太他們突然衝進花圃，朝集會的人群揮手大喊：

「我在這邊，山子老師！」

零大吃一驚。

「你認識山子？」

「她是我的老師呢。胸部很大對吧。」

「難道說，當初教你說話的人就是她？」

在這座小島上，竟然有此奇遇。長長的手臂拿著標語牌，朝公園的行人發傳單的山子，一發現零他們，大為吃驚，飛也似地大步跑來。「零，你怎麼會跟這些孩子一起！」

山子剪去柔順的烏黑長髮，髮尾斜斜的齊肩。一身藍染的棉狹圖案[17]襯衫，腋下形成一圈汗漬。她瘦了嗎？已好久不曾這樣就近與山子面對面了。

「他們是我的私生子。」

「你少胡說，你都派他們跑腿嗎？」

「是他們自己老跟在我屁股後打轉。」零覺得難為情，刻意改變話題。「對了，真是辛苦妳了，發生那起無聊的事故後，聽說連奶奶都病倒了？妳沒照顧她也沒探望她，就忙著搞回歸運動嗎？」

「你自己才是呢，你爺爺很擔心你呢。偶爾也該回去看看吧。」

「因為發生那樣的事故，妳會討厭基地也是理所當然。但就算妳沒這樣大聲疾呼，也總會有人做的。有其他更需要妳去做的事吧。」

「城哥也常跟我說同樣的話。不過，現在就得大聲疾呼才行。」

「那傢伙還好吧？」

「他很忙。我邀他參加集會，但他都不來。」

「這樣啊，嘿嘿，希望偶爾也能和他見上一面。」

這是違心之言。這位成為琉球警察的朋友，零現在根本不想和他見面。零一直到現在仍忍不住會

17　沖繩八重山特有的編織圖案，為藍底搭上四、五個方塊圖案所構成。

想起的面容，如果可以見面，希望每天都能見上一面的，就只有眼前這位兒時玩伴的臉。我到現在仍想邀妳一起躺向柔軟的棉被。如果是妳的內衣，我天天手洗也沒問題。零明明心裡如此祈願，但因為話題談到另一名兒時玩伴，使得他不自主地說出心裡很不想說的話來。

「不過，回歸日本真的有那麼好嗎？」

儘管扛著標語牌的山子臉色一沉，零還是沒因此閉口。回歸協會雖然老是歌頌「重拾我們身為日本國民的靈魂」，但過去我們曾經是日本人嗎？我不記得，所以就算有人對我說「回歸日本吧」，我也只是滿頭問號，完全無感。日本也一樣對我們漠不關心，並未當作是國民的問題，而採取和沖繩有關的任何行動。他們並未把這座島加進日本地圖中。就連安保抗爭達到最高潮時，他們也因為不想被捲進美國的戰爭政策中，而反對將這座島納入防衛地區內。明眼人都看得出來，一旦有事發生時，他們就會捨棄沖繩。

「我最近常在想。我們真正應該仇視的對象，不是美國人，而是日本人才對。雖然回歸協會說，在示威遊行中發聲，是民主主義的基本做法，但這島上的人權和民主制度全是假的。真正的東西早就被日本那些人獨占了，輪不到我們。」

「哎呀，聽說你在監獄裡經過一番洗禮，看來是真的。你明明有自己的想法和主張，那為什麼要當流氓呢？」

「我是自己想當。這樣總比當美國人養的狗來得強。」

「你自己想當是無所謂，但請別把這些孩子捲進去。」

「我不是說了嗎，是他們自己愛跟著我。」

「就算是這樣，你總可以叫他們別再來了吧。宇太你也是，竟然連小清和雙胞胎也帶著到處跑！現在正是這些孩子觀察大人的世界，以自己的所見所聞成為血肉的重要時期，不能讓他們模仿壞大人的模樣。」

她像可怕的女豪傑一樣，張大嘴巴，道出明顯是在責備的話語。本以為山子可能是用她的方式，為這場和兒時玩伴的偶遇而開心，但照目前的情況看來，她之所以停止發傳單，跑來說這些話，就只是站在老師的立場挑他毛病。原本那微微的興奮感逐漸萎縮。一時令零不知道該嘆氣，還是先暗啐一聲。

「還有，關於你剛才說的話，日本人並不全然都對我們漠不關心。日本也有對島上的政策提出反對意見的人，這些人與我們之間零星的連結，有時會像從暗處仰望的星座一樣，鼓舞人心。」

「是是是，因為老師很囉嗦，所以你們就回去吧。」

因失望、焦躁，以及不想直視對方的失意，折磨著零，他將山子說的話當耳邊風，把宇太他們趕走，想就此離開公園。但這時，他想到剛得到的消息。他想告訴山子，我還在找尋我大哥。想邀她這就離開這座島，和他一起去找尋。

「零，你也來參加集會吧。」

「是是是，後會有期。」

但他找不到接話的機會，而且山子的邀約聽了就嫌煩，於是他轉身邁步離去。就只有宇太以眼角瞅著山子，想跟著零走。他露出像小舅子般的神情，人小鬼大地說了一句：「你喜歡她對吧？」

「你喜歡山子老師對吧。」

「別跟過來，快回育幼院去玩跳橡皮筋吧你。」

「你已經有知花了。一次沒辦法和兩個人結婚，你不知道嗎。」

「別跟我沒大沒小的，小心我揍你喔！」

按響門鈴後，傳來一個慵懶的聲音應道：「誰啊？」從門縫裡露出一張活像閉殼龜的臉，明顯朝零露出不歡迎的表情。

「哎呀，這不是我們現役的戰果撈客嗎。你每次來，我們值錢的錢包和包包都會不翼而飛，幫我們清庫存，真的幫了我一個大忙呢。」

零進屋後，這位愛損人的寺須馬上朝門口上鎖，一臉不堪其擾的神情。地下室裡栽種大麻幼苗，還囤放了許多危險的盜賣商品，以及美國女人往後仰身的裸照。關於這座島上的非法情事，這個擁有像百科全書般豐富知識的男人，這天似乎有個原因，讓他比平時更不希望零來訪。

「你是為了今晚的事而來問我對吧。」寺須說：「不用擔心。相關人士有數十人都被剁了，我和你要是一個沒處理好，就會被抓去餵鯊魚，成為引發全島抗爭的火種。別擔心。」

「胡差是用什麼名義下手？為什麼要擄走他們兩人？」

「自從發生那起墜機事故後，島上的清除工作不是幹得更起勁了嗎？」

「沒錯，你指的是狩獵美國大兵對吧？」

「幾天前襲擊的對象，是與胡差派有往來的美國大兵。他們將走私船上運載的槍械流入黑市。要是他們遇襲的話，就會展開內部調查，而就胡差派的立場來看，在找到新的貨品供給來源前，生意會就此停擺，而且顏面盡失。所以老大派人找出犯人，一名被逮到的現行犯供出平良和又吉的名字。所以才會有一部分人，還沒等老大下令，就擅自行動，前往西原機場，展開一場夜間遠足。」

邁入六〇年代後，胡差與那霸的兩大組織之間暗藏著一觸即發的危險。資金和組織人數都占優勢的胡差派，掌控島內中部到北部一帶的勢力，甚至想將勢力擴展到那霸派占領的南部。寺須對零說，你現在也面臨了能否混下去的關鍵時刻。你與平良的關係是眾所皆知的事實，所以胡差派也會追究你是否涉及此事，而那霸派也會拿你當仇敵看待。你將成為被兩邊追著跑的當紅人物。

「你之前累積的地位將化為泡影。你打算怎麼做？」

「你當我不會明辨是非嗎？在監獄裡受過的恩情，那已經是很久以前的事了，而且我和又吉是最近才開始往來。」

「嘿嘿嘿，你可真老實。」

寺須說得沒錯，此刻他面臨命運分歧的局面，全憑他怎麼表現。他只能二擇一，不是徹底隱瞞他與平良和又吉的關係，就是在被波及前先開溜。如果宇太跟著他來的話，他差點就要對他說一句：「跟著我，也是一種學習。」不管最後做的是哪種選擇，對零來說，今天都可能會是個大凶之日。

不過話說回來，還真是難抉擇呢。

偏偏是在這種日子得做出左右人生的重要決定。

之所以內心無法平靜，宇太，都是因為你的老師對我態度那麼冷淡。

從那霸到西原，開車不到十五分鐘便可抵達。被遺忘在時光洪流中的機場遺址，看起來像荒蕪的廢墟或是墓地。會到這種地方來的，就只有流浪漢，或是避人耳目的不法之徒。在這處寬敞的占地裡，到處都是塵埃以及野蠻的黑暗。

「認識你可真好啊，竟然就這樣硬拉著我陪你這樣胡來。」

「都走到這一步了，就別再囉哩囉嗦地講這種窩囊話了。」

「你重視情義，更甚於地緣關係，陶醉於這樣的自己。而且還把我也捲了進來，真是好心啊！」

「那種東西，就算餵狗，狗也不吃。我只是看準了賣誰這個恩情，對我會比較有利。」

零從軍方的後勤部隊偷走一輛從中國撤回的受損車輛，硬拉著怯縮不前的寺須與他同行，駕車前往機場遺址。接下來的行動實在很魯莽，零自己也明白。因為他放棄了那兩個選項，所以接下來只能照自己的方式做了。他一面開車，一面將開了個窺望孔的肥料袋戴在頭上。胡差派的人馬群聚在飛機跑道深處，用現場停滿的車輛大燈充當處刑場的照明。

一見這輛突然闖入的大卡車，那群人馬立即叫罵起來。

卡車衝撞車輛，流氓被撞得四散。

寺須在座位上一陣猛烈搖晃，扯開嗓門喊道：「在那裡！」

平良和又吉被鎖鏈鏈在一輛車後面。似乎是被一陣圍毆後，一路用車子在跑道上拖行。終究是寡不敵眾，派了琉球空手道高手現場警戒的胡差派，聚集了約五十名黨羽。

零原本打算，要是他們兩人能自己站起來，就讓他們直接跳上車，但照現場情況來看，得先砍斷鎖鏈才行。媽的！零強行把卡車停向兩人身旁，打開車門跳下。

馬上陷入嚴重的事態中。他從來沒一次和這麼多人打鬥過（因為當初在獄中抗爭，與警察鬥毆時，還有許多同夥）。四面八方滿滿都是的成群流氓，不約而同地朝他撲了過來。他雙臂被抓住，鼻梁挨了一拳。有人揮舞著長刀和柴刀，出拳打他，抬腳踢他腹部，在怒吼的漩渦中，他連呼吸都沒辦法。零專注地避開眾人的攻擊，儘管挨揍，也只是擦身而過，減輕了疼痛，他從對方手中穿過，以頭錘加以招呼，朝多人的下巴和臉頰展開回擊。在粗重的呼氣聲相互碰撞的沙丁魚狀態下，他拔出刀子，斬向眼前的流氓。接著反手握刀，又是一刀砍下。接著刺向肩膀同樣的部位，倒地後又朝對方傷口踩下一腳。接著撿起掉落地上的手斧，砍斷鏈住平良和又吉的鎖鏈。

「敢耍我們，你這傢伙哪來的！」這時，傳來一個熟悉的聲音。「別讓他逃了，把他的袋子扯下來！」當零望向聲音的方向時，兩人目光交會。就只是短短的一瞬間，零便直覺他的喬裝只是白費力氣。

「是你對吧，卑鄙的傢伙。」

原來主謀是這個男人。為了自己的利益，而趕跑同輩和生意上的敵人，有礙事者，就暗中把人擄走，將對方打得半死，使其身負重傷，朝對方妻兒沉睡的家中縱火。強烈的猜疑心總是不落人後的邊土名，一眼便看出這名闖入者的身分。

邊土名一聲令下，眾流氓一擁而上。眼看就要被眾人砍下的長刀砍成數段，他瞬間失去平衡，遭人從後方架住。一名以前當過角力選手，營養過剩的大漢，從前方掄起柴刀，大步直衝而來。零無法甩開壓制他的幾名男子，靠著一身蠻力拖著眾人向前，撞向那名玩角力的流氓。但他因為雙方體重差距而被撞飛，倒地時，對方高舉起柴刀。哎呀，這下腦袋會被劈成兩半了。正當他做好這樣的心理準備時，一旁吹來一陣旋風。

又吉站起身，一腳踩向地面當軸心，朝那名玩角力的流氓使出一記迴旋踢。雖然又吉倒下了，那名巨漢也因為他這使出渾身之力的一踢而昏厥。又吉似乎是在意識模糊的狀態下，如同脊髓反射般展開反擊。零擺脫壓制後，取出暗藏的手榴彈（是從寺須那危險的當鋪裡帶來的），拔出插銷，也不看目標就這樣隨手拋出，雙手手指插進耳朵裡。

瞬間這片夜空底下染成一片鮮紅。

全身流動的血液為之沸騰，鼻子和眼睛的黏膜感到刺痛，震動甚至傳進內臟。

零也因為那股爆風而被震飛，臉頰擦向地面，側臉都擦破皮了。

站起身的平良，讓又吉扶著他走，三人急忙坐上車。由寺須開車駛離機場遺址，一面甩開追兵，一面朝市街而去。

邊土名他們原本想讓又吉和平良從此無法東山再起。兩人的臉滿是瘀血紅腫，下巴的關節有點狀況，在車內連要對話都有困難。但兩人眼中仍保有不願屈服的特有光芒，以及儘管挨揍也不別過臉去的高傲。零將利害得失擺一旁，對這兩人的勇猛感到讚嘆和興奮，但他不想讓坐在駕駛座上嬉皮笑臉的寺須看出他心中的想法。

他們開往那霸醫院，全都被送進診療室，以石膏固定骨折處（兩人合起來共斷了十三根骨頭），縫合傷口（合計縫了七十五針）。他們命那霸的一眾小弟在病房和後門看守，把希望寄託在他們兩人的恢復能力上。

「真正的你終於回來了。」平良花了三天的時間恢復，終於能夠對話了。「你最好別再回胡差了，他們已經知道那件事是你幹的。」

「我最怕遇上這種事了。」又吉則是花了九天才康復。一度恐怕再也無法起身，但後來終於度過難關。「欠你一個人情債，一個無法馬上償還的恩情。總之，你就接受我們那霸的庇護吧。在這起無趣的風波平息前，就由我們來保護你的安全。」

「因為和你們的嗜好扯上關係，我的地位和生意都泡湯了。」

「胡差派下手的動機，並非只是因為狩獵美國大兵。」

「難道還有其他原因？」

「在固定和胡差派舉行的友好會中，我提到之前也跟你說過的『狩獵戰果撈客』。我並不是說溜嘴，而是在打探機會，若無其事地向他們刺探。這可能就是導火線吧。」

當又吉一提到這個話題，胡差的幹部盡皆臉色大變。喜舍場老大臉色一沉說道：「原來有這樣的傳聞啊。」不過當他們被擄往機場遺址時，邊土名又重提那件事。他說這是對胡差派的侮辱，如此失禮的言行，不能視而不見，並向他們威脅道，如果你們知道些什麼，快從實招來。邊土名不等老大下令，便展開此種前所未聞的暴行，也許他是為了掩蓋自己不利的過去，保護自己，這才搬出襲擊美國大兵一事，以「算總帳」為名義出手。

「不管怎樣，事情走到這一步，他們老大總不會讓步吧。」

「你也是吧，你應該不是那種躲在棉被裡哭泣的人。」

「如果對方想來硬的，我們也只能迎擊了。」又吉坐起身，重現他那威猛的目光。「展開全面火併，正合我意。」

沖繩的流氓是怎樣呢？曾住過神戶宿民街的平良說出他們與日本流氓的差異。

「我們島上原本沒有賭徒和路邊攤。被一般社會排除在外的人，大多會到島外去，所以這裡沒有孕育暴力集團的土壤。」

走出病床的平良對零說道。這是具有島外視野的男人才有的縱觀。日本有用來鞏固情誼的交杯酒，並根據它來建構出金字塔形的階級制度，但這座島上沒有這種東西。所以底端的紛爭馬上就會牽扯到組織的上層，而且也沒有自願出面擔任調解角色的中立派，所以一旦被火粉波及，便會發展成整個組織動員的大型火併。

這種強烈的地緣關係令人驚訝，雙方一旦認識就是兄弟，具有這種重情義的一面，可是一旦決裂，原本同甘共苦的感情，便會轉化為強烈的憎恨。離島的風土民情（很容易為了特權而起衝突，零對這點也有深切的體認）、在亞熱帶很容易揮發的倫理觀念（這點零和平良都不能笑著說這和自己無關）、有戰爭體驗做應證的生死觀，這一切聚在一起，造就出島上流氓的特性。

「而它的極致，就是島上的基地對吧。」

「不論是胡差還是那霸，都不必擔心盜賣的槍械不夠。」

「這原本就是在為火併做準備。這場火併，得等到其中一方殲滅了敵方才會結束。」

果真就像平良所做的預言一樣，又吉宣布要展開報復戰，之後胡差派也唆使幾名不怕死的刺客，前來刺殺那霸的要人。當胡差與那霸兩派都下達命令時，胡差的追殺令中也點名倒戈到那霸派的零。

爭鬥引來更多爭鬥，兩派將街頭的不良少年也捲入其中，不分晝夜，在街頭終日打鬥。相互叫罵、開槍風波、持刀傷人，一直層出不窮，並組成執行部隊，計畫要殺進敵陣裡，頻頻在月曆上做記號，而全身沾滿海藻，活像鬼餅[18]的流氓溺斃屍體，就這樣被沖上岸邊。這些流氓全都失去理智了！琉球警察將這件事定位成沖繩流氓史上的「亂世」，並命所有員警隨身佩槍，接連逮捕執行犯和黑道的上級幹部。

不能只有我一個人跑去藏匿——又吉悍然拒絕，但再怎麼說，他都是那霸的首領，是胡差派追殺令裡的頭號人物。小弟們懇求他，至少在傷勢痊癒前先暫時藏身，於是又吉提出要零和平良與他同行的條件，這才勉強答應。島內不管躲哪裡都一樣危險，既然要避風頭，那就得離開島上。

「既然這樣，去吐噶喇的惡石島，你看怎樣？」

在零的提案下，三人約好在宜野灣的碼頭碰頭，但到了約定的時間，卻遲遲不見平良現身。平良之前早一步出院離開那霸，說他在與那原有件特別的工作要處理，也不知道他是否遭遇不測，還是被琉球警察逮捕，始終都聯絡不上他本人。

海水不斷形成漩渦。浪頭打向接駁艇，在蔚藍的水面上畫出清楚的輪廓。又吉安排的是一艘排水量十噸的漁船。引擎漏出的燃料臭味，令宇太闆了皺眉作嘔。

每次他都飄然現身，一路跟到碼頭來。這天他難得一直靜不下來，一陣東奔西跑，結果從船上掉落，草鞋被海浪捲走，儘管他全身溼透，卻還是扭著腰，跳起古怪的琉球手舞。他今天單獨帶來一名身材瘦弱的女孩，似乎是想逗那女孩笑。

那名年約五歲的女孩，可能和宇太很熟，最近無時無刻都和他一起行動。她對表情凶惡的流氓感到害怕，一句話也不說，宇太則是擺出大哥的模樣，一會兒說：「引擎不動的時候，就得踢它一腳。」一會兒說：「我的伙伴平良先生還沒來，連我都替他擔心了呢。」頻頻向少女搭話。

「話說回來，他到底是怎麼了？」零站在接駁艇上嘀咕道。「平良先生明明就說他很想跟這座島說再見呢。」

「他在推動一項大計畫。要是他落入琉球警察手中，那可就傷腦筋了。」

「你也真是學不乖。還在策動什麼計畫啊？我可是不會再救你了。」

「也差不多該告訴你了。」又吉壓低聲音道。「你現在已不是胡差的人了。我和平良先生一直都鎖定一個目標，等待會兒出航後，再慢慢說給你聽……就快漲潮了，無法再延遲出航了。」

「要丟下他是嗎，平良先生真是註定離不開沖繩呢。」

「他不是個會隨便改變立場的人，我會請人轉告他，要他隨後過來。你身邊的東西都打點好了嗎？會有好一陣子沒辦法回來喔。」

18　沖繩的一種地方點心。表面以月桃葉包覆。

因為又吉這句話，山子的臉龐從零的腦中掠過。雖然不是今世永隔，但心底卻還是隱隱作疼，依依不捨。他不經意的視線望向一旁，發現宇太抬頭望著他，一副有話想說的模樣。

「你也要跟我去嗎，宇太。」

那是宇太有事央求時的神情。零心想，宇太應該是想要同行吧。但之前一臉天真樣的宇太，此時突然轉為一本正經的表情，不發一語地猛搖頭。儘管零他們已站上甲板，但宇太還是留在接駁艇上，一旁的女孩緊緊抓著他，他回握女孩的手，再一次不安地搖了搖頭。

不管什麼時候，只要零出聲叫喚，宇太一定會跟來。不想和同行的女孩分開嗎？也許這小子也找到了自己無法離開這座島的原因。站在接駁艇上的兩個孩子，感覺彷彿與昔日島上的孩子——與大哥和他愛人的身影重疊，零伸手揉起了眼睛。

「既然這樣，你幫我跟山子轉告一聲。」

「我要轉告山子老師什麼？」

「就說我會查出大哥的下落，然後回到島上，你說一遍看看。」

「我會查出大哥的下落，然後回到島上。大哥是誰啊？」

零腦中冒出一個問號。我難道還沒跟這小子說過大哥的事？

零總覺得自己好像說過。他一直以為宇太知道他大哥的事。

為什麼會這麼想，感覺這當中似乎有什麼原因，但他那轉瞬間的感覺也被汽笛聲抹除。

「他是我們一直在找尋的一位很重要的男人。你轉告她，等我回來，就會直接去找她！所以在那之前，要乖乖等我！」

最後的那句傳話，因為是在離岸時說的，不知道是否清楚傳進宇太耳中。

像成群白馬般的浪花一路相連，宇太逐漸遠去，連他的聲音也聽不到了。

水平線上泛起白霧。船頭朝宛如海市蜃樓般的未知島嶼而去。

頭頂密布的浮雲，降下細小的雨粒。

零仰望遠方的天空，心想，或許會有一場暴風雨。

九 機密、不管什麼時代都無法淘汰之物、港景俱樂部的「煙男」

我的眼睛，你再多撐一會兒，工作就快結束了。

所以你們現在可別自己縮進眼窩裡啊。

御城趴著臉自言自語。在累得連放屁的力氣都不剩的早晨，他的刑警學長從後方踢了他的椅子一腳說道：「你的電話。」御城彈跳而起，一時用力過猛，把堆放桌上的自白書和報告書全打翻了。

「哦，是你啊。不好意思，還讓你專程打電話來，那件事在這裡不方便談，今晚八點在與儀公園……」

一講完電話，課長便催促道：「負責案件的文件還沒處理好嗎？」幾天前，胡差發生一名吸毒的流氓襲擊計程車的強盜殺人事件，但在蒐集證詞後，眼看就快罪證確鑿，嫌犯卻遭人開槍射殺，御城明白，這樣就算送檢，也會因嫌犯已死而不起訴。偏偏又得撥時間製作這種感覺流於形式的文件，令御城感到難以忍受。

平時光是尚未處理的文件就已堆積如山了。不管再怎麼做都處理不完的案件，現在又再加上島上兩大暴力集團「胡差派」與「那霸派」之間爆發的全面火併，實在吃不消。御城他們奉命得隨身攜帶手槍，偵訊室和拘留所都大排長龍。他得參加取締對策會議，而走私貿易也因為幫派火併的資金調度而再度變得活絡，所以御城也被派去海上巡邏。

他望向時鐘，不知不覺已來到上午，這天雖然他不用輪班，但從昨晚開始，他一直忙著處理文件，拜此之賜，他現在眼睛痠澀，正準備偷偷回家時，又傳來通報，課長命他馬上趕往現場。

「拜託，饒了我吧，我整晚沒睡。最近一天都只睡八小時。害我疲勞都無法消除，工作一再累積。」

「那是因為你睡太多了，工作才會一再累積。」

「可是，德尚先生在偵訊室裡偷睡的時間如果也算進去的話，一天大概睡了十個小時呢。」

警局的走廊上還是老樣子，擠滿了因暴力、傷害、竊盜、恐嚇、短期貸款詐騙，而被帶往警局的暴力犯人。正當御城因一身疲憊而步履踉蹌地走出刑事課時，傳來聽到耳朵都快長繭的辱罵聲說道：「你這個美國人的走狗！」

「之前在邊野古殺害女服務生的美國大兵，他同樣也被憲兵帶走。你們到底是幹什麼吃的。」

一名因傷害而被帶來警局，個頭高大的流氓，向一名女警發牢騷，女警還很老實的回應：「邊野古不是我們的管區！」男子一時衝動，將女警的船形帽打落，所以御城介入說道：「喂喂喂，你不能動手」。

「腰上掛著美國人不要的東西，很得意嘛，拔出你的手槍來瞧瞧啊。」

在接連爆發空前火併的情況下，流氓就像導火線只有兩公分長的爆裂物般，動不動就發火。男子似乎還帶著酒氣，眼神迷濛的他準備擅自步出警局。御城一把抓住他後頸，要讓他轉過身來，男子竟然直接朝他揮拳。

御城往左邊仰身，抓住男子手臂，就像要背在肩上似的，用力一把拉了過來。接著身子一沉，使出一記過肩摔，讓那名流氓整個人騰空而起。男子成了妨礙公務的現行犯，御城將他壓制在地上，重新上銬。

原本配戴手槍，只限有特殊狀況時使用，所以御城他們都受過扎實的逮捕術訓練。要是被人小看，那可就傷腦筋了，就算沒倚賴公家配給的手槍，也能靠身體來壓制對手，這樣才符合島上警察的個性。

最近御城每天都過著他人生中最忙碌的日子。

連要抽出一天的時間悠哉的哼歌自娛都不可得。

胡差的事件。美國民政府。還有兒時玩伴——

因為他與每件事之間的搏鬥，都已來到關鍵時刻。

過了中午仍無法返家。以武力防礙業務和毀損物品的名義，將一名在A Sign店大鬧的男子送進拘留所，之後沒回警局，直接前往瑞慶覽營地。在衛兵的瞪視下，他出示用英文記載姓名和出生年月日的通行證（和出入的業者一樣，上頭寫有Standard-pass），之後在軍方司令部的大廳等人前來帶路。

與美方暗中往來已經三年，給他通行證的「友人」，指派他執行的任務是蒐集情報、身分調查、持續監視，御城主要針對美軍或軍眷牽涉其中的案件，展開特別命令搜查（應該也有其他擔任特別命令任務的島民，但御城還沒見過）。例如一九五九年，在名護發現一名七歲的女孩喪命。在被害人周邊有人目睹一輛黃色車牌的轎車，御城從這個線索展開搜查。經過一番苦心追查，最後查出犯案現場，旋即逮捕人犯，但犯案者不是美國大兵，而是島民，對方在偵訊中供稱，他是因調戲而犯案。

而到了一九六一年，邊野古發生一起刺殺女服生的案件。當時十九歲，隸屬於施瓦布營地的陸戰隊員唐納．「娃娃臉」．艾爾斯，逮捕他的人正是御城。艾爾斯供稱，因為對方向他索討積欠的買春費用，他憤而用菜刀刺死對方，而他後來馬上被送往軍方司令部，預定會交由瑞慶覽營地的法庭裁決。

至於說到強姦案，更是層出不窮。因為多年來一直在胡差引發風波，犯下連續性侵案件，而被御城緝捕到案的丹尼爾．「鬼怪」．海伍德一案，他本人供稱的被害女性人數，與實際的被害報案人數不符。經過一番努力追查得知，遭海伍德攻擊的三十五人當中，有十三名被害者沒向警方報案，暗自飲泣。並非只有海伍德的案件才有這種情況。公開的案件始終都只是冰山一角，實情是仍有許多強暴犯沒被問罪，依然四處伸出魔爪。

「我最頭痛的主因是你，老大。」

御城與歐文．馬歇爾一週見一次面。甚至被喚至軍方司令部，針對持續中的搜查進行報告，如果有新的案件就接受特別命令。雙方討論完後，便陪同歐文到島上的食堂或路邊攤享受美食，這已成為固定模式。要是兩人同行的事被同事撞見可就糟了，御城對此總是提心吊膽，但歐文似乎很享受這項習慣。有幾次引來同事猜疑，御城都說那是為了對美軍的軍眷建立情報網所做的特別接待，以此含混過去（也有其他刑警與美國的情報販有往來，所以這套說詞也非全然沒有道理）。

這天，歐文主動問他：「你都沒動筷呢。」向他套話，御城這才說出他的心裡話。而坐在兩人中間的小松，一樣很流暢地擔任兩人之間的語言橋梁。

「我倒認為我們是很好的團隊。」

「那件事結果怎樣？將不肖的美國兵列成名單一事，你不是說會檢討是否可行嗎？」

「御城，那一家人吃的米飯，可以幫我也點一份嗎？這家店的麵是難得的重口味，相當好吃，但我現在想吃點清淡的。」

「老闆，來碗什錦蒸飯。名單呢？」

「有鑑於保護軍人的人權，只能說這個構想不符現況。」

「喂喂喂，又回到這個問題點打轉了。」

「你不能老提出無理的要求。」小松停止口譯，出言告誡：「歐文也並非萬能。有些事，諜報機關也無法辦到。」

一直這樣原地打轉，實在是夠了。歐文始終都只當這是維安管理上的問題，只想著要迅速破案以及控管情報，對於將那些有調戲少女、性侵等前科的美國大兵，御城提議他整理出名單，廣發給學區和特飲街，但歐文不願採納。他從店員口中接過飯碗，順便加點了沖繩麵，那食欲旺盛的模樣，最近看起來只覺得膚淺，十足的貪吃樣。

「這次的艾爾斯事件能迅速破案，幾乎都是你一個人的功勞。果然就像我當初看好你一樣，你現在已成為一位能力過人的搜查員。至於監視和搜查的方針，則是由司令部來決定。這方面希望你能分清楚。」

連結沖繩與美國雙方的這場「友人」對話，往往都像這樣，意見分歧收場。結完帳，與歐文他們道別的御城，心情煩悶地走在街頭。得趕緊恢復平時在外人面前的表情。還有堆積如山的文件，以及搜查中的案件等著他處理。但他卻不是走向胡差，而是朝那霸而去。

如果一直是這樣，真搞不懂當初是為了什麼目的成為美國人手下的搜查員。在馬歇爾機構下，光是執行歐文下達的指令就已竭盡全力，而且歐文對於牽涉到政府內部情形的話題，總會謹慎地避談。御城也曾在司令部外徘徊（裝傻說道：哎呀，我不知道出口在哪裡），但馬上被衛兵攔下，無法前往資料室。御城想看的，是之前美國方面對於基地發生的重大事件所做的紀錄。這種東西當然不可能允許他閱覽，而且要是讓歐文知道他暗藏這樣的心思，也許會和他斷絕「友人」的關係。這麼一來，他就再也沒機會接觸美國的機密文件了——在這樣的內心糾葛下，三年的歲月流逝。

不過，情勢就快改變了。

沒錯吧，山子？

我將成為這座島上的英雄。自從軍機墜落事件，山子做出這樣的宣言後，她便像追捕巨鯨的漁夫般，雄心萬丈地投入教職和抗爭運動中，看著這樣的山子，御城心中感到焦躁，覺得自己也不能一直當個傀儡。說到身兼數職，山子也一樣，御城也得拿起自己的魚叉，刺向他自己那頭「巨鯨」才行。

御城鼻孔用力噴氣，心想，我擁有連歐文也認同的搜查直覺。御城善用從事特別命令的身分，多年來也布下自己的情報網。事實上，今天晚上他才與精心挑選的一名包打聽約好要密會。

晚上八點，御城走向與儀公園。

他坐向路燈下的長椅，等候約見面的對象現身。

為了這天，他一直暗中行動。在馬歇爾機構中，除了御城外，也從島上各地找來許多「友人」，但他們每個人都不會一起碰面，或是召開共同會議，始終都是個別指派任務。

從幾個月前起，御城開始調查歐文周邊的人，反覆展開跟蹤，成功鎖定當中的幾名「友人」。除了警察外，還有記者和軍方雇員，他們每個人都具有歐文賞識的見識和能力。而今晚他要密會的對象，是憲兵總部的一位資深雇員，同時也隸屬於終戰後的諮詢機關，對於沒傳出基地外的特殊消息，他應該也都瞭若指掌。

在前往與儀公園的路上，御城很仔細地確認過，沒人在後頭跟蹤。與他約見面的對象似乎也很小心提防，隔著遠處觀察了一陣子才現身。比約定的時間晚了一會兒，他才沿著路燈照不到的暗處走近。

「你好啊，御城。」

出現眼前的，並非是和他約見面的「友人」。

嚇，為什麼你會在這裡？

眼前這個人是不久前才剛道別的日本人……被擺了一道嗎？宛如歐文影子般的小松，似乎已看穿御城的動向，而且還拉攏了理應要和御城見面的「友人」，他親自來到密會現場。

「你瞞著歐文，私自和其他諜報員見面，這實在不值得嘉許。」

「你竟然做出這麼卑鄙的事。這表示歐文已經知道這件事了，是嗎？」

「是我自己要來這裡的。你想針對嘉手納基地搶劫未遂事件，以及失去下落的戰果撈客，查探政府的紀錄對吧。」

御城以為自己搶先一步，沒想到對方動作更快。就連跟在諜報專家身旁的口譯員，也有過人的敏銳眼光。小松若無其事地對他說，我已對你做過身家調查。九年前的那起事件，你也參與其中。之後你為了找尋失去下落的好友而成為警察，還和美國民政府合作。這樣的理解沒錯吧？

「御城，給你個忠告。你現在做的事相當危險。如果四處打探軍方或政府的事，會被負責思想犯的諜報員盯上。勸你別小看他們。一旦你被視為危險分子，就連歐文也保不了你。」

話說回來，你根本不可能有機會接觸美軍的軍事機密——小松強調。要是有哪個島民能單獨完成這種事，那一定是危險人物。歐文在「友人」當中，對你的評價特別高。有位賞識自己的政府高官，卻辜負對方的期待，這可不是聰明之舉啊。

「既然這樣，那我就不再偷偷摸摸了。」御城只好豁出去了。「那我就直接跟歐文說了，我想調查當時在基地裡發生的事。之前我都當自己是他養的狗，四處奔忙，現在討根骨頭當獎賞總不為過吧？」

「御城，你還是沒搞懂，你沒辦法跟政府談交易。」

「小松先生，我光是自己警察的工作就已經忙不過來了。」

「說得也是。那些流氓的火併似乎愈演愈烈了。」

「要是再這樣下去，我二十多歲的青春都會耗在搜查的工作上。早上泡澡、睡回籠覺，我原本只想過這樣的生活。或是當個傍晚前才開店的路邊攤老闆。也想在假日找女人幽會。要是再繼續這樣被搜查的工作追著跑，我可能會成為一個孤單寂寞的老頭，四處侵犯島上的女孩！」

如果不接受我的請願，我就退出！御城怒火上衝，高舉反旗。如果會因為這樣而和歐文、小松分道揚鑣，那也只能認了。他已拿定主意，如果能從這種完全沒有私生活的日子中解脫，倒也清閒自在。

「你這個人也真是的，從沒見過像你這麼會發牢騷的『友人』。如果你不是個有能力的搜查員，我們早就自己主動和你斷絕關係了……」

在御城毫不退讓的陳述下，原本堅稱絕不可能讓他看美軍內部資料的小松，也提出了一個妥協的提議。他有一位和他一樣從日本到這裡任職的同事，在軍方司令部當內勤，所以可以詢問那位同事是否負責保管御城想要的嘉手納基地日報和報告書。如果能找到那份紀錄，在告訴御城也無妨的情況下，可以透露紀錄的內容。

「當然了，我無法向你保證，而且我也會冒一點風險。不過，條件是你得全心投入歐文指派的任務。這樣你看怎樣？」

「好，如果是這樣的話……難道你其實是個好人？我原本一直以為你是站在美國那邊，一位不太好親近的日本人呢。」

「我只是希望能以口譯員的身分，做好我的工作。而且……」

「抱歉，之前都用有色的眼光看你。」

「我們大家都是日本列島的居民，不是嗎？」

這趟那霸之行沒有白來。離開與儀公園後，他發現一旁的市民會館有「回歸協會」主辦的讀書會在邀人參加。

不知道她會不會來？他正好也想見山子。幾個月前因心臟病住院的奶奶，前幾天駕鶴西歸，享壽八十七歲。當時他在偵辦唐納・艾爾斯的案件，查得正順手，所以沒能出席告別式，甚至沒空去上炷香。

「啊，這不是御城嗎，嗨，最近過得好嗎？」

當他往建築內窺望時，一名不認識的小孩朝他叫喚。

你朋友的孩子嗎——小松問，御城搖了搖頭。

「我認識你喔，你是御城。」

「別直呼我名字，你是哪家的孩子？」

「我是宇太。」

那孩子說他是首里一家育幼院裡的孤兒。詢問後得知，他跟山子學說話，和零也很熟，這令御城大為吃驚。他背後背著一個同樣是育幼院的孩子，名叫小清，睡得正熟。宇太說他有事找山子，在這裡等讀書會結束。他叫小清先回去，但小清眼眶泛淚，不願配合。

關於御城的事，是因為宇太常看他為了搜查而四處奔波，而且山子和零的談話中也曾提到他，所以他才知道御城。與這名帶有外國血統的孩子面對面交談，多年前的記憶在御城心中隱隱作疼。

「當初在嘉手納的垃圾場發現一名女性遺體的人，該不會就是你吧？」

嗯，就是我。宇太很乾脆地點頭。那是御城第一次接觸的案件，同時也是讓歐文因此案而發掘他的艾德蒙．E．韋斯特利（島上的警察都稱呼他是「骷髏頭蒐藏家」）事件，這孩子是當時遍尋不著的第一目擊者。

「很可怕對吧，死後把人的骨頭帶走。」

「你是從哪裡聽到這件事的？」

「在路旁啊。之後也得告訴她這件事才行。」

「這個女孩？別告訴她這種奇怪的事。」

「因為她可能會害怕。我得先告訴她，有我在，不用擔心。」

他似乎從街頭的傳聞中聽聞大致的原委。雖然因為覺得可怕而眉頭緊鎖，急促的呼吸令兩頰為之僵硬，但他振奮起一股對小清的使命感，模樣令人印象深刻。御城深感這是奇緣。

「這麼晚了，你找山子有什麼事？」

「因為零出外旅行去了，他有話要我轉告山子。」

「真的假的？那小子要去哪裡？」

「去某某島。」

這孩子應該是充當信鴿，向山子傳話。他似乎仍餓著肚子，所以御城馬上到一旁的熟食店買來炸熱狗和牛奶給他們吃。宇太叫醒熟睡的小清，兩人一同啃起炸得酥脆的麵衣。

御城順便向他說教。你要是從現在開始努力的話，日後就能成為在甲子園出賽的高中棒球選手，或是像這位小松先生一樣，成為英日語都說得很流利的知識分子，但你不應該小小年紀就和流氓往來。

「你可曾想過長大後想當什麼？」

「有啊，我要當在 A Sign 店當保鑣的學校老師。」

「這兩種無法同時兼顧。當警察如何？」

「還是當英雄好了。」

「英雄？」

「我要成為島上最棒的英雄。」

可能是從山子和零那裡聽來，現學現賣，這句咬字不太清楚的「英雄」二字，引發御城的鄉愁。宇太可能才年約十歲左右，和一個年紀這麼小的孩子才第一次見面，就向他說起了生存之道，簡直就像當初監獄裡的國吉，他忍不住自嘲起來。竟然會忍不住向下一個世代的人曉以大義，難道我也老了？

「關於你的事，我聽了好多好多。」

「她那麼常談到我嗎？嘿嘿……」

「瞧你那色迷迷的模樣。」小松在一旁插嘴道：「你想幽會的對象，是那個女人對吧？」

「你幹嘛嬉皮笑臉的。你們日本人都這麼愛打探別人隱私嗎？」

「不管是日本，還是沖繩，任何國家，任何時代，全都一樣。」小松露出微笑。「唯獨這件事是不會消失的。不管是何種暴君，何種政治或戰爭，唯獨男女互相喜歡的這份心無法淘汰。」

沒想到小松先生也會說這種話，御城頗感意外。雖然小松給人一板一眼的木頭印象，但此刻他說出如此有感而發的話語，竟一點也不難為情。不管什麼時候都無法淘汰之物，你們要好好珍惜——

稍頃，有人從市民會館走出，但真正重要的那個女人卻遲遲未現身。御城他們等不及，趕忙走向會場。在依舊留有讀書會餘熱的集會場裡，工作人員正忙著善後。桌上堆滿了傳單，黑板上寫滿了

「回歸日本」的標語。在眾人動線交錯的熱氣下，被工作人員包圍的山子，正與人討論示威活動的緊急動議該如何處理。

「哎呀，城哥？宇太和小清也在。」

御城正好想見山子。有些話想面對面跟她說。但他深藏在心底的決心，卻與他的想法背道而馳，不知不覺間顯現在表情和態度上。

在沿著軍用道路五號線踏上歸途時，與山子稍微談了幾句的宇太和小松，都保持距離慢慢跟在後面。為什麼他們不過來？山子對此感到納悶，御城斜眼瞄著她，努力找尋對話的開端。

「可能是找到線索了吧。」聽過宇太的傳話後，山子說道：「還說要找出他大哥的下落，看來零還沒忘呢。」

「那傢伙一定不會忘的。只有他會永遠記得。」

「前一陣子我才見過他，他就像一把沒刀鞘的利刃般，讓人覺得可怕。」

「因為他們正展開火併，尤其是他，不知道會做出什麼事來。」

「在我們三人當中，零總是搶在前頭四處找尋。」

山子抬起頭來，臉上閃過一絲陰鬱之色。御城望著她的側臉。

「妳最近都不太談這件事呢。」

「我？是這樣嗎？」

「妳已經放棄找尋了嗎？」

「我……」

山子將來到嘴邊的話又嚥了回去，那模樣令御城看了心疼。走在他身旁的這位兒時玩伴，想擺脫回憶的束縛，放眼前程。之所以全力投入回歸協會和教職員會的活動中，肯定也是出自這樣的想法。正因為御城明白這是令她心碎的糾葛和決定一再累積的結果，所以他無法出言干涉。

雨滴從夜空滴落，那擺動的雨幕，令路面和瓦屋頂濺起水花，走在歸途上的路人紛紛加快腳步。濡溼的腳步聲和車輛駛過的聲響此起彼落。天色可能會變得更糟，但如果是這點小雨，還可以不用展開小跑步。就算微微淋溼也無妨，現在還不急著趕回家——沒急著跑起來的山子，可能也是這麼覺得。

「雖然之前一再跟妳開導，不過我們三人今後不管會站在怎樣的歧路上，會選擇怎樣的道路，大概都還是會找尋那張沖繩臉吧。心裡也都會引領期盼他的歸來。」

「你怎麼了，城哥，這麼一本正經。」

「如果這就是命運，儘管一邊展開工作和生活，也沒必要刻意把那件事忘了。」

心跳得又快又急。接下來要告訴山子的話，也許是他人生中最重要的對白。御城就像要潛水似的，做了個深呼吸。

「如果是這樣，妳和我就繼續找尋吧。一起等他回來。」

「城哥，你和我現在都有事等著我們去做。」

「正事當然也要做，可是在做的同時，內心還是要擺在同樣的地方。」
「同樣的地方？我們不都是在胡差嗎。」
「我是說，我們要不要兩人一起同住？」
找個新住處，你和我一起同住吧？御城終於說出在心中蘊釀許久的話。因為奶奶過世，山子退掉她住慣的租屋處，正在找尋適合自己一個人住的公寓。對御城來說，他此時的提議，是真心的告白，他要越過以往始終無法跨越的界線。
經過一段不自然的沉默後，山子這才開口。
「……什麼啊，如果這是在開玩笑，那一點都不好笑。」
「我的意思並不是要妳嫁我，或是由誰來照顧誰。」
「是嗎，不然是什麼意思？」
「我的意思是，為了找尋同一個男人，我們要打造一個合作的態勢。如果我們兩人同住，就能節省房租，儘管我們彼此都忙，也不會因此而疏遠。既然這樣，就算要打出『山子私家偵探社』的招牌也無妨。」
明明是下定決心做出的告白，御城可不希望被看作是個性輕浮的人所說的渾話。這聽起來也許只會覺得是一個做事猶豫不決的男人做出優柔寡斷的告白，但這好歹也是御城幾經思索後做出的最佳決定。

「如果是這樣，那零也一起嗎？」山子抬起視線，如此低語。「意思是我、零，還有你，我們三人一起同住也行嘍？」

嚇，完全沒料到會有這樣的回答。三個人一同生活，這樣肯定不無聊，但警察和流氓同住一個屋簷下，要是在自己家中也上演逮捕的戲碼，那可就永無寧日了。的確，每天都見不到她，心裡總覺得少了什麼。甚至有種身體缺了一塊的感覺。但對此時的御城來說，真正重要的是鞏固自己的地位，想像有什麼事物能成為他生活的穩固基礎。

「我們三個人同住也行吧。」

「是可以啦，只不過……」

「你講得很含糊喔，城哥。」

「眼下只有我們兩人，總不能就這樣說了算吧。」

「不過，你真的很善良。」

城哥總是這麼善良——山子笑著說道。她雖然沒當場答應，但也沒堅決抗拒。

轉頭望向街道後發現，明明聽不到他的聲音，但宇太和小松卻一臉興奮樣。御城心想，我這個人真的那麼好懂嗎？看山子的反應，似乎也不是完全沒希望，御城因欣喜而全身發顫，散發出一股雀躍的氣息。

之後有好一陣子，他臉上都掛著微笑。

幾天後的下午，他一坐進計程車，人在駕駛座的國吉便對他說：「明明是這種壞天氣，但你心情倒很好嘛。」

雷聲響個不停。淋溼車窗的雨滴，連成銀色的光球，將映照在視野中的灰色街景融化。強風將某個地方的英語看板吹跑。如果是基督教徒，可能就會將眼前的豪雨比喻成洪水。儘管是這樣惡劣的天候，御城仍舊穿西裝打領帶，令國吉大感驚訝。

「你是下下個月才要搬家吧，現在就要盛裝拜訪鄰居嗎？」

「你消息真靈通。今天是為了別的事。」

「她看起來朝氣蓬勃呢。從沒看過她那樣的表情。你們倆也終於開始向前邁步了。」

國吉也在山子的邀約下，開始參加回歸協會的示威活動和集會。他似乎已聽聞同住的事，御城光是想像山子向親近的人報告這件事，便忍不住喜上眉梢。

「那麼，你到底要去那裡？」

「哦，請載我到港景俱樂部。」

「這種颱風天，還要展開潛入調查啊？」

「我也不知道為什麼，金門俱樂部的人邀我去。」

「哎呀，你和那個菁英集團有往來啊？」

「怎麼可能。是他們月會的來賓邀我去的。聽說會邀請島上各種行業的人前去，大家進行意見交換。」

從那棟位於山丘上的建築俯瞰，那霸的中心一覽無遺。儘管天候不佳，但還是陸續有高級車停向車廊，從打開的車門中走下盛裝出席的外國人。幾乎每晚都有美國民政府的高官和貴賓在此聚會的港景俱樂部，是島上最高級的社交俱樂部。

在國吉的目送下，御城從正門走進俱樂部的主館內。廣敞大廳的地毯，有著厚厚一層毛，讓人聯想到歐美賭場的吃角子老虎，吐出代幣，主大廳裡有專屬的樂團進行現場演奏。沉醉於華麗舞蹈中的美國紳士和淑女，詫異地朝穿著一襲市售西裝的御城上下打量。就連與他擦身而過的沖繩服務生也都以輕蔑的眼神看他。

但他是御城，根本沒那種纖細的神經，會對這種視線感到怯縮。社交俱樂部不是他可以常來的地方，所以他相當興奮，心想，既然這樣，那就好好享受，之後再向山子炫耀吧。

「你來啦，御城，看你好像很高興呢。」

連不知道他私生活情況如何的歐文，也看出他興奮的心情。

他穿過連接不同大廳的走廊，向同行的小松詢問情況。

「今晚這場招待，不是歐文提出的邀請。聽說是金門俱樂部的某人指名你。」

「誰會想聽月領低薪的警察說自己的事啊？」

建築裡的宴會廳，擺滿了大大小小的餐桌，服務生穿梭於餐桌間的縫隙，將前菜和大魚大肉端上桌。只要與人擦身而過，便會肩膀互碰。服務生手中的托盤差點掉落，殺氣騰騰地瞪向御城。

好凶啊，可能是因為太忙，而感到焦躁吧。說得也是，明明是這種惡劣天氣，卻還這麼熱鬧。享受酒食的男女發出香豔的笑聲，頻頻發出使用銀色刀叉的聲響。御城被帶往允許在這個美國人社交場所出入的沖繩人專屬桌位。在「金門俱樂部」裡，琉球銀行的董事、大企業裡的重要幹部、政治家、企業家、電影院老闆等等，島上有頭有臉的人物全部齊聚一堂。這裡是由有留美經驗，與美國民政府素有交誼的親美派人士組成的會員制俱樂部（名稱似乎是源自舊金山的金門大橋），每晚在這個港景俱樂部舉辦聚會，邀請知識分子舉辦聯歡會、意見交換會，以及駐日美大使或高級專員的ＶＩＰ演講。

這位是比嘉先生，這位是西目先生……十人座的圓桌，當中金門俱樂部的會員就占了四人，歐文一一介紹他們。俱樂部會員也主動寒暄。他們說這是由一群理想家組成的沙龍，共享全新的沖繩價值觀，一起探究島上經濟、勞力、產業、世界本質。那很棒啊，不過，怎麼還沒乾杯呢？將眾人的問候當耳邊風的御城，很在意坐他斜後方四人座的紳士，從他攤開的報紙旁不斷冒出二手菸。就像故障的蒸氣船般，白煙直冒。御城不抽菸，所以很受不了用餐時被煙霧環繞。

從煙霧的夾縫間，他看到一名年約四十的男子。

此人不是歐美人。他扁平的臉蛋掛著墨鏡。

是沖繩人，還是日本人？

如果是能在港景俱樂部出入的日本人，那他或許是位居政府要職。但與這名男子同行的兩個女人，雖然身穿華麗的禮服，但一看就知道是鄉下出身的島上姑娘。「煙男」讓女人用餐自己則是一句話也沒說，默默地抽菸，看著英文報紙。若無其事地聆聽他們的對話。這個煙男是對金門俱樂部的事感到好奇嗎，還是說，他也和其他人一樣，看到像御城這種不該出現在這裡的外人混在裡頭，感到不是滋味？

乾完杯後，歐文終於開始談到御城的過人能力。雖然沒提到他是特別命令搜查員，但言談間隱約透露出他是美國民政府的協助者。俱樂部的會員提出許多問題，但明顯都只是客套話，感覺不出他們對島上的刑事搜查真那麼感興趣。御城益發搞不懂，既然這樣，到底是誰請他來的呢？

隔了一會兒，在座的話題才移往現今的高級專員。

雖然一直被晾在一旁，但御城也不是因為想和人討論才來這裡。他不予理會，自顧自地吃著菜肴。歐文的胃口還是一樣好，他很機靈地將所有菜肴都裝進盤子裡，享受金門俱樂部的座談。

我們這位高級專員應該是打算介入島上的經營，進而對經濟和金融展開補救措施吧。沖繩與日本的切割政策也同樣受到批評，但他就是能為島上著想。身為一位經營者，他的表現極為優秀，沖繩在美國的施政下不斷發展，這已是歷史的事實——人人都給予卡拉威的施政高度評價，沒人持反對意見。與平民的感覺相去甚遠。

「刑警先生，你對卡拉威的治理有什麼看法？」

「我對政治不太熟悉。」

雖然他們希望御城能表明立場，但御城只是含糊帶過。我們的故鄉平時就已經夠複雜了，別再把它搞得更複雜了。御城心裡是這麼想，但他對政治並沒有偏頗的思想，親美派的人一再向他灌輸「只要經濟變好就行了」的觀念。一旦生活變得穩定，犯罪也會減少，只要一直都是好景氣，每人的平均所得也許還會贏過日本。島上的人應該要認同一個清楚明確的事實，那就是美國人一直都實施仁政。

「縱觀世界史就會明白，像這麼有良心的領地託管，可說是絕無僅有。這裡與日本的生活截然不同，承認島上各方面的主權。」

「就只是因為有極少部分的美軍犯罪被審判，使得美國的印象變差。但真要說的話，島民們也常犯案啊。」

「美國的統治，解救島上的人民脫離戰前和戰時的貧困。」

「基地經濟喚來了文化的豐富性和多樣性。」

「對對對，帶來了世上罕見的多樣化地方色彩。」

謝謝你，美國，謝謝！彷彿就快要高喊三聲萬歲了。對於眼前那訓練有素的鸚鵡和九官鳥的叫聲，歐文露出滿意的表情，而御城倒也不是不能理解。然而，在座的話題回溯到了那場戰爭，他不得不停下手中的筷子。

「就連那場沖繩島戰役也是，有人說如果對手不是美軍的話，傷亡人數將會增加為三到四倍。話說回來，如果日本軍沒介入避難壕的話，會有更多人投降。沒教導大家採用投降的方法，是最大的不幸。」

他們的意思是，那場戰爭的受害者當中，有一半的人原本大可不必喪命，卻因為日本的緣故而殞命。日本兵在世界上各個戰場遭到虐殺的事實，透過日本兵或有從軍經驗的人四處吹噓，而對群眾心理產生影響，其實美國才是救世主。這時小松朝歐文咬耳朵，歐文這才開口道：「這話題太敏感了點。因為他的父母就是那場戰爭的受害者。」展現他對御城的顧慮。金門俱樂部的會員對自己的失禮致歉，馬上轉移到其他無傷大雅的話題上。

這下真的毫無食欲了。

的確，當時對御城的父母灌輸自裁觀念的人，是日本軍。

自從經歷那場戰火後，美國花了不到十五年的時間，就讓這座島重新又活了過來。對御城來說，美軍是他在搶奪戰果時的假想敵，而加入馬歇爾機構後，則成了他該拘逮的對象。但是對金門俱樂部來說就不同了。若問他們，島上的英雄是誰，他們肯定會回答說是歐文．馬歇爾或是保羅．W．卡拉威這樣的美國官員或領導者的名字。

雖展現強權，卻又希望友好相處。始終都不以對等的眼光看待島民，卻又以先進的智慧和執行力為島上的社會帶來變革。美國人比日本人更貼近這塊土地，解放飢餓及貧困的桎梏，以堪稱是救世主的指導力喚醒島上的發展。御城心想，也許金門俱樂部說得沒錯。這島上的英雄或許是身為良善鄰居的美國人。

「不過，我們實在見識過太多了。」御城開口道。「如果沒有基地就不會發生的案件。殺人案、強姦案的被害人。我知道美國人比日本人更貼近我們，也做了許多好事。但地方上的聲音是拒絕促成戰爭的一切，渴望歸還沖繩，不能置若罔聞。」

會員說，這不是一朝一夕就能回答的問題，需要一再討論，這點很重要。原本以為他們全是一群俗不可耐的傢伙，但沒想到金門俱樂部裡頭有不少有內涵的人物。

這次也讓我有了一番不同的思維，不過，到底是誰邀請我來的？他試著詢問這個令他在意的問題。不是比嘉先生嗎？和馬歇爾先生熟識的人是西目先生吧？我一直以為是仲村渠先生呢。就像這樣，沒人知道。這應該是歐文想重新握好「友人」的韁繩所安排的吧。雖然他本人不承認，但也只能這麼想了。

夜色漸深，而且已酒過三巡，原本高談闊論的會員也變得語無倫次，開始三三兩兩離席，這頓晚餐就此結束。因為雷雨仍下個不停，他們建議御城也在此過夜。還說替他安排了一間樓上的客房。早知道是這樣，真希望山子也能同行，不過，以現在她的情況來看，她很可能會一口咬向那些親美派人士的鼻子（金門俱樂部對上回歸協會，可能會展開一場棘手的論戰！）。歐文與小松說他們會在同一棟建築的其他房間過夜，御城在大廳與他們告別後，拿著房間鑰匙走進三樓的客房，但眼前意想不到的光景，令他為之一愣。

房內已有客人。

服務生端來酒菜，就像是續攤設宴一般。裝滿冰塊的銀製容器裡，插著紅酒酒瓶，擺滿了盤裝的冷盤和水果。在兩名女子的服侍下，眼前這位倚著長椅的紳士，臉部籠罩在灰色的煙霧下。

「咦，我聽說這是我的房間呢。」

「是這裡沒錯。我在這裡等你。」

「你是剛才在餐廳裡……」

話說到一半，突然有個像袋子的東西從背後將他罩住。就像腦後挨了一記木槌般，傳來一陣衝擊，御城馬上融入黑暗中。

遠處傳來雷鳴聲。醒來時，他人已坐在椅子上。似乎是罩住他的袋子內側，塗了藥品之類的東西，或者是有其他男人躲在洗手間或衣櫃裡，令他昏厥。他手腳都被戴上附鎖鏈的手銬，固定在椅子的扶手和椅腳處，連要搔癢都沒辦法。

之前出現在餐會上的「煙男」，從正面窺望御城。

他那看起來很昂貴的西裝，還有那取下墨鏡的面容，都沒一絲皺紋。菸味滲進他的皮膚和纖維裡，如同展開狩獵的野獸般，眼神不顯絲毫多餘的動作。他帶領著幾名男子，背對著窗外的暴風雨，向御城說道：

「——我的工作是接受美國民政府的委託，取締思想犯，想問你幾個問題。因為時間有限，所以無法接受你的提問。對於現實中有可能發生的困難，該如何因應處理，我想針對這個問題來談。說到這裡，你聽得懂吧？」

此人似乎不是島上的居民。這麼說來，難道是日本人？煙男此刻流露的眼神宛如精密的天平，想了解自己剛才說的話是否產生他期望的效果，估算著御城此時心中的困惑和恐懼的程度。御城對他說：「你說自己專門對付思想犯，這麼說來，你打算展開類似拷問的偵訊嗎？你該不會是抓錯人了吧？我也是美國民政府的協助者啊。」但煙男就只是頭偏向一旁。

「如果不能提問的話，拜託你幫忙總可以吧？在你說話前，可以先把香菸熄掉嗎？煙熏得我好難受。還有那幾名女子，應該是你說要請她們吃大餐因而上鉤的女服務生吧，她們的神情顯得很尷尬，就放她們走吧。」

那些女服務生可能是被下令不准說話，個個都低頭不語，煙男轉頭望向她們，一臉無趣地說道：「尷尬？沒這回事吧。」然後緩緩一把抓起盤子裡的水果，朝其中一名女服務生的臉上一陣擰扭，就像要揉進她皮膚裡似的。

這異常的舉動，令御城大為吃驚。水果被整個揉爛在臉上的女子，因屈辱而表情扭曲，但依舊沒敢說話，任憑男子處置。

「一點都不尷尬吧？妳很享受對吧？」

煙男眼中浮現喜色，接著抓起一把冰塊，塞進另一名害怕不已的女子乳溝裡，女子嚇得跳了起來，煙男按住她的肩頭，拿起叼在嘴裡的香菸，把菸頭抵向那滿是冰塊的胸前擰熄。滋的一聲，傳來皮膚燒焦的聲響，女子耐不住痛，慘叫一聲。雖然有冰塊冷卻，但燙傷還是避免不了。

「哈哈哈，你們琉球人就是喜歡在宴會上盡情放縱。」

「你少這樣挖苦我。如果我說錯話，我向你道歉，別再胡來了。」

「咦，為什麼是你道歉？該道歉的人是我們才對吧。要我代表日本人在此謝罪也行。對不起，硬把基地塞到這座島上。讓婦孺成為美軍槍桿下的犧牲者，對不起。喏，我向你磕頭！」

煙男當場蹲下，額頭抵向地毯。他明明沒喝醉，卻突然下跪？這種瘋狂的舉動是怎麼回事？煙男挺起身，望著被帶往洗手間的女子，伸手理了理頭髮，重新點了根菸。

「話說回來，邀請你來港景俱樂部，一起共享晚餐，也是為了聊表謝意。」

他確實是這麼說。難道是他邀請我來的？這麼說來，今晚的招待，是引御城前來的陷阱？

「不過，樂子已經結束了。我想問你的是在金門俱樂部的酒宴上談到，與卡拉威高級專員有關的事。關於暗殺卡拉威計畫，你知道重要的內容吧？」

這完全意想不到的提問，令御城大感意外。

「暗殺卡拉威？這是怎麼回事？」

「你要是不老實回答，這座島上將會引發一場大動亂。還有，我要提醒你一點，你們警察的偵訊規則，不適用於這裡。因為我必須守護的不是良心，而是治安。」

濡溼的夜空頻頻眨眼。豆大的雨滴打向窗戶。和這位煙男對峙，令人腋下直冒冷汗，心臟硬邦邦的跳動聲，在耳內無比響亮。取締反美、反基地運動，打壓革新派的政治家，拿對抗美國民政府的人來祭旗，這就是「專門對付思想犯」的諜報員所做的工作，不知為何，他竟將御城認定為有重大嫌疑的當事人。煙男對他說，關於你的事，我幾乎全都知道。包括你當戰果撈客的過去、服刑的事，以及找尋摯友的事，我全都知道。

「我已蒐集了情報。昔日的戰果撈客人馬，與在監獄裡組成的集團，正合謀展開暗殺計畫。那霸派的首領又吉世喜。武鬥派的民族主義者平良。還有你的伙伴零。這三名主要人物的其中一人已被逮捕，其他兩人似乎是躲起來了。一直為了同夥蒐集情報的你，應該知道他們躲在哪裡，以及誰是真正的主謀。就是你們稱之為阿恩的男人，沒錯吧？」

阿恩。

煙男確實是這麼說。

御城的思緒完全跟上不他講的內容。為什麼這時候會提到這個名字？

「你說零他們計畫要暗殺？連我都是他們的同夥？」

「歐文．馬歇爾特別提拔的你，表面上佯裝是美軍司令部的協助者，但同時又像雙面諜一樣打探機密，沒錯吧？」

「我一直都沒和那傢伙見面。你要找藉口栽贓，也該適可而止吧。」

「如果是這樣，你為什麼想查探基地的紀錄？」

連這種事都被他給看穿了嗎？除了御城外，知道這件事的就只有一個人。雖然小松提醒過他，要是被負責思想犯的諜報員盯上可就危險了，但莫非小松與這件事有關？御城誤踩虎尾了嗎？

「你們在潛伏於島上的那個男人的指示下，密謀暗殺高級專員，想要顛覆體制。身為戰果撈客，素以勇猛自豪的那個男人，現在依舊健在，成為在這座島的地下勢力中竄起的反體制組織首領，是這樣沒錯吧？」

「……關於阿恩的事，你是不是知道些什麼？」

「看來你還是沒搞懂。本以為你會比較上道的。」

煙男從鼻孔噴出白煙，一副很不耐煩的模樣。

「提問的人是我，不是你。」

一切都混亂不明。連下不止的雨，搖撼建築的雷鳴。煙男命部下將屋內的家具全靠向牆邊，在御城面前清出一個空間。看來是要開始採用他拿手的審問手段了。一股寒氣緊黏著脖子，喉中湧起一股不祥的臭味。那是御城體內已有某個東西開始腐敗的氣味。

「我再說一遍，我在這裡不會站在守護良心或人權的立場。為了得到我需要的回答，我將不擇手段。那麼，你就放輕鬆吧。」

接下來要進行拷問了，你就放輕鬆吧。聽他這番話，就像是什麼古怪癖好下的哀悼般。接下來要在這個房間裡度過的時間，我能在保持自我意識的狀況下說話和思考嗎？能保住手指或牙齒，全身而退嗎？他已有自覺，這次肯定下場淒慘，臉上浮現哭笑難分的表情。

御城與煙男的相遇，就算講得保守一點，也是他人生中最像噩夢的經歷。一開始剃刀刺進他皮膚裡時，他便預感這會一直持續下去，在劇痛和暈眩下，強烈的懊悔向他襲來。

煙男完全不弄髒自己的手，交由部下去折磨御城。兩人一組輪流的日本人部下，基於經驗法則，似乎很明白該怎樣輕重拿捏，該保留怎樣的間隔，如何用溫柔的言語來支配對手。這些精心安排的拷問都極具效果，只要遇上這些男人，任誰都會主動供出家人或同伴的祕密。

「你也是金門俱樂部的相關人員？」趁還有辦法招架時，御城開起了玩笑：「不是從日本的肛門排出的一坨屎嗎？」

「不愧是警察。還這麼有精神。」很不幸，挑釁對煙男不管用。「像這樣繼續說話很好。因為當你從口吐惡言改為苦苦哀求時，你的舌頭才不會僵硬。」

御城被劃破皮膚，毆打腎臟上方的部位，堵住他的氣管。全身就像潤滑油耗盡的機械般發出悲鳴。有種身上的肉遭啃食，鮮血遭人吸取的感覺。頭顱裡的大腦像熱氣球一樣膨脹，幾欲與身體分離飄飛。儘管他難以承受，放聲大喊，但煙男就當是在欣賞他不感興趣的民謠般。

「你的思想如何，不是問題所在。」像煙一般的聲音飄來。「我重視的問題，是你的行動。你已建構了怎樣的地位和人脈。你的同伴人在哪裡？」

就說我不知道啊！每次煙男靠近，御城總期待他能一時興起，大發慈悲，但這單方面的提問卻只是一味的持續。

「阿恩在哪裡？」

御城也曾想過要隨口胡謅，但到時候一定會被痛毆一頓，打到連下巴都動不了。他們打算就這樣拷問整晚嗎？明天，還有後天，我都不能走出這個房間嗎？窗外雷雨交加，他漸漸覺得，自己再也見不到天亮和放晴。御城誤闖的這個世界，時間沒流向某個方向，而是就此停滯，風雨未曾停歇，那些善良的人全都沉睡不醒。

「我問你阿恩人在哪兒。他潛伏在島上的某處對吧？」

我真的不知道。就是因為不知道，才會想查探美軍的機密。你們為什麼就是不相信呢？

「我很習慣打持久戰。你什麼都不說，是不可能回去的。」

這些傢伙身為諜報員，該不會全是一群飯桶吧？令島上的民運人士聞之色變的這群鷹犬，其實根本就毫無能力吧？御城很想做這樣的猜測。他們不知道我對此一無所悉。簡言之，他們根本就調查得不夠仔細。他們簡直就是不會分辨是非的魯莽狂犬，只會把有嫌疑的人全都綁來，毫不節制地在人面前齜牙裂嘴。

歐文應該也在這棟建築裡的某處。小松呢？也許他就在隔壁房間豎耳細聽。當御城想看基地紀錄的事一被他得知，可怕的思想犯諜報員馬上找上門。也許那個日本人另有圖謀，才會假裝和御城親近，而將他丟進這個不講道理的野獸巢穴中。

「也暖身得差不多了，你有沒有什麼要說的？你那些同夥的所在地、襲擊用的手段、動手的日期，要講什麼都行。」

御城沒回答，對方果真就像之前宣告的，展開慘烈的折磨。明明人在屋內，卻降下流星雨，響起令全身寒毛直豎的咆哮聲。那是御城自己的吶喊。被成千上百的妖魔咬破肚場，刮起幾欲將山頂掀飛的絕望強風。御城的意識不時飛向遠方，到不存在於這世上的黑暗大陸展開旅程。

十　英雄的弟弟、波捷、如果有比這裡更昏暗的場所

零在海上任憑狂濤擺弄。

之前靠岸奄美時，應該等暴風雨過後再開航才對。

雖然相信船員觀測海潮的眼光，但眼前的天候驟變，讓所有的天候觀測都失準。

渡海者被這場狂風暴雨玩弄於股掌。劇烈地上下起伏，大浪不斷打來，船板破裂，開始浸水。橫向打來的雨緊咬著鬢角和脖子，足足有五公尺高的大浪將船底整個抬起。

「得平息大海的怒火才行。我們抽籤把人丟進海裡吧！」

你閉嘴——船員朝他咆哮。在暴風和大浪下，零緊抱著帆桅，感受著一股很想光著身子，在船頭大叫的異樣興奮感。

「不能到附近的島上避難嗎？」又吉扯開嗓門喊道：「再這樣下去，這艘船撐不住啊。」

「看不到島嶼。」船長回答：「我們被大浪沖走，偏離航道。」

「既然這樣，就只能靠你們來掌舵了。」

「在暴風雨中，微速前進是基本原則，還是你要下錨？不過在這種大風大浪下，船身會愈來愈傾

斜。」

「就前進吧，乘機械艙還沒故障。」

風撕裂著風，每一道浪都像尖峰一樣聳立，就像處在瀑布底端般，海水不斷覆蓋而來。這海景看起來就像達到攝氏一百度沸騰，但灑落的浪花卻像零下的溫度冰凍。金屬桶和漁網都從甲板上被丟落海中，船員為了不讓船沉沒，非得丟棄載貨不可。

「靠你了。」又吉說。「當初你當戰果撈客時，就算遭遇危險的難關，還是能平安生還，聽說全因為你是幸運之星。的確，要不是有你，我根本無法逃離遭胡差派圍毆的命運。所以這艘船也不會沉沒。」

船身被推上大浪的頂點，海面出現在視野底下。形同墜落般的落水後，船頭直接插進海中。機械艙能靠幫浦排水，但位置比甲板低的船艙則危險了。當他們連腰部都浸入海水中，努力用水桶往外倒水時，突然碰的一聲，船艙門關上了，怎麼也打不開。

因橫浪打來，金屬桶滾動，嵌進了階梯裡，將船艙門堵死。放我出去，放我出去！眾船員放聲大喊，死命地敲打著牆壁。海水已漲至胸部的高度，離天花板只約莫兩公尺的距離，上面漂浮著某人的嘔吐物。零怎麼也不想溺死在這種帶有嘔吐物的鹹水浴缸裡。

又吉揮動手斧破門，海水隨即大量流出。零將身子擠進裂縫中，跳過堵住艙門的金屬桶，他的腳沒踩在甲板上。傾斜的船又迎來一陣大浪，在宛如遭受鯨魚衝撞般的強烈衝擊下，整個人被拋進汪洋中。

先是短暫的飄浮感，緊接著下個瞬間，他一口氣被壓進海中。

他身上的所有孔洞，包括口鼻，全都遭大海強姦，愈掙扎，愈是喝了好幾口水。

啊，可惡，哪裡幸運了。獻給大海的供品竟然是我——

愈是掙扎，愈是深陷浪潮間。短短時間裡，零的肺部已積滿海水。波濤洶湧的汪洋發出震天價響的咆哮。

此時襲向零他們一行人的，是日後被命名為南施（第二室戶颱風）的超級強烈颱風。暴風圈最大瞬間風速高達七十五公尺，一開始是熱帶低氣壓，之後隨著北上而突然成長為「凶婆娘」。就連美軍基地也不敢讓飛機起飛的這個超級強烈颱風，在各地帶來莫大的災情。島上沿岸有許多民宅被沖走，車輛被吹跑，翻倒在田地裡，三十多艘船觸礁、翻覆、沉沒。不管是陸地還是海上都盡情肆虐的南施，在她放蕩的行進軌跡上，留下翻覆的船隻和車輛、泡水的瓦礫、眾多的死傷者和下落不明者。

黑暗的大海騷動不安。喝了大量海水的零，在溺水的同時逐漸失去意識，沉向狂亂的海中，這時，從船上甲板拋出的漁網纏住他的一隻腳。好在腳勾住了網眼，船員才得以馬上將他拉回船上（好久沒這樣了，南施颱風下的幸運！）。

「哈哈，傳說果然是真的。」

差點被大海吞沒的零，他的生還令船員大為振奮。船長頑強地握緊舵盤，為了不讓燒紅的引擎冷卻，持續駕船前進。排水量不到十公噸的這艘船，在這場暴風下還能行駛，就已算是很幸運了。

當視野微微變開闊時，前方出現了島嶼。

那座島宛如一座聳立海中的奇岩，白浪在陡峭的岸壁激起浪花。

許多海鳥鎖定被暴風打上岸的魚內臟，在岩壁的高處盤旋。

因為漲潮而看不見岩礁，正準備靠岸時，前方的船身觸礁。

眾船員急忙跳入海中，以鐵皮釘在船底的裂縫處，纏上空的金屬罐，讓船身浮起。他們繞著外嶼外圍，找尋有可能停靠的峭壁縫隙。應急修復的船底發出悲鳴聲，但還是沒減弱速度，龍骨[19]一邊出現裂痕，一邊勉強划向面朝陸地的岩地。

「這裡是惡石島。」船長說。

從航海圖來看，確實是這座島沒錯。

最適合通緝犯藏匿的島嶼。標高約五百公尺的暗灰色山岳聳立，琉球矢竹生長茂密，一路長向岸壁，露兜樹和椰子科的檳榔，其深綠色和紫色的纖細圖案鮮明地浮現。這裡似乎有個村落，住了數十戶人家，但看不到碼頭和棧橋，從海岸這裡也看不到建築。怎麼看也不像是貿易的中途港，就算曾有這麼一段時代，但也沒留下任何昔日的痕跡，只是一座在大海的角落被人遺忘的孤島。

留下船員在原地修理船隻，零和又吉離開海岸。從斷岸的夾縫處往上爬，在長滿琉球矢竹的林道上遇見一位正在宰殺海龜的老爺爺。放置在路上的調理臺上擺著海龜的內臟，聚集了許多螞蟻和蒼蠅。老爺爺穿著一件嚴重磨損，宛如毛毯的破衣，坐在一張圓椅上。

「你好，請問村落在哪裡？」

又吉向他喚道，老爺爺抬起頭，從破衣裡伸出手指，搔抓著臉頰。以含糊的聲音回答，但聽不懂他說了些什麼。可能是吐噶喇的方言吧，聽起來像是一些沒意義的聲音羅列在一起。

「這座島以前會堆放貿易的貨物。現在船都不會靠岸了嗎？」

老爺爺臉上泛起慵懶的微笑。嵌在他眼窩裡，宛如彈珠般的眼球，也沒看零他們，裡頭是一片巨大的空洞。這老頭子沒救了，我看他是痴呆了。零不屑地說道，快步離開林道。

穿過竹林後，坡道變得和緩。堆放在野外的木箱、五加侖桶、運貨的道具，全長滿青苔。因暴風雨而變得溼答答的泥巴地上留有人的足印。走上斜坡後，可以望見眼下零星的茅草屋頂。

兩名光頭青年正忙著修補因強風而剝落的家中牆壁。老年人和女人四處撿拾垃圾和木頭，整個村落都在為颱風善後。一見到從林道中走下的零他們，眾人皆瞪大眼睛，一臉驚愕。

一九五二年，美國歸還的吐噶喇列島，原本屬於九州南部的文化圈，不論是在語言還是在生物相

19　船身最重要的承重結構。

方面，它都與沖繩本島隔著一條分布交界線，有其獨特的地方風俗。那是不同於零所熟悉的風土，這裡的人過著離島生活。

「沒想到你們能在那樣的暴風下渡海前來，那可是連魚都游不動的強風啊。如果是要人帶你們參觀島上，不管再多次都沒問題，請慢慢逛。」

在惡石島上土生土長的多喜兄弟，以火耕和牧牛養育六名姊妹。在父母和祖父母過世前，他們都在九州工作，所以才說得一口零他們都聽得懂的流利日語。

的確，以前惡石島是連接沖繩群島和日本的貿易中途港。但這種情形只到多喜兄弟父母那一代便結束，那是五〇年代前半的事。這座島原本人口就少，而且說得出當時情況的人，不是已經過世，就是都搬往日本，不清楚與那國的走私集團是否在此出入。

「這座島從以前就很貧困，我們小時候甚至還保有到日本或沖繩當學徒的習慣。」

「童工是吧，也會到那霸和絲滿來。」

又吉在一旁插話。多喜兄弟一同點頭說道：

「觀光客也很少會來這裡。也沒成為大型貿易集團的據點。」

「我們不清楚。沒辦法回答你的問題。」

「你可以向島上的老年人詢問沒關係。」

長有茂密黑色腋毛的姊妹們，在哥哥們的吩咐下照顧零他們的起居。他們請村民出借可以過夜的空屋，這天先和船員們休息一晚，隔天開始依序拜訪村內的長者。不管走到哪兒，全是老年人，隱沒在深邃皺紋下的眼睛，靜靜凝視著零他們。他們口中說出的話，與多喜兄弟說的內容沒多大差別。老人家都說，他們聽過這樣的傳聞，不過，走私集團「久部良」與他們島上的關係，始終都是空穴來風。

「這島上的居民隱瞞著些什麼。」

兩人感覺到離島特有的一種封閉的連帶關係。不論是在島上散步，還是泡在帶有鐵鏽味的溫泉裡，那六名姊妹中總會有一人豎耳細聽零他們的談話。等到深夜時分，這些負責監視的姊妹離開，零爬出被窩與又吉討論。又吉說，如果久部良真的以這裡當據點，應該會在島上某個地方留下痕跡才對，就算島民不想說，我們只要自己找出來就行了。

「我們可是拚了命渡海來到這裡，但他們卻老是裝蒜，看了就火大。光是搭船的這趟旅程，就已經很欠缺女人的滋潤了，現在又遇上這種情況。」

「在這麼冷清的島上，你也一樣發情嗎？」

「我今晚正準備和那些長滿腋毛的女孩們偷情呢。」

「你這傢伙真教人傻眼，打算用寢技問出實情嗎？」

「那是另一件事，我自然會運用我的魅力。不過，我的寶貝現在硬邦邦的，就算遭貓咬也一點都不礙事。」

「先不管這個，我有個比這更有趣的計畫。」

又吉就像朝湖面垂線釣魚似的，說出他之前搭船出海時提過的那項與平良等人一起推動的「大計畫」。平時感覺他這個人總是將自己獨特的想法隱藏在陰影重重的行徑下，而此時像這樣與零面對面，主動說出自己隱藏的真正用意，或許還是第一次。

「我們的狩獵美國大兵行動，現在『獵殺大獵物』的時機已逐漸成熟。之前一直都是從軍方司令官等級的要人當中鎖定目標，不過我們最後決定，要以暗殺高級專員來做完美的收尾。」

「嚇，卡拉威是嗎？這可是大人物呢。」

「零，你是在笑這個計畫不可能實現嗎？」

「當然笑啊，這件事超好笑，而且又能讓人振奮精神，不是嗎？只因為我是胡差人，明明有個這麼有趣的計畫，卻將我摒除在外嗎？」

又吉不惜自掏腰包，很謹慎地推動這項計畫。只讓少數的精銳加入這項計畫（由平良和又吉挑選出身心都很強韌的愛鄉人士、信念堅定的民運人士，以及為了首領不惜犧牲性命的忠臣），讓他們監視外出時的卡拉威，並收買常在軍方司令部進出的作業員、港景俱樂部的領班（為了防止他們背叛，會先抓住對方把柄，暗示對方家人會有危險，藉此取得保證，手段卑劣！），大致掌握卡拉威跑公務的行程與行動範圍。目前正在探尋成功率高的執行計畫，以及正式執行的日子。又吉說，這不像回歸協會一樣倚賴日本，純粹是對外族統治的抵抗運動。

「偏偏這時候胡差派跑來攪局。但這場火併也能成為一種障眼法。我們準備盡可能提前執行。美國民政府萬萬也想不到，之前一直忙著互相搶食的地方土狗，竟然會向他們齜牙相向。」

「你們畢生的職志終於要算總帳啦。就平良先生來說，他終於能將島上清理乾淨，心無罣礙地捨下故鄉。」

「計畫的核心人物是平良先生。他是個不折不扣的鬥士，他一直很希望你能參加。還有，關於你大哥……」

「哦，我大哥？為什麼會提到我大哥？」

「我們的同胞之間流傳，說這起計畫的幕後藏鏡人是你大哥。雖然還沒確認消息是從哪裡傳出，但所有人都明白它是一場重要的勝負。這麼重要的計畫，你怎麼有理由不參加呢。」

因為在準備和美國開戰的重要時刻，你大哥的威信能成為活化劑，也能當驅魔的護身符。又吉如此說道，臉上泛起宛如暗藏匕首般的笑意。

「當我聽說在這座島上或許能掌握他的行蹤時，我心裡想，這是命運的引導。我一直想問問看這位最棒的戰果撈客會如何評價這項計畫。因為這一路走來，我都相信他也會有共鳴。」

「你們鎖定的『戰果』，是美國老大的命嗎？」

「沒錯。總之，現在我想和平良先生聯絡，但因為暴風雨的緣故，與沖繩聯絡不通。而船又殘破不堪，無法使用。但這也是老天的安排，現在就只能徹底陪你追查你大哥的蹤跡了。」

又吉說，歸航時要多帶一個人回去，這件事我也還沒放棄。那個男人就像沖繩的靈魂，如果能帶他回去，將會是獻給我們的計畫最棒的伴手禮。這趟惡石島之行，還不見得是白走一遭——又吉仍相信零的大哥還活在世上。零就像走在黑暗中，聽到並肩而行的同伴傳來的腳步聲一樣，心中備感安心。

啊，沒錯，如果拚了命渡海前來，實在沒臉空手而回。我什麼都願意做，零如此立誓。只要能帶大哥回去的話——

當島上來到黃昏時分，水平線前方就會升起一道黑影，猶如蓋上廣大的暗幕般，四方的風景也隨之轉暗。黃昏延續的時間雖然都不一樣，但大部分的日子裡，都會在斷崖邊留下微光，濃濃的暗夜瀰漫在群樹的夾縫間。

在地面上時趴時躺的零，讓陸地與海洋的呼吸聲與自己的血流波動同步。或許也已深深滲入大哥體內的島上鼓動，喚醒零體內純粹的野性。

雖然偷偷摸摸不合他的個性，但又吉說服他，最好避免無謂的衝突。他們白天釣魚，假裝在溫泉地療養，等到村落夜深人靜時起身行動，到白天時鎖定的地點散步。甚至到聳立於島上西北邊的山岳地帶爬山。藉著手電筒的亮光，走在斷崖邊，撥開成群的琉球矢竹前行。山脊到處都是茂密的灌木和雜草，在竹林中前進削弱他們的體力。凹凸不平的地面，不時會看到彷彿用開山刀砍出的龜裂痕跡。從裂縫處傳出隆隆水聲。這裡沒有救生索。為了不落入島上自己形成的陷阱中，他們耗費了不少精神和體力。

隨著標高一路上升，霧氣漸濃，氣溫也驟減許多。零將藏青色的夾克拉鍊拉到最頂端。來到山頂旁時，在露兜樹和檳榔樹叢生的開闊斜坡處，發現一間像製炭小屋的屋子。

這裡沒有風吹。腐朽的荒屋四周空氣淤積不流通。乾稻草任憑風吹雨淋，擱置一旁的薪柴長滿青苔。人去樓空的小屋裡，瀰漫著有好一陣子沒人目睹過的濃重黑暗。

沉默重重壓向他們。屋內堆放了損壞的捕魚用具和舊道具，可能是來自村落裡的垃圾吧。油燈的燈罩殘骸、破損的蓑衣和草蓆、醫藥用品的空瓶、褪色的女人草鞋、會發出響聲的兒童鞋。正當他左看右瞧時，又吉在小屋外叫喚。

「這裡好像有茅坑。」

因溼氣而膨脹的木板仍留在坑洞底端，周遭雜草叢生。用合板做成的牆壁和地板，在原地留下撤除後的痕跡。為了體驗曾在這座小屋裡生活的某人的感受，零脫下長褲，讓積蓄在膀胱裡的尿液畫出一道拋物線，將黑色的汙漬滲進坑洞底端。

「如果是住在這種地方的話……」又吉開口道。「應該是刻意避人耳目的那種人，例如不能送去當童工的私生子，或是有惡疾在身的人……」

「哦，那不就是山上的牢房？」

「在離島這種封閉的環境，這不算是什麼稀罕的事。」

「如果是這樣，原本住這裡的人去哪兒了？」

感覺好像接觸了這座島上的黑暗面。有隻鳥在蕨樹叢裡鳴叫。零尿完後，把尿甩乾，正準備將長褲拉上腰間時——

隨著一陣激烈的振翅聲，野鳥驚慌地飛上空中。

背後傳來一聲怪叫。

還沒來得及轉頭，後腦便遭到一陣強烈衝擊。

零嗅聞著揚起的塵煙和尿味，失去了意識。待他醒來時，已手腳受縛，在走下山岳的獸徑上被拖著走。

在凹凸不平的地面摩擦下，他的背後就像火燒般，又辣又痛。

頭部流下的血，在雜草的夾縫間留下鮮紅的虛線。

還有另一個拖行的聲音。又吉似乎同樣遭遇偷襲。是誰下的手？從貼近地面的視線，看不見拖著他們走的這群人全貌。來路不明的襲擊者，晃動著局部的輪廓。在像是捷徑的小路上被拖行了約數十分鐘之久，抵達岸壁上方，走下斷崖時，對方把他們當貨物一樣扛了起來。襲擊者將生擒的獵物帶往西邊海濱。

「終於出來了，你們是久部良的人。」零高聲喊道。「這是什麼打扮！故鄉的民族服裝嗎？」

藏匿的走私集團餘黨，可說是零的宿敵，此刻終於現身了。他們肯定是得知零他們查探過去的動向，決定先下手為強。岸邊湧現許多夜光藻，那朦朧的藍白色亮光，顯現出隱身暗夜的襲擊者全貌。那怪異的模樣，令零為之瞠目。那大大的臉龐，超出身長的一半。好幾個宛如亞熱帶的幻想化為實體的怪異樣貌，出現在他面前。

他們戴著巨大的面具，上頭有紅色眼球、紅色嘴脣、好幾道黑色與褐色的直條紋。頭部有像大杓子般的東西，成束往後彎曲。

眼和口微微發出磷光，只要一動，就會形成殘影。

這是什麼裝扮？穿著檳榔葉蓑衣，手和腳踝都纏著棕櫚皮。猶如原始的噩夢現身般，造型瘋狂的怪物，一、二、三，一共有三個。他們周遭則有許多人戴著塗滿黑泥巴的面具，來回走動。

「我曾經聽說過。那三個人是吐噶喇的假面神，波捷。」

傳來又吉的聲音。他似乎沒被敲碎腦袋。

「波捷？」

這些傢伙是神？不是惡靈嗎？

動著身軀的波捷飄來一股怪味，活像是腐爛的植物和畜舍的大雜燴。

零從沒聞過這種氣味，那也許是不該嗅聞的死靈世界特有的氣味。

岸邊漂著一艘木製的小船。打算就這樣讓我們流放外島嗎？那戴著泥巴面具，像是波捷手下的人，開始準備送小船離岸。波捷他們在面具底下發出低吼聲，俯視著零。

這不可能是真正的神明，這些傢伙是久部良那班人。零與又吉四目交接，提議要殺了這些人，又吉也暗自同意他的提議。雖然現在手腳都無法行動，但又吉的眼神告訴零，會有辦法的。

正當他們被人扛起，準備放到船上流放時，又吉在手腳受縛的狀態下搖晃全身。從戴著泥面具的人肩上掉落後，他咬向身旁一人的脖子。因為一路被拖行，零雙腳的束縛也出現了縫隙。他揮動雙腳，鬆開束縛，接著猛力一躍，使勁咬向波捷的手腕。

就像鬥狗場的狗一樣，只靠下巴和牙齒來扭轉情勢！琉球空手道的高手，光是靠身體往後仰，就能避開揮來的鋤頭和鐵鍬。這些傢伙打錯算盤了。這場儀式的活祭品，他們挑錯了對象。

「既然受你們這等款待，不回禮怎麼行呢！」

零也順著激昂的情緒大鬧起來，但因為雙手受縛，不能像平時一樣大打出手。他沒能像又吉那樣，側頭便挨了一拳。他一邊攪亂敵方的人群，一邊奔向岩地時，遇上第三者，憨傻地叫了一聲。

「咦，你在做什麼？」

是之前宰殺海龜的那位老爺爺。他張著缺牙的嘴巴，痴呆的眼神游移不定。也不知道這位老爺爺在想什麼，他用生鏽的鐮刀刀鋒切斷束縛零手腕的繩索。零從岩地衝出時，順便借走那把鐮刀。

隨後返回亂鬥中的零，花了幾十秒的時間解開又吉的束縛，接著花不到幾分鐘的時間，就用他獲得解放的正拳和貫手[20]劈開波捷的面具。

泛青的晨光，逐漸染向惡石島的海岸。

又吉推測，那位海龜爺爺也許是村裡的麻煩人物。在村落裡從沒遇過這位老爺爺。他的住處似乎在村落外面。也許老爺爺是想藉由幫助外人，來報復島民。

神明當中，有來自當地的土著神，以及渡海而來的來訪神。在盂蘭盆儀式結束時舉行的島上祭典，會供奉來訪神波捷。被摘下巨大面具的波捷，其真面目並非久部良的人。連可怕的祭祀道具都帶了出來，想將外地人處以水葬的，並非久部良的人。

「請原諒我們，如您所見，我們是個貧窮，沒人肯來的小島……」

「為了守護這座島，你們都用這種脅迫的手段嗎？」

「那是我們父母做的事。協助走私集團……要是又被追究此事，而到島上來搜查的話，我們可吃不消，這次一定沒辦法活命。」

村落的居民以及多喜兄弟全都頹然垂首。的確，這座島上的居民大多是從事搬貨的工作，有一段受惠於走私集團的過去。對村落的居民而言，「久部良」是從大海的另一頭帶來恩惠的來訪神。每天都從中國運來食物和衣物，從日本運來日常用品和實用的雜貨，從沖繩運來金屬和燃料，這些東西讓島上的生活變得豐足。但這是在五〇年代中期遭舉發前的光景。對於久部良，有人說他們暗地裡相當活躍，也有人說他們已經被消滅，兩種說法都傳得煞有其事，然而，這座島的港口皆已全毀，這似乎

20　空手道招式之一，用指尖戳擊對手。

才是沒人知道的真相。

某天，美國民政府派遣的監察機關，率領一個美軍小隊前來，浩浩蕩蕩地船隊將整座島團團包圍，打算以登陸艇上岸，封鎖島上的港口。他們又來了！對久部良而言，這是第二次的舉發。第一次被逐出故鄉。如果在這裡又遭人出賣，那可受不了。在檯面下頑強存活下來的久部良，其走私項目也包括了槍械，從此成了不怕死的亡命之徒。他們撂下豪語，說要趕跑美國人，儘管雙方實力相差懸殊，就像漁會對上驅逐艦隊，但他們還是與美軍展開殊死戰。

「只見子彈穿梭交錯，船隻被手榴彈炸毀，甚至還遭受火箭砲攻擊……聽說沒能撐到天亮。走私集團那群人大多丟了性命，剩下的人全部遭到逮捕……」

「惡名昭彰的久部良，也就此落幕了是吧。」

「是的，我們這座島未能躲過追究。」

「島上也有人被逮捕嗎？」

村裡的男人大多被逮捕，幾乎都有去無回。多喜兄弟的父親被押送日本的大牢，被迫服嚴苛的牢役，死在獄中。島上的碼頭和棧橋全部被封鎖，每個家庭都被迫與家人分離。美國民政府的使者向島民威脅說，滅了這座島也是無可奈何的事。還說，他們有權限讓這座島不再屬於日本。如果真是那樣，這裡將不屬於日本領地，也不屬於美國領地，只會成為一座在邊陲之地逐漸滅亡的漂流者之島。

「當時前來交涉的，聽說是日本人，他說判決很快就會下來，說完人就走了。島民不知判決什麼時候才會下來，一直過得戰戰兢兢，完全與走私撇清關係，另謀生計。但現在你們似乎又要來追討上一代留下的債務，所以我們只能拜託你們離去。」

「我們無意質問你們與走私的關係。我們其實是在找尋一名有可能被久部良帶走的同鄉，對方是這個人的大哥。」

「沒錯，我想問的就只有這件事。島上有沒有被強行帶來這裡的沖繩人？」

零大致描述大哥的樣貌，但多喜兄弟聽了都搖頭。以前他們都沒在島上，所以詳細情形無從得知。留在村落裡的老年人，從開始走私的時代起，就已經是老人了，所以不會到搬貨的現場。關鍵的重點明明就在這裡啊！零因心中焦急而咬牙切齒，正準備一把揪住多喜兄弟的衣襟時，一陣刺耳的怪叫聲混在浪潮聲中響起。

那位海龜老爺爺在薄霧瀰漫的岸邊，朝已浮現晨光的水平線吶喊。就像是在抗議這世界又送來一成不變的早晨似的，一陣踉蹌，癱坐在濡溼的沙地上，扭動著身軀，以當地的方言說個不停。

老爺爺那充血的眼睛注視著零。當兩人目光交會時，有種感覺和預感貫穿零的全身。有把火在他胸中搖曳，耳內的心跳聲又響又急，他向多喜兄弟質問：「那位老爺爺在說什麼？」

「請別管那個人。」多喜哥哥說。

「真是可憐，腦袋秀逗了。」多喜弟弟說。

「少囉嗦，我不是問這個。」零一把揪住兩人的前襟。「他是用島上的方言說話對吧，他說了什麼？」

「哦，他說『把女兒還給我』。聽說是遭舉發的那一晚，被捲進槍戰中。之後他就一直是那個瘋癲樣了。」

「這麼說來，那位老爺爺是活證人嘍。」

「算是吧，當時他人在島上，但他沒辦法提供證詞。」

零將兩兄弟拖往人在岸邊的那位老先生跟前。老爺爺持續對著朝他跑來的零喊叫，零要兩兄弟盡可能準確地翻譯出來。

「老爺爺說，你當時在島上對吧。把女兒還給我，把女兒還給我。」

「我當時在島上？」

老爺爺那句話，令零心頭一震。他明白自己心跳加速。又吉也跑到他身邊，露出驚訝的表情，替他說出心裡的想法：「因為你們是兄弟的緣故嗎？難道這位老爺爺把你看作是那個人？」

老爺爺拉高嗓音，呼吸零亂。儘管一再提問，但語無倫次。本以為他會說些什麼，但他卻突然沉默，無法期望他有問有答。老爺爺不時回話，但也像斷線的風箏般，在過去與現在的夾縫間徘徊，會一時衝勢過猛而墜落。零每次都得厲聲大喝，甚至出言懇求。而在零花時間與他對談的過程中，他感覺得出來，老爺爺的記憶突然往過去對焦。

「真的嗎？你女兒在山上的小屋……」

「他說那間小屋怎樣？」

「好像真的有。船隻停靠時，有個人常用鎖鏈鎖住。」多喜兄弟似乎也是第一次聽聞。老爺爺以摩擦枯葉般的嗓音低語，頻頻指著零。「然後在對方離開這座島之前，由老爺爺那位有身體障礙的女兒在小屋裡照顧那名男子。老爺爺說，你也在裡頭。」

「那個被帶來這裡的人，後來怎樣？」

「這個嘛……聽說是被賣掉了，賣到香港或臺灣。」

「原來如此，走私的商品還包含活人是吧。」又吉挑起眉毛。

老爺爺說，與零長得像的那名男子，之前確實住過島上。就是因為那個男人，老爺爺的女兒才會一去不返。

「好像就是這麼回事。那個男人因為某個原因而沒被賣掉。」多喜哥哥說。

「沒被賣掉，一直留在島上協助走私集團。」多喜弟弟說。

「你說我大哥變成多部良的手下？」零就像受到侮辱般，滿臉慍容。

「你冷靜一點，這也是有不得已的苦衷。」又吉插話道：「你大哥是為了活命，才做這樣的選擇。」

「然後呢，然後怎樣？快接著說。」

「他在那間小屋住了幾年，一直到舉發那天。」多喜弟弟說。

「在美軍與走私集團交戰時，他坐上走私集團的船。」多喜哥哥說。

「聽說是在老爺爺的女兒協助下，想要逃出這座島。」多喜的弟弟說。

的確，從中可以感覺到大哥的活力。感受到大哥的飛奔，還有活躍。零又加深了幾分確信。剛才聽聞的，確實是與他分隔兩地的大哥發生的故事。趁著槍戰的紛亂搶奪船隻，這可不是誰都能辦到的事。但他一方面覺得情緒激昂，一方面又有一股來路不明的焦躁痛苦在心中不斷膨脹。

「老爺爺一直嚷著把他女兒還來，到底是發生了什麼事？」

「聽說當時他女兒也坐上那艘搶來的船。」

「不太清楚是不是想一起離開這座島……」

「可是，老爺爺說，在離開前被發現，就此『沉沒』。」

「聽說是美方攻擊那艘船。」

「連戰車都能打翻的火箭砲打中船身，將那艘搶來的船擊沉。老爺爺的女兒也當場葬身海中。那男人也……」

噢——海龜老爺爺發出痛如刀割的慘叫。呆立原地的零不斷搖頭，就像要把老爺爺的號啕給擋回去似的。朝他靠近的老爺爺，手伸進身上的破布裡，動作變大。多喜兄弟接著說道：「老爺爺說他是名漁夫，所以曾潛進船隻殘骸散落的海底。」

「他說，沒留下任何可以放進棺木裡的殘骸……啊，你說什麼？」

「你冷靜一點，慢慢說。什麼？你慢慢地再說一遍。」

「他好像很激動，我們也聽不懂他在講什麼。」

老爺爺在岸邊顯得呼吸急促，那瘦弱的身軀硬往零身上擠。他逕自將骨瘦嶙峋的左手往前伸，遞出他握在手中的東西。一個像繩索般細長的物品從他指間的縫隙垂落。

「他說只撿到這東西。」

老爺爺那顫抖的手掌，五根手指完全張開。

零一拿起那東西，頓時感到自己的心跳聲遠去，胸膛裡的心臟變得像石頭一樣僵硬。這是……？又吉向他詢問，但他無法回答。他驚恐的空白意識出現裂痕，原本勉強保住的理性，像沙堡一樣崩塌。

對零來說，這是不該出現在這裡的東西。一路說下來的證詞最後，不該以這種方式出現在眼前的東西。

歷經多年的歲月，老爺爺一直戴在身上的東西……沒錯，那確實是——

一度曾嵌進零肉裡頭的魚牙，用它做成的項鍊。

在浪潮聲中，死者發出呻吟，呼出氣息。

零仰望那曙光染亮的天空。

叫喊聲卡在他喉嚨深處。他眼瞳裡頭的情感已經乾涸。

他花了九年的時間才找到這裡。

感覺就像是為了知道一個最難以接受的事實，而展開漫長的旅行，一路來到這裡。在這遠離故鄉的小島，他發現了自己唯一親哥哥的遺物。彼此血肉相互呼應的兄弟情誼。零的直覺告訴他，這是真的。

老邁的證人，那像在為海市蜃樓鑲邊的追憶，顯得模糊又不可靠。但他並不想確認此事的真偽。他已沒力氣去那艘船沉沒的海中打撈。零就像是從岸上被硬生生扯下的海藻，被帶離他所依靠的希望、他當作信仰的宿願，從此被沖向外海。這東西出現在這裡，表示就是這麼回事。九年的時間過去，只得到這樣的線索，表示就是這麼一回事。

接下來發生什麼事，他已不記得。又吉頻頻向他搭話，但都沒化為有意義的話語傳進他耳中。零步履蹣跚地走著。他感到一陣暈眩，但他極力不讓自己暈倒。幾小時後，連又吉的制止聲他也沒聽見，就這樣坐上多喜兄弟安排的一艘小漁船。

被自己查出的事實愚擺，在不知如何是好的心情下，他從甲板眺望遠方的水平線。留在這座島上已沒用處，他忘了自己來這裡的另一個目的，是為了躲避那場火併而藏身，就此踏上歸途，回到他大哥理應該返回的故鄉。

當初在出航時，在港口託人傳的話，成了驅策零前進的動力。

我得告訴她這件事才行。最後查出的真相，不知道該怎樣轉告她才好。

儘管如此，這時候他能倚靠的，就只有對故鄉的思慕。

在這條航道的前方，浮現一張與他約定好的臉龐——

抵達宜野灣的棧橋後，他開始徒步找尋他非見不可的那個女人。

與他擦身而過的人投射來的視線，感覺無比冰冷。故鄉的風景映照出他不習慣的畫面。

只有你一個人回來嗎？彷彿遭受所有島民的責難。

他四處拜訪胡差的朋友，也順道去了那霸的當鋪。雖然一樣不受歡迎，但寺須說出的話，令零大為吃驚。

「我這裡可真是賓客駱驛不絕呢。昨晚平良先生在這裡現身，說他之前都住在美國民政府裡頭。好像受到那些狩獵思想犯的傢伙熱情的款待。平良先生說『計畫走漏風聲了』。」

平良遭到囚禁。這個男人果然不簡單，似乎是從囚禁他的荒屋自行逃脫，但他與又吉的計畫走漏風聲，這可是件大事。平良似乎還沒放棄要執行計畫，想和暫時逃到離島避難的又吉聯絡。卡拉威暗殺計畫也來到迫在眉睫的局面。但此時零心中的燃眉之急，並不是與藏身島上的平良見面。

沉重的太陽已沉入地平線，天空的明月坐鎮在巨大的光環裡。回歸協會租借那霸的市民會館召開集會，在不下三千人的擁擠人群中，始終沒能看見山子的身影。那位瀨長龜次郎似乎又站上了講臺。地上撿的傳單上寫著「地方的英雄來了！」，煽動的文句躍然紙上。

零想起獄中的抗爭。當時零相信大哥平安無事，絲毫未曾懷疑。現在他已不是以前那個阿龜了，零拿起傳單用力擤鼻涕，然後攔住一名負責接待的回歸協會職員，要對方去叫山子來。

他在大廳等候，這時，那名職員返回，不是帶他到後臺，也不是到休息室，而是到建築後方。一處垃圾桶和排水管裸露在外的小巷弄。要我在這種地方等嗎？島上有力人士群聚的活動場合，不希望有流氓在這裡四處走動是嗎！

從通行門走出的山子，難掩心中的困惑，看起來一點都不開心。這更激起零心中的不悅。我是不速之客是吧，我今天是來通報重要的消息，遠比這種集會重要多了！

「零，你突然跑來，嚇了我一大跳。」

身為工作人員，山子似乎相當忙碌，她頭髮盤起，沒攏好的短髮緊貼在肌膚上。在短袖女性襯衫下緊繃的胸部，使得鈕釦四周呈現放射狀的皺紋，那單薄的布料透出裡頭胸罩的花紋。即使是樸素的服裝，依舊難掩其好身材。眼前是島上的第一美女。每次開會討論，只要與她那美麗的眼眸對上，同協會裡的男人想必都會心神不定吧。

「我請人傳話給妳，妳聽說了嗎？」

「嗯，宇太來過。說你要渡海去某座島，你回來啦。」

「剛回來。」

「事情全擠在一塊……零，發生什麼事了？」

山子的睫毛顫抖。她的嘴唇微微發白。零緊握口袋裡的魚牙。他很想將一臉不安的山子緊擁入懷。零想像緊擁她的觸感。仔細地想像那編織出她肢體的海岸線、宛如吞食了夕陽般的體溫、溫暖又濡溼的乳溝。山子應該很暖和吧，山子應該很溼潤吧。山子應該很大吧。山子應該很小吧。她一定全部都是。山子是零能活下去的唯一場所。是他唯一的故鄉。零在心中暗自哭泣，他勃起了。彷彿海綿體因淚水而充血一般。

「關於阿恩，你是不是知道了什麼？」

就像緊抓著眼前的重要之物不放似的，零的老二硬挺到發疼。就算沒拖拖拉拉地費脣舌說明，只要出示他帶回來的東西，山子應該就會明白是怎麼回事。正當零深吸一口氣，準備從口袋裡掏出手來時——

「山子，妳說他來啦？」

從通行門衝出一名男子。零看到對方的臉，大吃一驚。

「啊，為什麼你在這兒？」

「好久不見了，零。」

瀨長龜次郎在這裡，這位老師也在，今晚這場集會是當時的監獄受刑人同樂會嗎？睽違多年後再次見面的，是傳授零智慧的恩人，同時也是讓獄內抗爭半途而廢的告密者。這不是會讓零對重逢感到喜悅的對象，更何況此刻他只是個礙事者，零只希望他滾一邊去。

「國吉先生前不久開始和我們一起推展活動。」山子也一副和他很熟的模樣。

「回歸協會嗎？這麼說來，那傢伙也在嘍？」

「哦，城哥原本也說他會來。」

「御城沒來是吧。」

「他琉球警察的工作好像很忙碌。」

「你好像加入胡差派對吧。」國吉對零說：「最近好像鬥得很凶，你不會有事吧。」

「如你所見，我完好無缺。不過不好意思，我現在有要事要忙。」

「你現在幾歲了。打算今後繼續當流氓嗎？我一直想見你一面，好好和你談談。聽說你曾撂下豪語，說要成為島上英雄，但流氓往往會沉醉於危險中……」

「你還是老樣子沒變。我已經不是乳臭未乾的小伙子了。」

「零，國吉先生一直很擔心你呢。」

國吉和當初一起吃牢飯的時候一樣婆婆媽媽的個性，還有乘機告誡的山子所說的話，聽在此時的零耳中，只覺得厭煩。國吉說，當初如果沒那場監獄暴動，你的人生道路應該也會變得不一樣吧。我也只會不厭其煩地叫你要找份正經的工作，沒能給你實際的助力。不過就像當時龜先生說的，光只會誇耀力量，無法保護自己重視的事物。稱不上是真正的英雄。

「圍繞著領土和歸屬的問題互相敵對，同是島上的人卻互相爭鬥，這樣是不會有未來的。我們得找出能共存共榮的道路。就連她也正打算揮別過去，想和人一起兩人三腳，走向全新的人生。所以什麼是真正的抗爭，你也應該要……」

「喂，你說什麼，兩人三腳？跟誰啊？」

「國吉先生，這件事就別提了。」

「哪件事？有我不知道的事嗎？」

「總之，我現在得回去工作了，等集會結束後再跟你說，好嗎？」

「我大哥明明不在，妳跟誰兩人三腳啊？」

「你別吼嘛，零，你也真是的！」

「妳已經等不及了嗎！」

零再也按捺不住，放聲大喊，在此同時——

狹窄的巷弄裡，突然響起有人踢飛東西的聲響。

那殺氣騰騰的聲響朝後頸直刺而來。零馬上回身而望。

一名流氓握著刀擺在腰間，迅如疾風地直奔而來。

此人是個渾身毛茸茸的大鬍子，圓睜的雙眼毫無游移。

在這只有零星路燈的小巷弄裡，那把刀微微亮著寒光。

這傢伙是死士。

展開襲擊的，是胡差派的刺客。零並不知道，屬於那霸派地盤的宜野灣，那裡的苦力已被收買，監視著港口的出入人士。成為追殺令對象的零，已被人尾隨跟蹤。當他走進聽眾眾多的市民會館時，追兵暗自咒罵，但後來他走進沒人的小巷，追兵不想錯過這絕佳機會，於是展開襲擊。兩人之間的距離瞬間縮短，那刀刃長達十五公分的軍刀，刀鋒朝他直逼而來。零仗著自己的反射神經避開，一把抓住那名死士的手臂。

「你快帶她走！」

零向國吉下達指示。山子也發出尖叫。就直接把這個人的手腕折斷吧，但得讓山子先逃離才行！就在這短暫的猶豫下，他的雙手被甩開，那名死士又揮起了刀子。零讓對方揮空兩、三刀，但因為避開他直衝而來的刺擊，使得那名刺客就這樣衝進國吉、山子、零他們三人中間。零抽出摺疊刀，迅速刺向對方上臂，但傷得不深。死士反而怒火勃發，胡揮猛砍。也不鎖定對象，一味亂砍，而山子就在他的刀子前方。

「哎呀，好痛……」

一陣劃破巷弄空氣的悲鳴。兩個交疊的人影。刀刃發出的白光。

零心想，我被刺中了。視野因暈眩而變得模糊。山子被刺傷了。

但他錯了。被刀子所傷的人並非山子。國吉壓在她身上護著她，刀子插進他腰間。

怒火熾盛的零，將刀子插進死士的肩膀。他一再刺向同樣的部位，男子跌落了地面，零將他踢向一旁，扶起跪在地上的國吉。山子在一旁不斷尖叫。快點叫救護車、救護車！

「喂，老師！老師！」

有人聽聞喧鬧，從通行門走出。零甫一抬頭，便看到幾名模樣凶惡的男子混在看熱鬧的人群中，朝這裡走來。死士不只一個，幾個人聯手確實地收拾對手性命，這是襲擊的規矩。零馬上彈跳而起，朝四面八方找尋退路。

「你要去哪裡？把國吉先生放下來！」

山子馬上抓住他手腕。她的手因溫熱的鮮血而濡溼。死士們或許會傷害山子，也可能會拿她當人質。零叫圍觀群眾叫救護車，自己則是硬拉著山子衝進建築間的縫隙裡。

雖然跑在狹窄的小路上，但死士緊追在後的叫聲和聲響始終不絕於耳。那名毛茸茸的大鬍子死士，記得好像是邊土名的手下。如果是邊土名唆使，刺客就會徹底執行任務，不管會不會波及旁人。零緊握著山子的手，因溫熱的鮮血而顯得溼滑。跑在熱帶夜晚的街道，零的心跳又快又急。

「放開我，零，夠了！」

猛然回神，他們正跑在一處不知是何處的昏暗巷弄。

雖然已感覺不到追兵，但偏偏又不能逃進熟悉的胡差。

他漫無目的跑著，這時，山子將他的手甩開。

原本握在手中的刀子掉落地上，山子順勢撿起。山子也因為滿身是汗而雙眸溼潤，臉頰和嘴唇發顫。自己親近的人在眼前遭人刺殺，當然無法冷靜。她在無人的巷弄裡向後躍開，握緊刀子，刀尖朝向零。

「都是因為你，國吉先生才會……被你們流氓間的火併波及。」

「別用刀子比著我。」

「果然就像國吉先生說的。你們只會揮刀砍人，爭奪地盤。」

「乖，把刀子給我。」

「零，你別過來。」

「妳身為學校老師，不該揮舞這種東西。」

「我要回去，要回去國吉先生身邊。」

「我要告訴妳的事，妳也不聽了嗎？我可是遵照約定，要轉告妳這件重要的事啊……」

「拜託你，別過來。」

腦中噗通噗通跳個不停。就像有條灼熱的蛇在體內四處爬行，叼著他的心臟，一路爬向他的頭顱裡。山子的雙眼因鄙視而扭曲，表現出露骨的責備態度，失去理智。她伸手揮動手中的刀子，零的指尖一陣刺痛。食指和中指的指腹被刀刃劃傷，血順著手腕滑落。零的世界開始變得扭曲。

昏暗的巷弄。有可能造成低溫燙傷的鮮血溫度。血的氣味。因遭受襲擊而情緒激動。因鄙視而扭曲的美麗臉龐、從她唇際說出的拒絕話語。這一切湊在一起，正準備將零逼進他從未跨足的領域。

「我要說的話，妳根本什麼都還沒聽到。」

「逃走後，根本什麼都沒辦法說。」

「不然妳要我怎樣！」

「離這裡不遠，我們去胡差警局吧。」

「啥，去警局？妳要我去自首嗎？」

「如果是警局，不用逃跑也能慢慢說。」

「……是那傢伙對吧，妳要去依靠他對吧？」

「不知道剛才那些人什麼時候會再跑來，不是嗎？」

「剛才提到要兩人三腳一起生活，指的就是那傢伙對吧？」

「不是你想的那樣，我和城哥……」

「你們都結婚了是吧，不是跟他還會有誰！」

零像在恫嚇般，大聲吼道。山子為之一震，急促的呼氣，不斷搖頭。零心想，啊，這麼一來，我就再也沒有可以依靠的故鄉了。

「我已經是個礙事者對吧，妳就這麼討厭我嗎？既然這樣，妳就用它刺我吧，用它狠狠地撞向我，妳一定辦得到。」

這是虛張聲勢，同時也是真心話。如果是這個女人，就算被她一刀貫穿心臟，我也無怨。

往這裡刺——零指著自己胸前，搖搖晃晃地走向山子。

來到離刀鋒只有幾公分的距離時，他一把抓住山子的手腕，為了不讓她誤傷自己，刻意將刀子舉至胸口的高度。

如果是光靠視線的話，山子早已送零到另一個世界去了。憤怒、悲傷、憎恨、對過去的追憶所交織而成的強悍眼神，將零射穿。但她手中的刀就是無法刺出。原本的緊繃之物突然鬆懈後，刀子從她顫抖的雙手掉落，掛在睫毛上的淚珠順著臉頰滑落。

「既然妳無法撞向我，那就愛我吧。」

零沒撿起那把掉落的刀子，以言語緊依著山子。

「既然妳無法撞向我，那表示妳喜歡我對吧。」

像這樣面對面向山子傳達愛慕，這還是第一次。他緊摟懷中的山子，果然一切都和想像的一樣。又熱、又溼、又小。零一直認為自己是為了她而找尋大哥。

其實我這麼做，不是為了確認大哥是否還活著。

我其實是想確認大哥是否不會再回來。

因為只有英雄才准迎娶的這個愛人，我一直很想將她緊擁入懷——

在受熱帶的夜晚燻烤的巷弄暗處，零將山子推倒在地。山子長長的手腳為之繃緊，舌頭打結說不出話，眉間和脖子青筋直冒，頑強地抵抗。既然妳無法撞向我，那就愛我吧，妳只能這麼做——山子愈是抗拒，零愈是鼓足渾身之力將她壓制。

如果有比這裡更昏暗的地方，零應該會找出這樣的地方，像冬眠的動物一樣鑽進裡頭，拿它當自己永遠的窩。零就像緊依臂彎裡那火熱的生命般，將全身埋進山子那宛如甜蜜融化般的身軀中。

一切結束後，山子理好零亂的衣服，不發一語地離去。

她已徹底離去。不管怎麼探尋，都不找到日後能再相見的證明。

零躺在巷弄裡，愣了半晌，然後霍然起身，回到寺須位於那霸的店。撥打平良留下的電話，與他聯絡。

「嗨，最近過得好嗎，平良先生？只有我回來這裡。那個計畫不能中止喔，執行部隊的位子還空著嗎？」

十一　陌生的故鄉、暗殺者的搖籃曲、來自深邃的黃泉

御城周遭飄來像輕煙般的聲音。

飄飄然地描繪出崩解的螺旋和漩渦。

那是彷彿光聽就會罹癌，像瘟疫一樣充滿不祥之氣的聲音。

我是想贖罪——那聲音說。之所以獻身給這座島的繁榮，也是為了這個緣故。所以我希望你告訴我，你合謀的同夥在哪裡？如何鎖定高級專員下手？什麼時候動手？戰果撈客的首領人在哪裡？大家都一樣，沒什麼好羞愧的。你早晚全都會招的。所以大可趁我還對你特別禮遇的時候，扮演好自己的角色吧。

你想像看看。你重視的人會怎樣？

對方會希望你變成這副德性嗎？

不過是滿滿一洗臉臺的水，他不認為自己會被帶往海底。就算不想喝，還是喝了不少水，御城一

面溺水，一面化為一團痙攣的肌肉。

這群堅持要延長審訊時間的男人，在該施以復甦術或急救處理時，倒也絲毫不馬虎。醒來後，御城發現自己躺在客房地上，手腳張開，不斷嘔水。他胯下溼了一片，分不清是讓他溺水用的水，還是自己尿失禁，著實難堪。御城沉浸在悲慘的心境中，但心中卻也怒火中燒。他在溺水時聽到的聲音，餘音仍在他腦中繚繞。

你重視的人——他是這樣說的吧。

你們哪知道我重視的人是誰啊。

御城一直不去想那個人。就算只是浮現在意識的表層，也可能會連累到她，太過危險。不過，要是這群人是瘋子集團，只要和搜查的案件有關的人，不分青紅皂白，一律全都擄來的話……煙男這班人對擄來的人百般折磨，強迫對方屈服，將尊嚴和人性全踩在腳下，要是他們的記事本上寫有她的名字……

御城滿腔怒火，怒火勃發。全身沾滿洋菸臭味的憤怒外圍，飄盪著他特別擷取，不願放手的話語。是御城周遭的世界在不同的時刻贈予他的話語。這些話語宛如慈雨般，療癒他已極度磨損的身心，他豎耳細聽心中的這些話語。

從沒看過她那樣的表情。你們倆也終於開始向前邁步了。

不管什麼時候都無法淘汰之物，你們要好好珍惜。

御城心中的話語，多得數不清。

還有那句話，她回答的那句話……

今後請多多指教嘍，城哥。

她確實是這麼對我說的。

心中的緊繃之物，像染遍全身般，變得鬆弛。

他就像濾除雜念般，五感變得無比清晰，這股湧現的寧靜盈滿御城心中。

御城心想，最後就只有一個很單純的決定。這個沾滿絕望臭味的房間，能救他逃離這裡的人，只有他自己。

所以御城決定賭上一把。在那群男子折磨他的這段時間裡，他專注地睡覺。當然了，他們不會讓他舒服地睡著，但他重新安排原本用在抵抗和頂撞的精力，就算只有五分之一也好，他也都全力讓自己睡著（這肯定是件難度很高的工作。睡回籠覺是他的拿手絕活，他充分發揮了不管何時何地都能馬上睡著的才能）。

面對不再大叫大鬧，反應變得遲鈍的御城，男子們似乎也有點膩了。那就休息一會兒吧——他們到酒吧喝酒的情況增多了，御城就是看準這種時候，而特地保留體力。

這步走的是險棋。因為如果將熱源的火調弱，有可能因為突然勁道過猛，而永遠熄滅。但他是御城，為了不讓那些男子察覺，他馬上便掌握住斷斷續續睡覺的訣竅，當他感覺體力微微恢復時，又遭受不知第幾次的溺水刑求，喝了好幾口水。他膀胱發脹，也許又要失禁了。他很懷疑，他們是否一回到屋內就會想起自己該做的事，不過在這個房間裡，他們會解開他手腳的束縛，就只有在對他進行復甦術的時候。

那些男子很克盡其職。御城一醒來，馬上以食指戳進一旁男子的眼球。然後一把抓住對方鼻子，往旁邊用力折斷，手掌感覺到軟骨變得塌扁的觸感。開什麼玩笑啊，你這傢伙！男子們紛紛叫嚷起來。御城感覺到一股連他自己也驚訝的渾厚力量從腹中湧現。

很不巧，煙男不在。房裡只有他那三名日本人部下。他將其中一人過肩摔，撞向房內牆壁。用肩膀撞向往後退縮的另一人，一把扯開門鎖，衝向走廊。

一步出房外，便旋即一陣踉蹌。他不斷伸手撐向走廊牆壁。此刻他體內血量不夠。身上只穿著一件溼透的三角褲（他果然是失禁了，鬆緊帶被撐大，要是不用手按住，就會往下滑脫）。他勉強撐住微弱的意識（還有內褲的鬆緊帶），試著逃出這棟建築。但只有他心裡著急，打著赤腳的腳掌頻頻在地上打滑。腦袋運作不靈光，多次跌倒撞向臉部。他無法馬上看出逃離路線，在對方的追趕下，在走廊上東奔西竄，最後終於找到逃生梯。就像用渾身力量衝撞般，打開那扇門後，出現眼前的是清澈的藍天。

不知何時，颱風已經過去。強烈的陽光燒炙著眼球，七彩光芒在視野中迸散開來。他連滾帶爬地走下逃生梯，半裸著身子離開港景俱樂部。我這樣不就成了暴露狂嗎！他暗自呻吟時，雙腳打結，又跌了一跤。殘存的燃料也化為汗水，往體外逸洩。這下不妙，故鄉的炎熱真是惱人。儘管追兵的氣息遠去，但御城的意識顯然已逼近危險區域。

不知被監禁了多久，如果單憑身體感覺來看的話，就像是離開故鄉好幾個月，在另一個世界遇難一樣。

他環視四周，眼前的島上景致顯得截然不同。暗殺計畫、摯友、摯友的弟弟——全是令人牽掛的事，但他沒奔向離此最近的醫院，就連警局也是過而不入，趕著前往他兒時玩伴的所在處。

他走回剛才路過的商家，從擺在店門口的報紙確認日期。他到港景俱樂部至今已過了四天。這麼說來，連三天舉辦活動的回歸協會，今天是他們集會的中間日（御城也一再受到邀約，要他有空便順道過來看看）。他穿過捷徑，一抵達市民會館，便差點當場昏厥。

建築前面停了許多輛警車。拉起維護犯案現場的封鎖線，聚集在現場的員警，正忙著管理圍觀群眾以及偵訊案情。光憑那宛如異空間般的獨特氣氛，便看得出這是一起重大案件。到底發生什麼事了？御城踉踉蹌蹌地走進案件現場，旋即被那霸警局的員警視為一名只穿三角褲的可疑人物，當場拿下。

「我只是剛好沒穿而已，我平時都穿得很整齊啊！我也是你們的同事。」

幸好有位認識他的員警在場，儘管他無法證明身分，但至少沒落得被押送警局的下場。還借來了運動服和長褲，以醫藥箱裡的軟膏和止痛劑暫時治療，並大啖市民會館的商家販售的麵包和鮮奶。

他終於聽聞案件的大致情形。昨晚九點左右，在會館後方發生流氓械鬥砍傷事件，在場的普通市民遭刺傷，性命垂危，已被送往醫院。那位被波及的傷患，是御城的熟識。

「國吉先生？為什麼他會被……」他手中的紅豆麵包差點掉地。在宛如氣血從身上抽離般的情緒下，他進一步詢問詳情：「山子人在哪裡？」

據目擊者的證詞，從現場逃離的流氓，帶走一名回歸協會的職員。逃走的男子和女子似乎是熟識。流氓在一處人少的地方引發風波，國吉被刺傷，一名女子被帶走。這麼看來……

難道那個人是零？

他回到地方上，來到下下個月山子就要搬離的住家。

玄關的木門上鎖。所有窗戶都被室內的竹簾遮掩。

曾經有一段時間，有大量戰果會送來的這戶人家，裡頭感覺不出有人。他等了一會兒，正準備轉身離去時，屋內傳來使用水龍頭的聲響。

「在嗎，山子？」

是我啊——御城敲著大門。但不知為何，沒有回應。

明明屋內有聲響，但不管他再怎麼叫喚，都沒有回應。

「我又不是推銷員，妳在做什麼。快開門啊。」

盛夏的陽光把御城後頸都晒焦了。她對我假裝不在家？她從沒這樣對我啊。

「發生什麼事了，妳好歹回答一聲吧！」

御城臉貼著木門，豎耳細聽，但連挪動身子的聲音也沒聽見。他就像緊貼著一棟裡頭只住著鬼魂的荒屋大門上。我剛從市民會館過來，國吉先生身受重傷，這是怎麼回事！不管他再怎麼呼喚，都沒回應。他想像山子蹲在昏暗的房間裡，屏氣斂息，裝沒聽到，等候門口的聲音離去的模樣。之前他們談過的話、兩人所做的約定和選擇，就像查無此人的郵件般，全都被退了回來，令他備感焦躁。

「開門啊，山子。」

就只有御城的聲音空虛地響起。

「山子！」

她發生什麼事了？這座島是怎麼了？之前被煙男帶往黑暗大陸，從那裡回來後，故鄉彷彿就變成了一個陌生的世界。國吉先生被刺傷，山子被帶走。零十之八九也在場。難道是他回到島上看山子時，遭遇敵對的流氓襲擊？之後過了一夜，回到家中的山子一直閉門不出。如果是因為國吉先生傷重感到自責，應該會待在醫院才對，如此看來，她閉門不出的原因出在零身上。那傢伙離開沖繩後，這麼快又回來見山子，這表示——

「是因為阿恩嗎？」

御城的聲音不自主地提高。像痙攣般的顫抖滑過喉嚨。

因為他從島外帶來的事實，是他所能想到的情況中，最悲慘的噩耗。

因為一直隱隱潛藏在他心中的預感，最後終於成了現實。

所以山子才會如此消沉。所以才會籠罩著一股氣氛，彷彿故鄉的一切都變得每況愈下。感覺在御城他們的歲月底層流動的某個東西，跨越了一個無法回頭的關鍵點。

傳來衣服微微摩擦的聲音。她來到玄關旁了嗎？但她仍舊無法開門是嗎？山子此時是怎樣的表情呢？

「對不起，今天請你先回去吧。」

感覺就像是奶奶的鬼魂開口說話般。御城聽到的聲音又沙啞，又破音，而且毫無高低起伏，沒半點情感。

她說完這句話後，便沒再多說。這不是在思考如何接話所產生的空檔。而是宛如還沒結痂的新鮮傷口又遭人刨了一把，強忍著連呼吸都有困難的疼痛，所產生的沉默。山子面對任何苦難都沒屈服，選擇繼續當老師，不論是在回歸協會，還是在教職員會，她一天所做的事，足以抵上一名懶鬼的一生，每天都過著這樣的生活，這樣的她竟然會如此意志消沉。那個揮別過去，想認真面對御城的山子……

山子，妳快開門，好歹露個面吧。但即使御城喊破喉嚨，還是沒得到任何回應。感受不到山子有接話的意願。

「既然這樣，妳不用說話沒關係，妳好好聽我說。我最近被一群美國的諜報員監禁，遭受盤問。」

傳來像是倒抽一口氣的聲音，但還是沒回話。你不要緊吧，城哥。也許她小小聲地這樣說道，但因為聲音太小，沒能透過木門傳來。

「同樣一批人可能也會來妳這裡。所以妳就繼續關在屋裡，不管誰來都不能開門。我今晚會再來一趟。」

御城一面說，一面感到身心一陣擰絞。他實在不忍就此離開這扇門。但不管他再怎麼心焦，在山子將她得知的事實細細咀嚼、吞嚥、消化完畢之前，他非得花時間慢慢等候不可。

告知最重要的事情後，御城步履蹣跚地離開山子家。他發現一旁的公共電話，馬上打電話跟胡差警局聯絡。你不但無故曠職，還滿身是傷地出現在那霸的案發現場？德尚先生隔著電話向他咆哮，御城幾乎是以哀求的方式，拜託他派人到山子家保護她。

來到醫院前，御城終於不支倒地。

幸好馬上被送進醫院療傷，還替他打了點滴。

國吉一直都謝絕會客。碰巧發現御城倒在地上，而替他叫醫院的人前來的，是兩個孩子。

「御城，你還活著啊？」

宇太和小清會在醫院巧遇他並非純屬偶然。御城推著點滴架，由他們兩人帶他到另一處病房。同一間醫院裡，有另一名和宇太他們熟識的島民也住院。

「我記得你，你是嘉手納撈客事件發生後，來找過我的那位小哥。」

在病房裡坐起身的知花，似乎連講話都有困難。她的眼皮和嘴脣嚴重腫脹，看了教人發毛，從露兜樹圖案的睡衣底下露出的右臂打著石膏。在美里經營一家 A Sign 店家的知花，三天前跑來幾名日本人，逼問她零在哪裡。她回答說不知道，對方馬上砸店，打破店裡的泡盛和威士忌酒瓶，動手痛毆她，下手毫不留情。是煙男那班人——知花遭遇的災難，當天便在美里傳開，零不知從哪裡聽聞此事，已早一步來過這間病房。御城這才知道，原來零有一段時間都住在知花家中。

「那個沒用的傢伙變得很安分。看我變成這副模樣後，他說：『對不起，我是因為妳才有容身之所，我已不會再迷惘了。』一點都不像他會說的話，他說完這些話後，就又消失不見了。」

「確實很不像他會說的話。」

「我一聽就明白，一定和女人有什瓜葛。」

「你們不是同居嗎，那你們應該是情人的關係吧。」

「他應該是另有暗藏心中的心上人吧。這點我還看得出來。」

儘管嘴巴上說得堅強，但知花紅腫的眼皮底下已微微泛淚。

「是我自己不好，沒能跟這個好色的男人一刀兩斷。因為零和那個人很像，和他在一起很快樂，所以才會……不過我自己明白，早晚會有這麼一天。當我聽說他因為火併而跑去躲藏時，原本還心想，我們大概就走到這兒了。」

御城不知該如何回話才好，默默聆聽著。

知花別開臉，開始揉起眼角。

「他大概是為了他大哥的事，和那個女人起了爭執。」

「他提到他大哥的事嗎？」

「你沒聽說嗎？在吐噶喇的某個離島……」

「請妳告訴我，他查出了什麼？」

「嗯，這個嘛……他說發現了他大哥的重要物品。好像是魚牙什麼的。」

「那是他大哥從不離身的項鍊。」

「他大哥好像在幾年前過世了。」

御城深吸一口氣，緊緊閉上眼。

阿恩——

這一刻終於到來了。

零在病房裡說的，是關於走私集團「久部良」的那處中途港發生的事。

御城被帶走的摯友，因為嘗試魯莽的逃脫，最後葬身海中。

因為經過太漫長的歲月，一時沒有真實感，所以沒被悲傷和失落感所吞沒。零應該不會只是因為發現阿恩身上的物品，便認定他大哥已死。在做出這樣的結論前，應該是累積了許多他無法視而不見的根據。

御城此時想到的，是謝花丈死前說的「不在預定計畫裡的戰果」。煙男告訴他的「島內潛伏說」，也令他頗為在意。但另一方面，既然是零確認的事，他覺得不會有錯。既然是他這位親兄弟證實的真相，那就不能加以漠視，也不能否定。而始終都沒能再見最後一面的御城他們，還有沖繩，永遠失去了這位獨一無二的男人。

「你們在談些什麼啊？」

在走廊遊蕩的宇太和小清走進病房。宇太似乎也和零錯過了。也不知他對此事已看出了幾分，他朝深受打擊的御城露出毫無顧慮的天真神情。就連知花也刻意改變話題。

「城哥，你應該知道才對。那傢伙的心上人是誰啊？是之前和你一起來詢問嘉手納撈客事件的那位高個子的小姐對吧。」

「嗯，可能是吧。」

「請告訴我，她是怎樣的人？」

「怎樣的人是吧，就一個很難搞的女人啊。工作認真，個性倔強，一個可以單挑大鯨魚的女人。在她面前，不論是流氓還是警察，都抬不起頭來。」

「哎呀，這麼厲害。身為這島上的女人，竟然有這樣的作為。」

「妳不是也在特飲街和美國人奮戰嗎。」

「我光顧自己溫飽就已經竭盡全力了。」

「就算面對蠻橫的日本人，妳也毫不讓步。」

御城坦率地稱讚她，知花似乎一點都不高興，還嘆了口氣。

「我說，零會不會是打算和平良先生他們聯手搞什麼活動？雖然已經和我無關，但我覺得他現在好像正準備跨越某個絕不能越過的界線。既然你是警察，就該阻止他失控。等逮捕他之後，看是要怎麼處置都行，但絕不能讓他做出白白犧牲生命的傻事來。」

走出病房一看，小清在一旁啜泣。從她右邊鼻孔冒出一個大泡泡，破掉後又從左邊鼻孔冒出泡泡來。是見知花落得如此慘狀，孩童纖細的內心為之震盪嗎？孩子們也是會感到內心慌亂。感覺到島上空氣的劇變。連輕撫她的頭，想要安慰她的宇太也跟著哭了起來，御城無法哄這兩個孩子開心，只能在醫院走廊上不知所措。

「有御城在，不會有事的。」宇太向小清安撫道：「御城，你也說句話嘛，叫她不用擔心。」

「不知道那傢伙現在人在哪裡，在忙些什麼。」

「你是警察，是零的朋友。你會救零對吧？」

這小子似乎很喜歡零。聽了知花說的話之後，他也很擔心零的安危。

御城心想，小孩子哭的時候，真的是豆大的淚珠不斷滿出呢。

我們以前也是這樣嗎……

宇太和小清的嗚咽聲在走廊上響起，在御城心中留下回響。

如果我跟你們一樣有一顆純潔的心，是否聽聞摯友的噩耗時，就會由衷感到悲傷呢？

我已經流不出淚了。

回到警局後，小松前來迎接御城。說要帶他去見歐文。還說自從那場港景俱樂部的宴席結束後，就突然聯絡不上他，相當擔心。此話當真？對這名日本人講話得小心提防。

「就你一個人嗎？等到了官廳後，應該會有很多你的同伴來迎接我吧。他們的款待我已經吃不下了。」

小松見御城渾身的棉布和繃帶，開口問道：「你這身傷是……？」你演技真好，不管追查的是犯罪美軍，還是思想犯，你們終究都還是同一個組織裡的諜報員——御城如此揶揄，小松聽了之後臉色大變。

「難道你被囚禁？」

在前往軍方司令部的車上，御城多方打探。提到煙男、他自稱是日本人、他菸抽得很凶，在一旁聞得都快得氣喘了、在御城所知道的人當中他的陰險堪稱冠軍……

「那個人可能是岸丹尼。」

小松知道煙男。雖然這名字聽起來很像日裔美國人，但他似乎是個血統純正的日本人。從戰前便隸屬於日本的特高警察，自從政府制定治安維持法後，他便以清除危害國家行為的名義，一直忙著打壓和箝制思想。特高警察因終戰而解體後，他納入GHQ（駐日盟軍總司令）傘下，在日美條約生效的一九五二年時，他已開始擔任美國人的獵犬，在這座島上四處查探。他點燃執著的意念，全力取締思想家和危險分子，將極右分子和危險分子全抓來血祭，只要是對美國民政府有利，他就會不顧一切，展開逾矩的搜查和審訊。暗地裡，他都說自己維持日、美、沖三者的平衡，職務比琉球主席還重要，擺出一副在高級專員背後統治一切的幕後執政者的姿態（我們史實傳承者也對這個男人散發的不祥之氣無言以對。昔日日本舉國一致的體制餵養他奶水，進駐軍打造他的骨架，在基地島上的活動，造就了他無血無淚的人品。是群島混亂的歷史產下的私生子），這就是那個叫岸丹尼的男人。

「在日本來的外派人員當中，他是個特立獨行的人物。他堅決信奉美國第一，只有在美國會遭受嚴重損害時，他才會公開露面。你知道讀谷村的鳥居通訊站吧。」

當然知道。位於胡差西北方的楚邊通訊站，以人稱「大象柵檻」的巨大柵檻型天線，對蒐集到的電波情報進行處理、分析、暗號解碼，是美國的祕密通訊基地。那裡設下的戒備嚴密的程度，在島上的軍事設施中堪稱數一數二（可能是為了避免妨礙通訊，周邊的耕地只允許種植低矮的農作物）。此時的御城覺得自己只有一隻腳踩進島上的諜報世界，眼前這座設施讓他有種不寒而慄的壓迫感，彷彿他們所蒐集的情報，早已全都被看穿。

「岸丹尼據說是唯一能在楚邊進出的日本人。握有足以主導島上諜報戰的高度情報。他會展開行動，或許表示我們的情況相當不利。」

「我們？你也包含在內嗎？」

「我遵照約定，透過我的管道查探軍方司令部的紀錄。我查到嘉手納基地向司令部提出的日報，但獨缺一九五二年那天，也就是發生搶劫事件那天的紀錄。」

御城倒抽一口氣。說到政府或軍方的官方文件，都管理得很徹底，應該不會輕易遺失才對。如果說是有人刻意銷毀，那就會讓人懷疑，是否上頭記錄了對美國不利的過去。就連小松也開始懷疑，御城四處查探的「隱藏真相」或許真的存在。這時，就像看準時機似的，那名宛如特高警察餘黨的男人出現，將御城囚禁。

這麼一來，任何人都無法信任。對小松的猜疑也沒化消。岸丹尼是在「大象柵欄」裡掌握到暗殺計畫的消息嗎？軍方司令部的紀錄消失，意謂著什麼？總之，他想先知道這些事。在行駛於軍用道路的車上，御城謹慎地用詞遣句，透露些許自身發生的事，以及岸丹尼所說的話。

「他提到阿恩的名字。還說他應該是藏身在島上某處。感覺不像是瞎猜胡說。」

在大海的彼方，御城的摯友一去不回。如果零帶回來的消息屬實，那麼，御城原先對於軍方或政府參與此事的懷疑，應該馬上就能解除。但岸丹尼為什麼會提出「島內潛伏說」呢？他是基於自己可以展開高度情報處理的身分，掌握了準確度極高的佐證嗎？

「推動高級專員暗殺計畫的幕後黑手，他認定是下落不明的戰果撈客……真是夠了，這些事，我的腦袋處理不來。一時間實在教人難以置信，不過，暗殺計畫這件事我得向歐文報告才行。」

就連小松也無法信任，在這種情況下，御城不想就這樣進入美國民政府的大本營。但為了看清真相，他想先打探看看歐文是抱持怎樣的態度。

明明暴風雨剛過，但這炎熱的天氣，讓人懷念起下雨的日子。種有翠綠草皮的美國人住宅，與島民窮酸的民宅，並存於瑞慶覽營地一帶。軍方司令部前，以石粉鋪撒而成，一路通往官廳的步道，折射出耀眼的陽光，軍方作業員滿頭大汗地忙著維護花圃。

在占地裡的中庭與御城見面的歐文，額頭上也冒著汗珠。

歐文在聽完事情經過後，看得出來他心中大感震驚，並非只是做做樣子。

「竟然跳過我，直接將你囚禁。」他這句話中暗藏著怒火。「想必讓你吃了不少苦頭吧。雖然一樣是諜報部門，但並非共同享有每個人握有的情報。對那名日本人的行徑有意見的聲浪，在司令部早已鬧得沸沸揚揚。總之，把你知道的事全部告訴我。」

此時，御城內心百般糾葛。我該說出幾成？雖然我號稱是歐文的「友人」，但我可沒對星條旗宣誓效忠。如果不是有朋友的這層關係，就連地方刑警也無法處理的那起暗殺計畫，他實在很想佯裝不知情。

大致聽完御城的描述後，歐文喚來待命的部下，經過一陣交頭接耳後，歐文命他跑一趟官廳。在等候確認事實情況的這段時間，官廳的正面玄關突然一陣騷動。御城和歐文一同走向玄關，發現有幾輛吉普車和公務車停靠在車廊，幾名官廳的職員特地前往迎接。打開泛著黑光的車門後，走下車的是在美國民政府中，長相和名字都最廣為人知的那位美國人。

「噢，是卡拉威。高級專員回來了。」

保羅・懷亞特・卡拉威。沖繩的統治者，軍方司令部的最高負責人。

他是歐文以及琉美政府所有官員和職員的老闆。

您好啊，卡拉威先生。御城這也是第一次親眼見到他本人。卡拉威率領了三十多名憲兵。有肩上扛著步槍的護衛保護他的安全，車上的要員也對四周投以警戒的目光。光是這樣的警戒態勢，就具有相當的嚇阻作用，不過平時並非都帶著這麼多人員隨行。

「對那名日本人下達特別命令的，是歷任的高級專員。高層不可能不知情。報告似乎已經呈上高層了。」

高級專員下達的特別命令。暗殺計畫一事也傳入卡拉威耳中。拜此之賜，儘管他人回到官廳，他那豐腴的雙頰仍顯得很緊繃，流露出神經質的眼神。以美國人來說，他的體格算矮小，但他明白自己不用仰望這座島上的任何人，這樣的態度使他看起來比實際來得高大。

每個人都為卡拉威讓路。這時，一名原本忙著庭院維護工作的島上女子，停下手上的工作，突然上身一陣搖晃，跪倒在地面上。

她是負責維護花圃的軍方雇員。在搬運花時一直站著，似乎因為炎熱的日晒而中暑。她倒地時，花盆破裂，水桶灑翻，泥水濺向正要從她身旁通過的卡拉威。

御城發出一聲驚呼。每個人都看到卡拉威的表情為之一僵。那名女子大為慌亂，一面用島上的語言道歉，一面靠向卡拉威腳邊，想擦除弄髒他褲腳和靴子的泥水。憲兵將女子團團包圍，不斷對她講英語，女子滿心以為是在罵她太不小心，緊挨著卡拉威腳下，想替他擦乾淨。平時就已經有點神經過敏的卡拉威，似乎不太高興，神情倨傲地俯視那名蹲在他腳下的女子背影。就算他順勢朝女子踢出一腳，也不足為奇。

御城不忍再看下去，正想出聲時，歐文制止了他。

卡拉威聳了聳肩，原本僵硬的表情轉為柔和。

他輕碰蹲在地上的女子後背，要她站起來，出言慰勞她幾句，並拂去那名不斷鞠躬道歉的女子圍裙上的泥巴。朝低頭的女子微微一笑後，卡拉威挺起胸膛，走進官廳。

「好在那名女子身上沒暗藏刀子或手槍。」御城脫口說道：「如果她是刺客的話，肯定無法全身而退。」

「御城，你到底想說什麼？」歐文說：「你信不過我們的憲兵嗎？」

「這裡是我們的島。每個島民都想取高級專員性命。」

保羅．懷亞特．卡拉威的舉止，在御城眼中映照出美國人的特質。本以為他是高傲的俯視女子，沒想到接下來卻展現寬容的一面。支配著這座島，為這座島帶來恩惠的異邦人。雖然御城無法像金門俱樂部那樣稱他是救世主，但對於第一次親眼目睹的卡拉威，他感受到一股與恨意互為表裡的可靠和安心。御城心想，身為歐文的「友人」，卻不會覺得羞慚，也是同樣的道理吧，也許我不像其他島民那樣憎恨美國人。

「歐文，你知道戰果撈客吧。」

「嗯，是大家對盜取軍方物資的小偷所給的稱呼吧。以前你也是。」

「不光是我，這座島上所有人都是戰果撈客。敢向軍人挑釁的那群人，是當中膽子特別大的人。一旦決定要做，不管發生什麼事也非做不可。將美國老大的性命當成『戰果』來奪取。」

你到底想說什麼？他朝瞪視他的歐文宣洩自己的所有想法，同時也想看出什麼才是自己該做的事。

「我的摯友是島上最棒的戰果撈客。我聽到傳聞，說他已不在人世。」

令人意外的是，與歐文說著說著，他心中終於湧現一股真切感。

摯友最後的命運，他的末路，化為悄靜的傷痛，在他心底起伏。

這跨越漫長歲月的噩耗，山子無法承受，她封閉心靈，零則是即將失控暴走。

一旦啟動便停不下來，肆意翻弄他故鄉的災禍連鎖，如果是那個男人的話，一定會想斬斷它。

「其中一名暗殺者，也許會想要玉石俱焚。在肚子纏上炸彈，抱持同歸於盡的決心直衝而來。」

「我是想聽聽看你的意見，但我實在搞不懂。你到底想要的是什麼？」

「在事情發生前，得先逮捕暗殺的嫌犯才行。但憲兵有這個能耐嗎？」

「意思是說，如果是你就有辦法？喂喂喂，這可不算是特殊命令搜查的範疇啊。」

「就算光我一個人沒辦法，但琉球警察一定辦得到。這是即將在島上引發的犯罪，怎麼會說這不算是我們的範疇呢？」

宛如潰堤般不斷湧出的話語，形成御城心中想法的輪廓。沖繩的警察不論是手槍還是車輛，都是美國人不要的二手貨，還被剝奪完整的警察權，儘管被地方上的居民責罵說是走狗，但他們一直都得面對沖繩人與美國人雙方引發的案件。正因為如此，他們具有凌駕日本警察的堅強實力。至少在這座島上，最適合取締島民犯罪的，非琉球警察莫屬。

「夠了，你自己想得太美好了。」歐文的聲音顯得有點凶悍。「如果真有人想取高級專員的性命，那才不該由地方上的警察出面。你們要是出動，也只會造成現場的混亂。」

「如果是這樣，這次你們試著別出面，你看如何？給我可以不必向憲兵請示，能自由行動的搜查權。小松先生，你怎麼了，快點翻譯啊。」

「請等一下，御城。」停止口譯的小松，一直都在化解御城搞不清楚自己立場的猖狂言論。「這根本沒商量餘地，此事存有很大的疑慮，有可能成為撼動琉美關係的問題。後續的事，只要交由司令部和憲兵隊來辦就行了。」

歐文朝他投來嚴厲的目光。他會對島民下達命令，但可從沒讓島民逼迫他做選擇。他同時也覺得很不可思議，不懂御城這個男人為什麼如此自信滿滿。

「你真是太令我驚訝了。你感覺是個牆頭草，不怕死，個性灑脫，可一旦遇到重要時刻，卻又堅持主張，不肯讓步。令人無從預測……這就是沖繩的男人。既然你敢這麼說，就表示你有勝算對吧。」

其實倒也沒有，我只是覺得，得有人出面來解決這件事才行，必須由島上的某人出面，代替我的摯友。至少在逮捕島民方面，琉球警察有其長處。與沖繩人的性命有關的案件，其搜查不能全部交由美國人來處理，而且你們如果也想保護高級專員，就不該小看當地人——御城激動地說道。

「不管你再怎麼說，這個案件的搜查工作，都不可能交由島上的警察去處理。」

「沒這回事。歐文，如果你肯給權限的話……」

御城正準備提出反駁時，歐文沒透過口譯，直接打斷他的話。

「不過，你平時的工作，我並沒插手管理。你們以島上行政主體的身分，要怎麼行動，這都不在我的管轄範圍內。被視為嫌犯的對象，既然不是美軍，你們就沒義務向我通報。不過，就算發生緊急狀況，也和我無關。」

意思就是，隨你高興吧。雖然我沒允許，但你要像獨立行動部隊一樣展開行動，我也不會阻止。雖然歐文還是不改其態度，不會對等看待島民，但御城的這位「友人」，並非一般小家子氣的官員。

這樣正合我願。我要發揮我身為地方警察的所有嗅覺和技能，在暗殺者犯案前，將他們一網打盡。為此，事先掌握卡拉威的動向非常重要。那些暗殺者肯定也在進行同樣的作業。誰能先摸熟高級專員的一切，將會是這場勝負的關鍵。

雖然現在離晚餐時間尚早，但要不要一起去吃美味的東坡肉配泡盛啊——御城開口邀約，結果歐文一口回絕，並對他說，如果你以為填飽我肚子，我就會向你洩露高級專員的相關機密，那你就大錯特錯了，你也太小看我了。

「嗯，至少告訴我他的公務行程吧……」

「你自己去調查。那是你們的看家本領吧。」

沒半點像樣的風，連鳥兒、昆蟲、植物也都吃不消的酷熱下午。這時就算喝冷酒，也只是像朝灼熱的沙漠灑下一小瓢水，但還是很想喝一杯。對御城來說，這是提神用的酒，是故鄉敬那位英雄亡魂的一杯酒。

治癒喉嚨的乾渴後，得和德尚先生他們好好談談。

•••島上的警察得動員起來才行。

彼岸的季節正一步步接近沖繩。

暗殺者會從哪裡來，執行的日子會是哪一天，這都得事先看穿才行。

不管御城他們心裡怎麼想，時間還是一樣依照它的原理不斷行進。

事態發展至此，已無法回頭。不論是對保護的一方來說，還是對下手的一方來說，都是一樣。

在一九六一年九月的那天之前，數不清的沖繩人都將目光往保羅・懷亞特・卡拉威身上匯聚。用肉眼看，用雙筒望遠鏡看，隔著車子的後視鏡看，不光是配置的搜查員，服務生、傭人、軍方雇員、反美反基地的民運人士，各自都化為監視卡拉威的眼睛，化為互相通報其動向的聲音。

同一時間，在胡差舉辦了一場某個島民的告別儀式。

從大海的彼方帶來的噩耗，透過知花和宇太的口耳相傳，在街頭傳了開來。

消息傳遍基地的每個市街角落。

眾人不約而同地聚集在亞拉吉沙灘，始終沒忘卻這位胡差第一戰果撈客的年長島民，舉辦這場弔唁的酒宴。沒有遺照和牌位，也沒撒向風中的骨灰，但每個人都獻上鮮花，焚燒紙錢，打開自己帶來的酒和餐盒料理，三弦琴的能手獻上一曲。起初只是很小的規模，但陸續有聽到傳聞的人從遠方前來，與會者不斷更換，送神火一直點燃不熄，呈現出接連數日都沒終止的「島葬」樣貌。

晴空萬里，浪潮聲與心跳聲同化。前來亞拉吉沙灘的島民，聊著往昔的回憶，回味那位故人的重要性，歷經漫長的歲月，終於想對心中的不捨做個了結。

「謝謝、謝謝。」

宗賢爺爺就像喪禮主辦人般，主導一切。

「沒想到有這麼多人還記得他。」

事發至今已將近十年，還能舉辦這樣的告別儀式，真的很感謝——宗賢爺爺深深一鞠躬。每個人都不是來了就走，他們互道惜別的話語，加深真切的感受。當時的氣氛重現。那個男人的一生充滿光輝。他是胡差的驕傲、恩人，是英勇的沖繩之魂。英雄的故事到此終結——如果是這樣的話，我們今後該怎麼做，我們的故鄉會變成怎樣，這短暫的追悼時間為每個人心中帶來了糾葛和躊躇。

御城也不時來到這處沙灘。不光是為了弔唁摯友，而是因為他心想，他正在搜查的這起案件的主嫌，也許也會在此現身。

但不管他再怎麼環視四周，始終都沒看到他在找尋的男子。傾地方之力舉辦的這場儀式，始終都沒現身的人，不光只有零。

「一直都不出來，就像便祕一樣。也沒看到零……」

每次總會遇到宇太。宇太倒是來得很勤。

他那張小臉蛋，因驚訝和困惑而顯得無比紅潤。

「御城，你有沒有好好工作啊？」

「放心，警察全員出動，正展開監視呢。」

他想拍宇太肩膀，讓他放心，但宇太卻側身避開。

「我得回去了，他們要是一出現，你要馬上跟我通報喔。」

「不過話說回來，竟然聚集這麼多人，真不簡單。這位過世的人，還真是個令大家不捨的男人呢。」

「你什麼都不知道還說這種話。阿恩生前是個怎樣的男人，你……」

令這麼多島民懷念的人物，只有宇太不認識。因為這個緣故，宇太顯得百無聊賴，有一種沒能躬逢其盛的感覺。御城在沙灘上和宇太促膝而坐，想告訴他自己這位摯友是個怎樣的人。他的為人不是一句話就能說盡，但似乎也能用簡短的一句話來形容他。沒錯，說到阿恩是個怎樣的男人——

「喏，看這麼盛大的儀式就明白了。」

滿是浪潮聲和三弦琴樂音的「島葬」，從彼岸[21]的開始一直持續到結束。

最後那天，一樣持續對保羅．懷亞特．卡拉威的每個時間展開監視。

雖然一早飄小雨，但八點前便雨止雲開，一片萬里無雲的藍天。

上午九點五十分，保羅．懷亞特．卡拉威在固定時間離開官邸，坐上黑色公務車，到軍方司令部上班。路上的軍用道路引發一場騷動。車子緊急剎車停下。望向馬路，原來是養豬業者用來載廚餘的兩輪拖車毀損，堵住馬路。業者一直磨磨蹭蹭，無意馬上將拖車移開。軍用道路上籠罩著一股殺氣騰騰的喧鬧，憲兵從公務車前後護衛的吉普車走下車，強行將擋路的拖車移開。

上午十點十五分，保羅．懷亞特．卡拉威抵達官廳。人稱工作狂的卡拉威，在辦公室裡待滿兩小時。之後他從陽臺俯視聚集在官廳外的人影，表情為之一沉。外頭聚集了約二十人的示威遊行隊伍，高舉著寫有「Garaway Go Home」的標語牌。想遞出陳情書的這些人馬上便被憲兵逮捕，包括標語牌在內，有可能當凶器的物品全都被扣押。如果是平時，卡拉威並不會搭理這種示威活動，但這天他離開官廳時顯得很不高興，向部下發飆。

他在上午十二點三十分吃午餐。下午一點三十分，離開軍方司令部。搭憲兵的車輛前往出席琉球銀行的股東大會。在冷汗直流的島上銀行家面前，大聲拍桌，指責他們的不當行徑、輕忽、對營利公司的無擔保貸款，他的大聲咆哮，連服務生都嚇得掉落手中的托盤，這群銀行家被罵得體無完膚。

下午三點四十分，結束股東大會，他走向停在車廊的公務車。就在這一瞬間。隔著十字路口的高樓屋頂，反射出放射狀的亮光。銀行的發車專員親眼目睹憲兵緊張的模樣。

那難道是狙擊手？

從屋頂到高級專員所在的位置，中間沒任何障礙物。

射程距離八十公尺。也沒風吹。

如果是訓練有素的狙擊手，能一槍擊中要害的有利條件都已齊備。

暗殺者終於來了是吧⋯⋯

21　春分、秋分的前後三天，合起七天的時間，稱為彼岸。日本常於這段時間舉辦法會。

海邊送火燒得正旺。

這場不分晝夜的「島葬」，已宣告今天是最後一天。

現場擺滿了薪柴，三弦琴的琴聲不輟，每個人都在迎接情感的高潮到來。

朝這裡走來的御城和宇太都被那激昂的狂熱所震懾。

再見了，阿恩，再見了。

追悼的話語不絕於耳，眾人高唱琉球歌，為阿恩祈冥福。

有人沉浸在鄉愁和悲嘆中，有人淚流不止。

有人蹲在地上祈禱。有人在忘我的漩渦中翩然起舞。

對著英雄的魂魄遠去的水平線彼方，大家想傳達心中的思念。

濃濃的靈氣打響島上的脈動，耳內血潮翻湧。

這下真的是永別了。揚起的火粉，化為燃燒殆盡的金黃火灰，撒落沙灘和海面。的確，當時御城所看到的故鄉海景，湧來一股訣別的氣氛，宛如一個時代就此落幕。

「我就算了吧。我已經很久沒跳舞了。」

被熟識的當地居民攔住的御城，央求他表演追悼的琉球手舞。

居民一再向他遊說道，你是胡差首屈一指的跳舞名人，怎麼能不跳舞悼念自己的摯友呢。

御城刻意岔開話題，但對方糾纏不休，一再想要說服他，令他一時難以回絕。

「聽說御城跳舞堪稱一絕。不知道會不會跳得比我們好呢。」

宇太和同行的小清，跳起了自成一格的琉球手舞。

好你個悠哉的臭小鬼。我之所以不跳舞，是因為我發過誓啊。

不再舉辦慶祝生還的酒宴。但如果這是最後的道別……

「我知道了，那我就……」

當眾人拱御城站在圓圈中央，他剛抬起手掌時，有人叫喚他名字。

從篝火後方，看到一名同事朝他跑來。

卡拉威他——同事大叫道。

發生在大白天的狙擊事件，決定此事成敗的關鍵是什麼呢？

是陽光開的玩笑，是護衛的訓練精良，還是命運的捉弄？

當他趕往現場時，太陽已經下山。那起事件已經落幕。不光狙擊手，連分散在街頭上把風的人也都被逮捕，憲兵隊正在維護現場。

「對方展開行動了是嗎？卡拉威人呢？」

彼岸的最後一天，發生了絕不能發生的事。他滿心以為一定會現身的重要嫌疑人之一，最後始終都沒在海邊的儀式上現身，那群暗殺者跨越那無法回頭的界線。

在憲兵的阻擋下，就連島上的警察也不能進入案發現場的核心地帶。他只能以圍觀群眾的身分來驗證這起案件。因為他已事先命眼線在此監視，所以將他們各自提供的證詞拼湊後，已得知大致經過。狙擊手在緊要時刻被得知所在位置，卡拉威在護衛的重重防護下進入屋內避難。因為目標物被憲兵用肉身阻擋，所以最後屋頂上沒傳出槍響。

這起暗殺還沒發生就已被擋下。配置在四周的憲兵馬上衝上大樓的逃生梯，與準備撤退的一行人對上。憲兵以槍口壓制，命他們卸下武器，最後全員壓制，沒釀成槍戰。逃過一劫的卡拉威，對於逮捕現行犯一事大為開心，並未停止當天的公務行程，繼續展開視察和監督。據御城在場監看的同事無線電回報，現在卡拉威不管人在哪裡，都春風滿面，此刻他人在白沙灘的軍官俱樂部接受《星條旗報》採訪，他說：「乾脆將我和紅色恐怖分子的死鬥寫成手札，公開發表好了，或是召開臨時記者會，發表勝利宣言吧，哈哈哈！」一面大笑，一面和其他美國人舉杯慶祝。

「……再怎麼說，這也太沒勁了吧。」

覺得不對勁的人，並非只有御城。那班人一直默默推動這起驚天動地的計畫，結果卻是將一切全押在那成功率不高，且只有短暫一瞬間的狙擊上，結果連開槍都開不成，就這樣草草落幕？

御城不認為一切已就此結束。卡拉威似乎把沖繩人瞧扁了，而且歷任美國總統有幾位便是遭人暗殺，囿於先入為主的觀念，認為同一天不會展開兩次襲擊——但御城預測，這次也許會有第二波、第三波的行動。如果這場狙擊成功也就罷了，但如果不行，就再次布陣展開襲擊，這也不無可能。若真是如此，下一波襲擊的時間，不就是風波剛平息，戒備鬆懈的同一天嗎？御城感到呼吸急促。

「……我明白了，我知道下一波襲擊會在哪裡進行了！」

夜幕已至，此時已過晚上八點。他馬上用無線電聯絡，請分散在胡差和那霸的搜查員前來支援，他和同事也急忙坐上車。確認過卡拉威的動向，得知他忙完一天的工作後，並沒回官邸，而是在軍官俱樂部有一場酒宴，與美國資本家和企業家會面，現在差不多要換去下個場子了。此時的卡拉威已微帶醉意，泛紅的臉顯得很放鬆，幾乎全都看他一個人表演，只見他針對離日政策和金融改革的主題，講得慷慨激昂。

火速趕往現場的御城，先前弔唁的火焰殘影深深烙印在他眼皮底下。追悼的歌曲、三弦琴的琴音，仍在他耳膜裡回響。車窗外流逝的街景無比寧靜。

還差三天才滿月的月亮，像缺了邊角的鏡子般高掛夜空。蓋在小山丘上的港景俱樂部周邊，因為產業開發而砍伐了雜樹林，夜晚連蟲鳴聲也聽不到。御城將建築的北、西、南三處出入口封鎖，自己搶先衝進建築內。

舞池、宴客廳裡，都沒看到卡拉威，但看到曾經見過面的金門俱樂部會員。他馬上湊向前詢問「嗨，卡拉威應該人在這裡吧。」那位會員說，有來賓致詞要請高級專員過目，正在裡頭討論，此人見島上的警察突然闖進這裡，感到吃驚，但還是指向同樓層外面的走廊。

御城和同事做好警戒準備，分頭仔細巡視這棟建築。當他繞過設有咖啡廳和撞球室的走廊轉角時，御城吞了口唾沫。

有三到五名身穿軍服的美國人倒臥地上。

護衛人數被縮減至最少的憲兵們，被打成了蜂窩。

卡拉威正好從男廁走出，一見走廊上的景象，頓時呆立原地。身受重傷的憲兵四周，十多名身穿港景俱樂部服務生制服和廚師服的男人一擁而上。

他們用開孔的飼料袋遮住面貌。每個人手中都握著手槍，為了不發出槍響，上頭用布纏了好幾圈。御城和其他警察以多出一倍的人數前方包夾，封鎖犯人的行動。

正因為是御城，才得以看出這項計畫。暗殺者們在高級專員也常進出的港景俱樂部裡假扮成員工，等候這一刻的到來（說假扮也許不太正確。因為當中有幾人是真的以酒保、服務生、廚師的身分在這裡工作！）。因為御城曾接受港景俱樂部的款待，遇過幾名眼神凶惡的服務生，與他擦身而過時，就像會張口咬人似的，散發出流氓特有的氣息，當時的接觸派上了用場。他們開槍擊倒憲兵，正準備襲向卡拉威時，御城正好趕上，隔著槍口與蒙面的男子面對峙。

率領這群犯人的，是一名體格壯碩，身著廚師服的大漢。

然後是一名個頭不高，身穿服務生制服的男子。是你對吧，好久不見了。

這兩人都在港景俱樂部工作是嗎，還是說，這是為了方便行動，才做這樣的喬裝。他們遮住面貌，表示不想同歸於盡。不是被偏執和狂熱信仰給沖昏頭的敢死隊。默默避開視線的兩人，儘管已被斷了退路，卻絲毫沒展現出半點投降的意願。

盈滿整個走廊的呼吸，就像快要起火點燃一樣灼熱。即使因為一個眨眼而演變成滿是鮮血的開槍互射，也不足為奇。眼前明明就是一觸即發的慘烈戰場，但不知為何，御城此時的心境卻像是在看一場無聲電影。

一切都太安靜了。連蟲鳴聲也聽不見。為什麼會如此安靜，因為太過安靜而令人感到混亂。不知為何，唯獨在這一晚，感覺一切都鮮活得超乎常理，整個世界所呈現的質感彷彿一場奇妙的夢。顏色明亮得不合理，儘管再細微的聲音也傳入耳中，舌頭接觸的空氣帶有濃重的銅鏽味。一名暗殺者開口說了些什麼，但他嘴唇的動作就像快轉的影片般快速，沒發出聲音，所以連一句話也聽不懂。

令人覺得可怕。這樣的寧靜著實異常。

在暗夜底下，惡靈在跳舞。

洞窟的呼喚聲傳進耳中。

在宛如時間暫停的寂靜中，死者暗自啜泣。

被骷髏頭蒐藏家殺害的島上女孩、因墜機事故而活活燒死的孩子，都在哭泣。

悄悄形成回音的號啕聲愈來愈響，令風中的沙塵為之顫動。

在這無從壓抑，不斷湧現悲傷的故鄉，今後的人生將會有很大的改變。御城重新有此深切的感悟。因為不管這個瞬間會帶來怎樣的結果，在這個少了英雄的世界，還是得好好活下去才行——

「大家都別動！」御城放聲大喊：「有許多警察包圍這棟建築。沒人可以毫髮無傷地離開這裡。每個人都把槍放下吧！」

在此同時，山子雙手勾在基地的鐵絲網上。

這裡隔著軍用道路一號線面向亞拉吉沙灘，是嘉手納基地西南邊的交界線。戰果撈客為了搶劫物資而開闢出路線的場所。

明明心裡想，在最後一天，好歹也該去一趟告別的儀式吧。明明沙灘上還留著一些人。猛然回神，她發現自己已站在這裡。鐵絲網對面，基地的夜間景致在搖曳。逝去的那些歲月的熱氣、戰果撈客的活躍與情感，都像亡靈般飄動著影子。

四周滿是猶如用蠟固定住的寧靜。熱帶夜晚那微帶塵埃的寂靜。有隻鳥停在鐵絲網上，連叫也不叫一聲，在夜晚纖細的陰影下，呈現出島上冷漠的寂靜。基地內沒傳出任何聲響。那是從故鄉遙遠的過去便一直傳承下來，夜裡常有的沉默。

就連山子也不知道自己在那裡站了多久。

眨眼和呼吸的聲音、心臟的跳動聲，都很清楚地傳來。

有個東西從心中深處湧現。山子伸出她的長手，手指勾向鐵絲網。她交替地抬起手腳，爬上基地的鐵絲網。爬上鐵絲網要做什麼，連她自己也不知道。從她顫抖的嘴脣中不斷發出幾不成聲的聲音，怎麼也停不下來。

啊——啊——啊——

故鄉與基地。沖繩與美國。現在與過去。這頭與那頭。

理應分隔這一切的交界線，令此時的山子感到懷疑。

話說回來，這個鐵絲網是否明確地區隔這一切呢？有許多壞蛋，就像會破壞農作物的一大群蝗蟲般，從鐵絲網的另一頭湧出，往島上生活的皺摺裡蔓延，威脅眾人生活的安穩，甚至侵蝕島民們的靈魂。

受害的永遠都是島上的婦孺。她擔任導師的班上兒童、孤兒，以及山子自己，也都被迫犧牲。

山子一面顫抖，一面爬上鐵絲網。焦躁和悲憤、懊悔和無力感、滿溢而出的思念，全蓄積在她勾向鐵絲網的手指中，當她手臂搆向鐵絲網最頂端時，有隻腳被人拉扯，好幾隻手抓住她的腰和臀，將她拉回基地外的地面。

「妳真亂來，這裡有美國人在監視！」

阻止山子的，是好幾名老奶奶。

是奶奶的朋友。基地街的猶他。

照喜名奶奶也在。

過去每當山子面臨困境，照喜名奶奶總會提供可靠的建言和吉兆占卜，陪在她身邊，山子一看到她的臉龐，視野頓時蒙上一層溼熱的薄膜，胸口一陣起伏，情緒激昂。

「因為我看到妳一個人陷入黝黑又黏稠的泥沼中。」

她對山子說，妳沒參加海邊舉辦的告別儀式，而且又不在家中，我們一直在找妳。是照喜民奶奶與生俱來的真正靈力制止了她嗎？山子毫無顧忌地吸著鼻涕，像過度換氣般吐露出自己心中的想法。

「我、我從那時候開始，就一直離不開這裡。」

「也對啦，嗯，每個人都會有這種情況。」

「我根本就從沒進去過這裡。沒進過基地裡……」

「妳先靜一靜，來，先做個深呼吸。」

「我的魂魄飄走了。」

「沒事的，妳不會有事的。」

就算山子沒道出一切，奶奶們似乎也都早已察覺她遭遇的事。如果魂魄飄走了，只要一再注入魂魄就行了，奶奶若無其事地開導著她（對失去生氣、失魂落魄的人，授予重新振作的智慧，為對方祈禱，這也是猶他所扮演的重要角色之一）。

「妳在這座島上奮鬥，也算是注入魂魄。在我們的聚會中，對妳的風評相當高喔。聽說蒲還有重晴的孫子收到妳發的傳單後，很感興趣，也都參加讀書會和示威活動。」

其他奶奶也都妳一言我一語起來。妳待人親切，而且為故鄉努力的身影耀眼極了。雖然我們不清楚回歸日本是否真那麼好，但妳真的很了不起。妳奶奶地下有知，應該也會替妳高興才對。

「妳是為了島上的女人還有孩子而奮鬥對吧。」照喜民奶奶面露微笑。「我們全都瞧在眼裡。所以山子，妳絕不能被黑暗的情感吞噬。不能因為憎恨而蒙蔽了雙眼。」

其中一名奶奶讓山子喝水壺裡裝的香片茶。老奶奶們就像出門遠足般，直接席地而坐，一直陪山子聊天，直到她心情平復為止。緩和她心中痛楚的這些奶奶擁有的睿智，同樣也跨越歲月，在她們的故鄉一路傳承下來。在這樣的夜裡，能有這般的熱鬧、豁達、深厚的連帶感，教人心生感激（這確實可算是沖繩很特別的價值之一。在不斷上演的打壓和戰爭中存活下來的老年人，他們口中說出「總會有辦法的」這句話，恐怕再也找不到比這更具說服力的建言了）。擁有失去的過往，平靜度日的女人所展現的包容力，慢慢平息在山子體內肆虐的暴風。

「妳奶奶是位很優秀的猶他。」「對對對，她總是站在平民百姓這邊。」她們道出思念的話語。

「也許妳也有這個資質呢。」照喜民奶奶說：「這件事我只在這裡跟妳說，妳覺得基地在呼喚妳對吧。之前我也曾跟妳提過。因為這一帶是強大靈力的泉源，紫女士的靈魂長眠之地。」

她是胡差女人的源流。構成猶他的信仰和關聯之人。照喜民奶奶說，其實不管有怎樣的緣由，對不是祝女信奉者，也不是祈禱者的一般人，我都不該說出這件事。但因為妳對我們島上來說，日後有可能成為一位很重要的女人。我就趁這個機會告訴妳吧。

「這座基地裡頭，確實有御嶽的存在。」

「真的?所以那件事是真的嘍。」

「沒錯,紫女士的御嶽。」

「可是,那應該會被美軍的推土機夷平才對吧。」

「美國人並不知道御嶽的所在處。只有當地人才知道。因為我們沒建造神殿,或是膜拜偶像。」

所以在基地內一樣可以存續下來。感覺談到了奇怪的話題。山子重新想起御城說過的話。那天晚上,他在基地裡闖入一處奇怪的地方。難道是御城身上的沖繩血脈,讓他嗅出這樣的事實?

原本嘉手納基地就是在戰時開闢用來當陸軍航空隊的機場,而終戰後,美軍便在這塊土地上擴建。而早在日本和美國這兩次軍事接收之前便已存在的嘉手納御嶽,是紫女士的母系祖先遺骨安葬的墓地,是層級最高的膜拜所,儘管這地方已被開闢成軍方用地,但當地的女人還是悄悄將它當作聖域保存了下來。

即使在星條旗的統治下成為亞洲最大的軍事基地,但一名擔任軍方雇員的女性偷偷將遺骨和威部石(就像御嶽的標幟一樣,堆疊在該處的石頭,包括遺骨在內,這些都不算是神體)移往基地中條件比較好的綠地,並加以維護,讓它重現往日的樣貌。而到了五〇年代末期,這名女子也駕鶴西歸,基地內的御嶽是否還保留著,已無從確認,但照喜民奶奶這些少數知道聖域存在的女人,仍深信紫女士的御嶽還在那個地方保有其靈驗。

「我們還有依靠。儘管被異國占領,御嶽還是保留了下來。御嶽沒隨著歲月而腐朽,仍棲息在這塊土地上。多麼可靠，多麼了不起啊，它就像是一肩扛下島上的所有祈願般，妳不覺得嗎？」

山子想對奶奶們說些什麼，但不知該說什麼才好。山子一動也不動，回望眼前的笑臉。奶奶她們或許是將她們之前暗中得知的島上祕密說給山子聽，當作是一種替她注入「魂魄」的方式。也許山子就是為了聽到這件事，才會常來到這個地方。

她試著將視線移往嘉手納基地的暗處。頓時體溫上升，心跳加速。那裡確實有什麼棲息其中。有東西不斷從無窮的黑暗中湧出。原本以為這裡只有沉默，只會湧出邪惡之物，但她錯了。反而有些聲音是因為寂靜才聽得到。

有個短暫的幻覺從她腦中掠過。山子想跟御城和零一起在那裡汲取湧出的東西帶回去。但山子他們帶的容器一下就裝滿了，無法汲取想要的量。御城一臉慌亂。零也忙得滿頭大汗，板起臉孔。因為他們兩人都知道無法在此久待。對島上孩子來說，同樣是不可侵犯的那處領域，滿滿都是深不可測，遠超乎人類智慧的東西，它為島上帶來智慧，賜予養分，但要是誤用，便無法回到原本的世界。最糟的情況下，甚至會因此喪命。

也許她那一去不返的愛人，就是想從那裡帶回連他的容器也裝不下的東西，當作「戰果」。

在變換無常的歲月中，山子邂逅了一個真相。確實有蘊藏之物在那裡跳動者。一個從土地緩緩升起之物。

風像海潮般呼號，在宛如直透霄漢的晴空下，脫離群體的美國大兵放縱欲望，狩獵思想犯的祕密警察磨著利牙，黑道的流氓不斷互咬互食。位於山丘上的俱樂部，盛裝出席的紳士淑女杯觥交錯，而等候育幼院名額空位的孤兒一直在向人乞討，要求自治的傳單在街道上翻飛。推動打壓和離日政策的美國民政府，在一九六四年從美國迎來新的高級專員到任，變化多得數不清，島民周遭的環境也不斷改變，但那宛如從深邃的泉水底端噴出的聲音，一直不間斷地在基地島響起。

過度的抑制，會讓沒人能控制的東西遭致解放。

從那個地方不斷湧出平靜的聲音。

悲傷得無法自抑，但還是忍不住想大叫的聲音。

就這樣，過去發生的事化為現實呈現眼前，島民的生命忽明忽暗，不斷反覆。從那天起一直響起的聲音，每個人都在不知不覺間置身在那聲音下。天空蔚藍無邊，死者就此歸來。

木曜文庫 011

寶島（上）

宝島

作者	真藤順丈
譯者	高詹燦
社長	陳蕙慧
總編輯	戴偉傑
特約編輯	周奕君
校對	沈如瑩
行銷企畫	陳雅雯、汪佳穎
封面設計	倪龐德
內頁排版	宸遠彩藝
讀書共和國 集團社長	郭重興
發行人兼出版總監	曾大福
出版	木馬文化事業股份有限公司
發行	遠足文化事業股份有限公司
地址	231 新北市新店區民權路 108 之 4 號 8 樓
電話	02-2218-1417
傳真	02-8667-1065
Email	service@bookrep.com.tw
郵撥帳號	19588272 木馬文化事業股份有限公司
客服專線	0800-221-029
法律顧問	華洋國際專利商標事務所　蘇文生律師
印刷	前進彩藝有限公司
初版一刷	2022 年 8 月
定價	599 元（上 / 下冊不分售）

ISBN：9786263142541（紙本）
9786263142510（EPUB）
9786263142527（PDF）

歡迎團體訂購，另有優惠，請洽業務部 02-22181417 分機 1124

國家圖書館出版品預行編目

寶島 / 真藤順丈著 ; 高詹燦譯 . -- 初版 . -- 新北市 : 木馬文化事業股份有限公司出版 : 遠足文化事業股份有限公司發行 , 2022.08
2 冊 ;14.8 X 21 公分
ISBN 978-626-314-254-1(全套 : 平裝)

861.57 111011592